长篇悬疑小说

恐惧

安汶华 / 著

图书在版编目（ＣＩＰ）数据

恐惧 / 安洨华著. -- 贵阳 : 贵州人民出版社，
2016.12
ISBN 978-7-221-13795-1

Ⅰ.①恐… Ⅱ.①安… Ⅲ.①长篇小说－中国－当代
Ⅳ.①I247.5

中国版本图书馆CIP数据核字(2016)第296430号

书　　名	恐　惧
著　　者	安洨华

出 版 人	苏　桦
总 策 划	陈继光
责任编辑	黄　冰　杨　礼
装帧设计	丹　丽
出版发行	贵州出版集团　贵州人民出版社
社　　址	贵州省贵阳市观山湖区中天会展城会展东路SOHO办公区 贵州出版集团大楼（邮编：550081）
印　　刷	长沙鸿发印务实业有限公司（长沙市黄花工业园3号）
开　　本	787×1092mm　16开
印　　张	20.75
字　　数	340千字
版　　次	2017年05月第1版
印　　次	2017年05月第1次印刷
书　　号	ISBN 978-7-221-13795-1
定　　价	37.00元

目录

一对没有精神病遗传病史的母女在同一时间被送进精神病院，医生老冯在对母女俩的病因进行调查的过程中，一桩桩令人惊悚恐怖的事件扑面而来，老冯的调查也犹如走进了一座诡异的迷宫。

　　每一个人对未知事物都有一种与生俱来的恐惧，对未知世界的恐惧，对死亡的恐惧。每一个人的内心对于他者都是一个未知的世界，亲人之间也是如此，只是这恐惧藏匿得太深，很多时候我们意识不到。

楔子

初春，漆黑的深夜，深山里一座木屋里一群驴友经历了一天的跋涉，已经躺下歇息。

这是驴友们徒步川藏线常经的山脉，一名曾徒步这条线路的驴友回去后，立即拿出一笔钱，在这里修下了这座供驴友们休憩的木屋，屋子里床铺、生活用品一应俱全，唯一不足的是没有电源。

不知什么时候起，窗外刮起了风，继而雨声滴答，渐渐地风越来越大越来越猛，这风刮过树梢发出的呜呜声，似无数头怪兽发出的怪异的叫声，给这深夜里前不着村后不着店的深山里孤零零的木屋平添了一丝恐怖的气氛。

突然一个炸雷平地而起，已经入睡或正要进入睡眠状态的驴友，这下都睡不着了。一道闪电划过，窗外一瞬间亮如白昼。"妈呀！"突然一个年轻的二十多岁的女孩惊恐的叫声在屋子里的一个角落响起。

"小李，怎么啦？""怎么回事，小李？"随着四周响起的关切的问候声，几道手电筒光在这间三十多平方米的屋子里四下晃动、探寻。

这间木屋有十个床位，这群驴友刚好十个人，一人睡一张床铺。驴友的年纪除了当精神病科医生的老冯四十来岁，其他的差不多都是二十多岁到三十来岁的年纪。其中被唤作小李的女孩子是这群驴友中最年轻的也是唯一的一个女性，所以一路上大家对她都呵护备至。

"小李，你怎么啦？"老冯站在小李床前，声音里透出的除了关切，还有一丝不安。

在老冯询问小李的当儿，驴友们已经纷纷围拢到小李床前。

有人打开了充电灯，灯光中，只见小李坐在床上，双手颤抖地紧紧捂住双眼，在大家关切的询问中，她腾出一只手，颤抖地指向窗户，另一只手，仍紧紧捂住眼睛。

在小李的指引下，大家都齐刷刷地转过头，看着窗外，窗外漆黑一片，只有雨声和风刮过树梢发出的呜呜的怪叫声。

身高体胖的篮球运动员大胖"嘿嘿"笑起来："小姑娘做噩梦了吧，窗外除了风婆子和雨姑娘，什么也没有呀。"

驴友们纷纷安慰着小李，有几个笑着打着哈欠，朝自己的床铺走去。

小李放下捂住眼睛的手，慢慢地抬起头，惊恐地将目光缓缓地移向窗外。

此刻，又一道闪电划过，紧接着又一个惊雷撼天动地！

"啊！"小李又一次凄厉地惊叫，一下扑到老冯身上，将脸紧紧地贴在老冯胸前，浑身筛糠似的发抖。

一股寒意从老冯心底升起，恐惧像一只手紧紧地攥紧了他的心脏，他感到呼吸似乎都有些急促了，但这群人里他年纪最长，十多天的同行中，大家已经不自觉地把他当成了主心骨，他不能让自己的情绪感染大家。他拍着小李的肩头，以若无其事的口吻安慰着这个女孩："不就是闪电和雷声吗？有啥可怕的？"其实他心里明白，闪电划过窗口那一刻，小李一定看见了什么恐怖的东西！

"是啊，不就是雷声吗？有啥可怕的？"有人附和着。

大胖调侃道："小李子，敢情你从小到大没有听过雷声，没有见过闪电呀？"

"啧啧，你们不要嘲笑小李了，在这深山老林里深夜里听雷声跟平时在家里、在都市里听到雷声的感受肯定是不一样的呀。"有人替小李不平。

小李终于战战兢兢地抬起头，看着周围的人，嗫嚅道："刚才，你们，你们什么也没有看见吗？"

大胖感兴趣地望着小李："你看见什么了？"

小李颤抖着声音："一个小女孩，在窗口冲我冷冷地笑。"

大胖伸手摸摸小李额头，调侃道："小李子，你没发烧吧，这半夜三更，深山老林里哪来的小女孩呀？"

一驴友道："正因为半夜三更，深山老林里不可能也不应该有小女孩出现，所以这莫名其妙冒出来的小女孩才让人恐惧呀。"

一席话，把刚才还嘻嘻哈哈不以为然的人震住了。屋子里一下静了下来，窗外呜呜怪叫着的风让大家都有一种不寒而栗的感觉。

小李声音里透着深深的恐惧："那笑容好阴森呀！"

屋子里好静，好静，恐怖的气氛在屋子里蔓延开来！

突然，大胖喊道："不对呀，刚才闪电时，我也看了窗外，窗外除了黑郁郁的树林，可是什么也没有呀。"

有人问小李："小李子，两次闪电，你都看见小女孩了吗？"

小李点点头。

大胖摊开双手："可是我们都没有看见呀。"大胖又转过头问周围的人："你们有谁看见小女孩了吗？"

大家一言不发，看来在场的除了小李，还真没有人看见小女孩，不过大家不说话，证明大家都认为自己没有看见小女孩，不等于小李看见小女孩这事是假的。如果小李真看见了小女孩，那么……

这时才有人意识到，老冯好半天没开腔了，于是这人望着老冯："老冯，你怎么看这事？"

经人提醒，大家一下把目光转向老冯，老冯的年纪和阅历以及他知识面的广博，使得老冯的话在大家心目中颇有权威性。

如果不是曾经亲身经历过那桩事，此时，老冯定然也和大胖一样，认为小李的话不可信，可几年前经历的那桩事，使得他不敢轻易怀疑小李的话的真实性。

"你倒是说话呀，老冯。"大胖催促道。

在这漆黑的夜里，在这深山孤屋里，小李的话，让老冯脊背发凉，他感受到了周围一种潜在的恐怖气息，但他不能让大家感觉到他的恐惧情绪，他必须稳住大家的心情，就在老冯思虑着该如何对大家说时，大胖突然将衣袖一挽，朝门口冲去，"我就不相信，就算真有鬼，也是鬼怕人。"

老冯对着大胖的背影严厉地喊了一声："回来！"

大胖回头愣愣地看着老冯。

老冯对大家道："听着，天亮之前，谁也不要走出这间屋子。"

大胖回到老冯身边："这么说，老冯，你也相信这世界上有鬼了？"

老冯的话和他在大家面前从未有过的严厉态度，让刚才对小李的话还半信半疑的驴友们，似乎一下都相信小李的的确确看见了他们都不曾看见的东西，而那东西现在就在屋外。

老冯见他的态度把屋子里的紧张气氛骤然间推向了顶峰，忙放缓语气，"大家听我说……"

老冯话还未说完，小李突然站起来，朝门口冲去，大家还没有反应过来，小李已经冲到了门口。

"小李！"老冯朝小李冲去。

小李在门口突然站住了，回过头来，神情怪怪地望着大家。

老冯等人也愣愣地望着小李。

突然，一瞬间，小李脸上怪异的表情消失了，她朝着大家走来，脸上充满了歉意，然后深深地弯下腰去，给大家鞠了一躬。

小李的举动让在场人越发纳闷。

小李直起腰来，"实在对不起，我最近一段时间在做一个调研，考察人们对灵异事件是否相信以及相信的程度。刚才雷声把我惊醒后，我就想出这样一个主意，试探大家对所谓灵异事件的态度。实在对不起，让大家受惊了！"说完，小李又朝大家深深地鞠躬。

"那你往屋子外跑干嘛？"有人问。

小李："我想看看，我莫名其妙的举动是否会让大家更加恐惧，在恐惧中是否有人会为了我的安全，为了追我回来，敢于跟我冲出屋子去。"

屋子里的气氛骤然间轻松下来。

"嗨，深更半夜的，你这样闹腾，你考虑过大家的感受没有？"缓过气来后，有伙伴生气了。

"真是的。"大家嚷嚷着走回自己的床铺。

大胖揶揄道："小李子，你这个心理学研究生，就是研究这些东西呀，那你说说这世界上究竟有没有灵异。"

小李："这事不好说。"

求你了，导演，你就让我跳领舞吧。"未等我回答，她又兀自走开去，"太阳，我的太阳"唱起来。

客观地说，周静母女俩都是美人胚子，尽管做女儿的已经处于疯癫状态，但"清纯玉女"一词用在她身上，仍毫不为过。做母亲的尽管已经人届中年，但如果不是精神错乱，其身段和长相以及那从骨子里透出的风韵，对男人都绝对具有杀伤力的。

我走到周婷婷面前，周婷婷此时已经盘腿坐在床上，紧闭着双目，双手合十，嘴里念念有词。我在她面前坐下，想听听她究竟念些什么。

"冯医生，你不会听清她说的话的，从上周她们母女进来，她就几乎每天都要这样叨咕，我也试着听过几次，都听不清楚。"站在我身旁的刘丽丽对我说。

的确，我集中注意力，双耳紧竖，也听不清从周婷婷嘴里蹦出的一个字。我轻轻拍着她的肩膀，"婷婷，能告诉我，你在念叨些啥吗？"

婷婷睁开眼，眼珠在眼睛里骨碌地转动，惊恐地打量四周，然后靠近我，悄声道："嘘，你听我说，我每天必须这样祈祷，这样他（她）就不会来了，知道吗？"

"他（她），他（她）是谁呀？能告诉我吗？"我尽量让我的表情显得很和蔼，轻声地关切地问她。

婷婷不再理我，她曲起一条腿，将右手肘搁在膝盖上，用手掌托着腮，似乎又陷入了沉思。看来，她一时半会不会再理我了。

我把目光转向周静，心里不由一咯噔，只见此时周静正双目圆睁，惊恐地看着门外，脸上满是惊惧的表情。我还未来得及随周静的目光看向门外，周静就突然尖叫着，一头朝周婷婷冲过来，紧紧抱住婷婷，浑身发抖。

周婷婷在周静的怀里挣扎着，继而也发出凄厉的叫声。

我站起身，静静地观察着她们，周婷婷努力地一个劲地将头往周静怀里钻，而周静也将头低下，母女俩似乎都怕看见什么。

门外是什么东西让周静如此惊恐？我将目光移向门外，门外什么也没有。

咦，刘丽丽呢？我这时才发现刘丽丽不知道啥时已经离开病房。

刘丽丽不该这个时候，一声招呼都不打就离开病房，难道她离开与这对母女的突然发作有关？

我走出病房，只见在走廊尽头，刘丽丽正低声对一个上了年纪的女人说着什么。

我朝刘丽丽和老女人走去，只听刘丽丽正几近训斥地对老女人道："不是给你说过吗？叫你不要来了，你怎么就是不听，偏要来？"

老女人充满歉意地一个劲道歉："对不起，对不起。"

这是怎么回事？刘丽丽这个时候不在病房，却跑到这里，和一个莫名其妙的老女人啰唆？

我咳了一声，刘丽丽和老女人都一起转过头来看着我。

老女人大概五十多岁，中等个子，不胖不瘦，一副慈眉善目的样子，她看见我，一把拉住我，连声道："医生，你可一定要医治好婷婷母女呀，刚才有个医生告诉我了，说你是从国外回来的，是博士，医术很高。这母女俩好好的变成这个样子，好可怜呀！"老女人说到这里，伤心地抽泣起来。

"你是？"我迟疑地望着面前的老女人。

"她是……"刘丽丽正要做介绍，老女人急忙一边擦拭眼泪，一边自我介绍："我是她们家保姆。"

哦，看来这家主仆关系还处得蛮好的嘛！

那刘丽丽刚才为啥阻止她来医院呢？

见我愣怔着，保姆又对我说："医生，如果婷婷和她妈妈有事需要找家属，你一定通知我啊。"

我知道周静三年前就已经离婚，家中父母均已经过世，又无兄弟姐妹，所以我想如有什么事需要联系家属，还真得找保姆。于是向保姆要了电话号码。

保姆将电话号码告诉我后，向我道别要离去。

我突然想到，她怎么就离去呢？她这趟来医院，应该还没见过周静母女呀，刚才我和刘丽丽一直在病房，并没有在病房见着她呀。

于是我叫住她："你不见见周静母女吗？"

保姆回过身来看看我，又将探寻的目光投向刘丽丽。我骤然间想起刚才刘丽丽训斥她的话，不由也将目光投向刘丽丽，这刘丽丽是怎么回事，为啥不让保姆探望周静母女？且刚才还用训斥的口吻和一个老人说话，也太不应该。

见我们都看着她，刘丽丽一时间有些不知所措，她望着我愣了一下，把我拉到一边，悄声对我说，"冯医生，你先让保姆走吧，关于周静母女，有些事情我还未来得及向您汇报。"

我想了一下，回头对还眼巴巴地盼着去见周静母女的保姆说："你先回吧，有事我会通知你。"

保姆刚才眼里透出的希冀的目光，倏忽间消失了，快快地转身离去，我目送着她略显佝偻的背影消失在病区走廊门外。

周静随着我往病房走去。

"冯老师，你知道周静刚才为啥突然那么惊恐地大叫吗？"刘丽丽一边走，一边说。

"你知道？"我问。

刘丽丽道："周静一定是看见了走到门口的保姆。"

"为啥这样说？"我停住了脚步。

刘丽丽也随即站住，肯定地道："一定是这样的。"然后充满疑惑地望着我，"我总觉得周静母女和保姆之间的关系不那么简单，周静母女是上周末发病进医院的，保姆每次来探望，母女俩见着她，都惊吓得大声尖叫。她探望过后，母女俩的病情都会加重。原先的管床医生李医生都让她不要来了，可她还是来。刚才周静大叫，我就知道一定是她不听招呼，又悄悄来了，我追出病房，果然在走廊里看见她离去的背影。"

怎么会这样？

我继续往前走，刘丽丽紧跟着，继续道："大家都觉得这保姆很好，对主人很忠心，对保姆几次三番地前来探望主人的事很感动，我却觉得这保姆有些不对劲，究竟什么不对劲，我也说不出，反正有次独自面对她，我心里竟然升起一丝恐惧。"

"恐惧？"我望着刘丽丽。

说话间，我们已经走到 408 病房。

408 病房里，周静母女这时已经各自安静地躺在床上。护士小文正推着手推车从病房走出，她告诉我药物注射时间已到，刚刚给母女俩注射了镇静药物。

第二章　神秘的入侵者

深夜，窗外的雨淅淅沥沥地下着，虽然时令已经进入深冬，但医院大楼里开着暖气，所以感觉暖意融融。

我坐在值班室窗前，面前摆放着周静母女的入院记录。

从记录上看，周静母女是由辖区派出所送来的，派出所的人也不明白周静母女为何会突然跑到派出所，周静母女跑到派出所时，由于极端的恐惧所致，母女俩均神情恍惚，语无伦次，继而发疯。

那么是什么会使得她们如此恐惧？

看来，我得走访一下周静母女的同事同学了，对，还有那位保姆。想到保姆，我耳边又响起刘丽丽的话，"周静母女是上周末发病进医院的，保姆每次来探望，母女俩见着她，都惊吓得大声尖叫。她探望过后，母女俩的病情都会加重。"周静母女为何会对保姆存有深深的恐惧？难道保姆是周静母女恐惧的根源？这个念头刚从脑海闪过，我又立即摇头否定了自己的推测。保姆慈眉善目，俗话说相随心生，我无论如何也无法将保姆视为致周静母女发疯的源头。至于刘丽丽说她与保姆独处时，也有恐怖感，那也许是受周静母女看见保姆就恐惧这一现象的诱导。

"啊……"突然一阵恐怖的尖厉的叫声从病区传来，这声音在这静静的深夜响起，令人毛骨悚然！

刘丽丽推开值班室的门，向外张望了一下，紧接着回过头，神情紧张地望着我："听声音，好像是周静母女。"

我猛地站起来，冲出值班室，朝着声音传来的方向跑去。

"啊……"尖厉的叫声再次传来，这明显是两个人交错的叫声，声音里有着无尽的恐怖和绝望。刘丽丽的猜测没错，这声音就是从周静母女所住的408室传来的。

周静母女的叫声，引起病区走廊两侧的病房里一阵混乱，从走廊两侧的病房里传来一阵阵叫嚷声，甚至歌声。

我顾不了走廊两侧的病人，径直朝408室奔去，直觉告诉我周静母女发生了什么！

就在我快要接近408室时，突然一个人影从408房间跑出，不好，周静或周婷婷跑出来了，刘丽丽没给408上锁？

我急忙朝人影追上去，一边对身后的刘丽丽道："你去病房。"

我飞快地朝着人影追去，那人奔跑的速度显然不及我，离人影近了，那人戴着一顶帽子，看背影怎么也不像周静或周婷婷？

突然我脚下一滑，跌倒在地上，我想站起来，但脚脖子扭伤了，当我终于挣扎着站起，我追赶的人影早已经不见踪迹。

这当儿，刘丽丽跑到我面前，"冯老师，你怎么啦？"

我扶着墙壁，忍着疼，对刘丽丽道："母女俩都在病房吗？"

刘丽丽点点头。

刚才那人影果然不是周静母女。

刘丽丽道："两人又受到惊吓，紧紧抱在一起，在床上抖个不停，我安抚了她们一阵，现在母女俩稍好些了。"说到这里，刘丽丽四下望了一下，"那人呢？"

我指着走廊尽头的卫生间的门，"走，快去那。"

我很清楚，病区走廊的门我半小时前去上锁的，那人跑不出去，无处藏身，很可能跑进了卫生间。

我不顾脚疼，和刘丽丽赶到卫生间，刘丽丽推开女卫生间的门，我则走进男卫生间。

十个平方的男卫生间里，这个时候自然是空空如也，几个蹲位的门都是开着的，没有一个人。

女卫生间呢？

我转过身望向对面的女卫生间，却见刘丽丽神色紧张地急步走出女卫生间，轻轻地将女卫生间门拉上，然后走到我面前，对我指着女卫生间悄声道："最靠里的蹲位的门是关着的，里面好像有动静，我问，又没人答应。"

显然刘丽丽是不敢去开那个蹲位的门。

我领着刘丽丽快步走向女卫生间，推开女卫生间的门，我们俩都惊讶地睁大了眼睛，女卫生间的蹲位的门此刻全部打开的，里面均空无一人。显然最靠里的蹲位里刚才确实有人。说时迟那时快，我和刘丽丽都同时想到了一处，我俩同时冲向窗口，往楼下望去，不过楼下黑黢黢的，啥也看不清。

刘丽丽望着我，摇摇头，道："那人不可能从这里跳下去。"

我默默地点点头。

刘丽丽说的一点不错，那人不可能从卫生间窗户跳下去，因为我们所在的二病区是在这栋楼的四楼。这栋楼的一楼是医院的车库、保管室等，二楼是医院的医政部门和药房、化验室等。而这栋楼的一部分又是建立在一块堡坎上的，如果冒险从四楼的女卫生间窗户跳下去，很可能就会跌落到相当于八层楼高的堡坎下的泥地上。

那人莫名其妙地就从眼前消失了？

接下来的又一个疑问就是，半小时前，我已经将二病区的走廊门锁上，那人是如何闯进二病区的？又如何打开408房的锁进入408房的？

我知道医院以前二病区的病房是不上锁的，自从一年前，一个精神病人半夜跑进另一间病房，将睡梦中的病人掐死，医院惹了场大官司后，晚上九点后，病房就得上锁，为此，医院还专门又重新给每间病房修了个小卫生间。

像知道我心里所想似的，刘丽丽这时低下头，认错似的，"都怪我，今天晚上去408室查房后，忘记将408病房的门锁上了。"

回到走廊上，由周静母女引起的病区混乱的吵闹声不知何时已经消失，昏黄的灯光下，病区的走廊似乎比白天显得更长更幽深。

我没有责怪刘丽丽，我心里正紧张地琢磨，是谁要在这深更半夜偷偷走进周静母女的病房？或许他（她）并不是专门冲着周静母女而来，只是她们母女的门是开着的，就走进了她们母女的病房？不管是哪一种因素，在这冷风嗖嗖、寒气逼人又雨声淅沥的深夜闯进精神病院病房，这人如果不是精神有问题，就是有着不可告人的目的。

可是这人怎么就这么神秘地从眼前消失了？

只有一个答案，那人并不知道跳窗的危险，他（她）是从正面进入这栋楼的，不知道这栋楼的背后是建在堡坎上的，所以情急之下，他（她）从女卫生间的窗户跳下去了。

那么此时，这栋楼背后的堡坎下，该是怎样一幅情景？

"快，小刘，你给110打电话，我打120。"

"打电话？"刘丽丽一时没反应过来。

"打110报警，打120救人呀。"

刘丽丽明白过来，立即拿出手机拨打110，我也迅速用手机拨打120。

打完电话，我们回到值班室，我一边迅速收拾药品，一边对刘丽丽说："拿上急救用品，我们先做一下现场急救。"

"冯老师，就等120吧。"刘丽丽求助似的望着我。

我知道这个刚刚从学校毕业的小姑娘胆小，我望了她一眼，"你就留在值班室吧。"

"别，冯老师。"

刘丽丽刚刚急切地喊完这句话，头顶的灯光突然闪了几下，随之熄灭。

最近这片区的电压总是不稳，又停电了。

我知道，这下刘丽丽更不会放我离开了。

"准备手电筒。"我对刘丽丽说。

刘丽丽知道我是要拿着手电筒下楼，她嗫嚅着："冯老师，你就等120吧。"说到这儿，她突然想起什么，竟然高兴地说："对了，手电筒里的电池没有电了，电池还没有来得及买呢。"

看来只有等120了。

我徒然地坐下，对刘丽丽说："你把蜡烛点上吧，放心，我不可能举着蜡烛下去。"

"是啊。"刘丽丽放心地转身去点蜡烛，一边道，"外面下着雨，我们又没有伞。"

烛光亮起的那一刻，刚刚那从 408 室跑出的背影也突然从我脑海中划过，我不由打了个激灵。

刘丽丽正举着蜡烛走到我面前，把我的表现尽收眼底，她将蜡烛放在桌上，凑近我，找到同盟军似的轻笑着："冯老师，你也害怕啦？"

我望着刘丽丽："你说你单独面对周静母女的保姆时，会有恐惧感？"

刘丽丽在我面前坐下，不解地望着我："怎么啦，你怎么想起问这个？"

"我怎么觉得从 408 室跑出的那人的背影有点像周静母女的保姆？"

"啊？"刘丽丽惊奇地张大了嘴巴。

第三章　半夜神秘的敲门声

"你是说从 408 室跑出的人像周静母女的保姆？"刘丽丽惊奇地问。

我回忆着刚才追赶那人的细节，迟疑道："我也说不准，反正我现在想起从那人奔跑的步态上看，那人也不年轻，且后背略微有点佝偻，这让我很自然地联想到今天刚见过的周静母女的保姆，觉得这两人之间似乎有那么点相似。"

刘丽丽神色凝重地看着我。

突然刘丽丽手机铃声骤然响起，在这样的夜晚，这铃声是那样的刺耳！刘丽丽拿起手机，看着来电，神色紧张地："午夜来电，一陌生电话。"

我想到刚才的报警，宽慰地对刘丽丽说："是不是 110 来了，刚才不是你报警的吗？"

"对，对。"刘丽丽说着接通电话："喂。"

电话那头对方说着什么，刘丽丽连连称是，看来真是 110 来了。

我站起身来，欲等刘丽丽和对方通完话，了解了 110 那边现在是什么情况后，立即下楼。

"啊？是这样？你们仔细检查了吗？"刘丽丽的声音透出极度的惊奇和恐惧。

"怎么啦？"我不安地望着刘丽丽。

刘丽丽放下电话，神色恐怖地望着我："冯医生，110 现在就在楼下，他们说在我们所说的范围内根本就没有什么人躺在那里。"

"是不是那人跳楼后就跑了？"说完这句话，我自己也不相信自己的推测，有谁能从八层楼高的地方往下跳后还能安然无恙地离开？

"人家说了，那泥巴地上，根本就没有有人从楼上跳下去的痕迹，现在正下着雨，那块地又是泥地，真要有人从楼上跳下去，痕迹不是会很明显吗？人家用超强光的大手电，在楼后找了个遍，也没有什么发现。"

我沉默了。

就在这时，我的手机也响了，应该是120急救人员到了吧？

我接通电话，果然是120急救人员到了。

我该怎么向人家解释呀，我迅速在脑海里组织词语。

"对不起，让你们白跑一趟，受伤的人没有大碍，已经离开了。"

"什么？从那么高的地方跌下没有大碍？你不是在逗我们玩吧？"

"实在对不起，真是这样的，让你们白跑一趟。"

对方很生气，在电话里似乎爆了粗口，具体内容我没听清，我脑海里全是110现场勘察结果给我带来的震惊。

放下手机，我和刘丽丽两人均无语地坐着，其时两人脑海里应该都是震惊和不解。

也许是恐惧，刘丽丽起身，轻轻地走向值班室门口，欲将门关上。

突然，从长长的走廊尽头传来有节奏的轻轻的几下敲门声。

刘丽丽也听到了敲门声，她站在值班室门边，转过身来，怔怔地望着我："这么晚了，谁来？"

我抬腕看表，已经是半夜零点二十分。

敲门声停止了。

我和刘丽丽谁也不说话，周围静静的，只有雨声滴答。

"为啥只轻轻的几下，就不敲了？"刘丽丽望着我，神色紧张。

我也觉得今晚的一切都充满诡异，但我不能让刘丽丽看出我的不安，这样她会更害怕。

我突然想起什么，立即释然："对了，一定是110还没走，来找我们了解情况。"

我起身欲奔走廊，刘丽丽一把拉住我，紧张地："不对，如果是110来了，他们应该会先打我电话呀。再说就是不先打我电话，他们敲门，我们没应，他们也应该接着打我电话呀，不可能就这样敲几下，就完事了呀。"

我想刘丽丽说得有道理，又重新坐下。

刘丽丽将值班室的门反锁上，又回头对我："冯医生，我们一起抬张桌子过来，把门堵上。"

就在这时，从走廊上又传来几声轻轻的敲门声。

我走到刘丽丽身边，拉开门："不行，我得去看看。"

刘丽丽一把拉住我，几乎要哭的样子："冯医生，你不能去，难道你不觉得今晚上一切都很诡异吗？"

就因为诡异，所以我得去查个水落石出。

我回头对刘丽丽安慰地："没事，我出去后，你就把门反锁上。啊？"

刘丽丽拉住我不放，执拗地："不行，冯医生你不能去，我不敢一人呆在值班室。"

"丽丽，"我放缓语气，"你听我说，如果今晚真有什么危险，我们也不能在这儿坐以待毙啊，我们要变被动为主动，我出去查查，我出去后，你就将门锁死。"

似乎觉得我说得有道理，刘丽丽不再坚持拉住我不放，她松开了拉住我的手："你等等。"她转身朝值班室里间走去。

我不解地站在门口等她。

刘丽丽很快就从值班室里间走出来，手里拿着手电筒，不好意思地："刚才我骗了你，手电筒里有电池的。"说着将电筒递给我。

我取了开走廊门的钥匙，拿着电筒，拉开值班室的门来到走廊上。

身后传来刘丽丽锁门声和拖动桌子的声音，小姑娘胆小，一定觉得锁门还不够，将办公室桌子也拖来堵门了。

我回头看了一眼紧闭的办公室门，然后轻轻朝走廊尽头走去，手电筒的光，使得光圈之外的黑暗充满了神秘的不可知的因素。

走廊上传来的敲门声又停止了。

我一步一步地朝走廊尽头的门走去。

突然，我感觉到我身后似乎也有轻轻的脚步声，是错觉吗？

不对，不是错觉，身后的脚步声是那么真切，它正在向我一步步靠近。

就在这时，走廊尽头又传来轻轻的敲门声。

我艰难地朝前迈动脚步，此时我心中的恐惧不亚于刘丽丽，我既怕向前，又不敢后退。我真后悔当时不该在刘丽丽面前逞能，不应该贸然来到走廊上。

此刻，我真希望走廊两侧病房里的病人们能像刚才那样混乱地又哭又笑又闹，这样起码会给眼前的环境增加人气，我的恐惧也会减轻些。

我突然停下脚步，我等着身后的脚步靠近。

然而，我停下脚步，身后的脚步也随即停下。

我迈开步子往前走，身后若有若无的脚步又响起。

我快到走廊尽头了，现在的敲门声是那么清晰。

走廊门外不知道等着我的是什么，身后也不知道潜藏着什么危险。

我突然一个急转身，是什么，此时都得面对。

当我转过身去那一刻，心下骇然，在手电筒光下，长长的阴森的走廊里，一个从头到脚披着一块白布的人矗在我面前。

这难道是刚才那个莫名消失的神秘入侵者？

我想冲上前去揭开那块白布，就在这时，我脑海里浮现出了恐怖片中那种种恐怖的镜头，我的脚步无论如何也迈不动了。

短暂的犹豫之后，我狠下心来，不行，此时此刻就是阎王在面前，我也得面对。

就在我准备朝白衣人冲上去那一刻，我看见了手电筒光圈下，那白布下的一双脚，那双脚上的鞋子太熟悉了。

我为之一震！

第四章　门外是谁

昨天晚饭的时候，刘丽丽去食堂打饭，顺便将我的饭也带来。

就在我从刘丽丽手里接过餐盒时，不小心，餐盒歪了一下，一些汤汁滴落在刘丽丽的白色的护士鞋上，尽管刘丽丽及时用湿毛巾擦拭，最终还是在鞋面上留下了黄色的印迹。

现在，这双沾满了黄色印迹的护士鞋就出现在我面前，在这个白衣人的脚下。

此情此景，令我脑子里一片空白。

瞬间的愣怔之后，一个念头从我脑海里划过，这人怎么可能是刘丽丽呢？明明我刚才一出门，刘丽丽就将值班室的门锁死了，将自己反锁在值班室里了啊。

就在这时，一个发现让我镇静下来，我发现披着白布的人身子似乎也在瑟瑟发抖。

这个发现让我顿时勇气倍增，我猛地朝白衣人冲上去，一把掀开他身上的白布，白布瞬间飘落在地，站在我面前的竟然真是刘丽丽！

望着面前的刘丽丽，我竟然一时不知道该说啥，但我看向她的目光绝对是锋利的。

在我锋利的目光下，刘丽丽竟然小声地胆怯地望着我，"冯医生，怎么啦？"

这短短的一个问句让我感觉到，我可能误解了她。可她又为啥会这个样子跟在我后面呢？

"该我问你呢，你怎么啦？"我不客气地望着刘丽丽，不过目光比刚才温和了一些。

刘丽丽小声地："你走后，我想想还是不敢一个人待在值班室，我想跟你在一起，但我又害怕看见可怕的东西，就干脆将值班室的床单披在身上，这样我既可以避免看见可怕的东西，同时如果真遇到什么，我这样装扮，也能吓吓对方，能够保护自己呀。"

这小姑娘心思还够缜密的呀！

"那为何我停下脚步，你也跟着停下脚步？你为啥要悄悄跟在我后面，而不和我走在一起？"对刘丽丽的表现，我还是有诸多疑问。

"你停下脚步，我以为你发现了什么，使你不敢贸然前进，我也就自然不敢再上前了呀。你步子大，又先出门，我怎么跟得上你呀，自然就一直落在你后面了。我又不敢跑来追你，那样动静就大了。"

刘丽丽的话提醒了我，我们为何要轻手轻脚的唯恐对方发现我们呀？不是常说邪不压正吗？如果门外真有什么心怀不轨的对手，我们的胆小不是更壮大了对方的胆量吗？

想到这儿我大声地对刘丽丽道："走，看什么人敲门？"

刘丽丽惊讶地望着我，她不明白我为何从刚才的小心翼翼，一下变得大张旗鼓、毫无顾忌起来。

就在这时，刚停下的敲门声，又再度传来，声音比前几次都清晰。

我径直地大步地向走廊门口走去，我就不信邪了！

走到门口，我粗粗地冲着门外："是谁？"

门外传来一个男人的声音："警察。"

一定是刚才接警的警察，上楼来问究竟了。

我正欲开门，突然想想不对，如果是刚才接警的警察，为何在久敲门而无果的情况下，还久久守候在门口，而不拨打刘丽丽的电话？

刘丽丽也和我想到了一块，她紧张地："不对，不是警察。"

我压低声音对刘丽丽："快报警，刚刚接警的警察可能还未走远。"

在警察还未到来之前，我必须先稳住外面的人，走廊上的门就是一道木门，如果外面的人要强行进入，不是不可能。

"对不起，门从里面锁上了，开门的钥匙在值班室，我忘记拿了。请稍等等，我回值班室拿钥匙。"我对门外说。

门外一个略显疲惫的声音："请快一点，我们都在门口等好久了，打你们刚才报警的电话，那电话又关机了，真是的。"

我回头望望刘丽丽，手电筒微弱的光亮下，只见她拿着手机望着我，轻声道："我手机没电了。"

我对着门外："我们报警说的啥？"

门外另一个声音："你们不是说有人跳楼了吗？"顿了一下，又道："你们这是唱的哪一出呀？"

我立即打开门，手电筒光下，门外果然是两名警察。这两名警察一高一矮，也就二十多岁，三十来岁的样子。

原来警察此番到来，有两个目的：一来，是验证我们是否谎报警情。二来，如果所报如实，要来现场勘探究竟。

自然，警察很快就明了我们所报案情完全如实。警察打着手电在走廊的门锁上查看了一番，门锁正常。那么那神秘的入侵者是如何在走廊门已锁的情况下进入病区的呢？又如何奇怪地逃离的呢？在病区检查了一番，警察也没有找到任何线索。

"需要进入408室查看吗？"我问那个高个子的警察。

高个子警察："那是最好不过的了，只是这样进去会再次惊吓那对母女吗？"

刘丽丽道："她们已经安定下来了。"

刘丽丽打开408室后，我和两名警察轻手轻脚地走进408室。

手电光下，周静母女俩蜷缩着睡在同一张床上，睡梦中两人脸上仍是惊魂未定的表情。

在室内查看了一番，一切都没有什么异样。

走出408室，矮个警察告诉我，第二天调看监控录像。

将两名警察送到门口时，高个警察突然回头，问道："对那名入侵者你们就只有他（她）奔跑的步态不年轻这一点线索可提供吗？"

我脑海里又闪现出那神秘入侵者奔跑的背影，想了想，我道："那人奔跑的步态虽然不年轻，但跑的速度却是挺快的。"

"还有什么吗？再想想。"高个子警察道。

我思索了一下："没有什么了。待明天看监控吧。"

警察离开后，刘丽丽一边锁走廊大门，一边不解地问我："冯老师，您不是说那人奔跑的背影有些像周静母女的保姆吗？您怎么不把你的感觉告诉警察？"

我也说不清我为啥不把自己的感觉告诉警察，也许是从心底根本就不相信那个入侵者会是周静母女的保姆吧。

我和刘丽丽回到值班室，经过一番折腾，此时我感到疲惫不堪，一头倒在床上，心里盼望着快快到天亮，希望从监控录像里查到那个神秘来访者的线索，这样想着，我昏沉沉地睡去，不觉一觉到天亮。

早上八点，我走进周静母女的病房，周静母女各自的床头柜上，都摆放着一碗粥和一个馒头，那是今天的早餐。周婷婷蜷缩在床脚，神情紧张惊恐，看见我后，便一迭声地叫道："怕，怕，我怕。"周静则还在熟睡中。

我在床边坐下，安慰地对周婷婷说："婷婷怕什么呢？"

周婷婷目光迷茫地望着我，并不言语。

我望着周婷婷："婷婷快告诉叔叔，昨晚病房里是什么人来过？"

我话音刚落，周婷婷忽然双手抱着脑袋惊恐地大叫："鬼！鬼！"

"昨天晚上，他（她）又来了，好恐怖呀。"周静冷冷的声音也随即响起，我转过头去，周静不知道什么时候已站到我身后。

"冯医生，警察来了，在保卫科调看监控录像。让您也去保卫科一趟。"刘丽丽走进408室，对我说道。

我撇下周静母女急忙朝楼下保卫科急匆匆地赶去。

半小时后，我回到医生办公室，办公室里的医生全都朝我围上来。

"怎么样？"

"是啥情况？"

询问声不断地响起。昨晚的情况他们都已经从刘丽丽嘴里知道了。

我朝大家摇摇头，充满失望地对着一张张充满期待的脸："什么也没有看到。"

"怎么会呢？"有人惊疑道。

"监控器坏了，半个月前就没工作了。"

我话音刚落，对保卫及后勤工作的埋怨声充斥了办公室。

是啊，也难怪大家对保卫科充满怨气，这保卫科近段时间来，由于老科长退休，新科长外出学习，晚上就基本上没人值班。

我撇下身后不满的抱怨声，又来到408室，打开408室的门，周静母女此刻正各自坐在自己的床头柜前正常地吃着早餐，我看了下表，九点二十，应该是在我刚才离去之后，她俩就已经服药打针了。

母女俩对我的到来毫不在意，认真地吃着自己的早餐。望着母女俩此刻安静的神态，我打消了再和她们聊昨晚入侵者的念头。我实在不忍心将母女俩又拉回到昨晚那令她们恐怖的一幕中。

虽然我并不知道昨晚在408室到底发生了什么，但从母女俩对昨晚入侵者惊恐的表现，我相信昨晚发生在408室那一幕，对周静母女俩绝对是噩梦！

从目前所掌握的周静母女俩发病前后的情况看来，周静母女发病的诱因应该是深深的恐惧。这恐惧难道就是对保姆的恐惧，抑或是对昨晚那神秘入侵者的恐惧？保姆和那神秘的入侵者之间有关联吗？我脑海里出现了昨晚那神秘的入侵者奔跑的与保姆有些相似的略显伛偻的背影。

我决定利用今天休息时间，见见保姆。

第五章　保姆王妈

中午十二点保姆准时走进了一锅香火锅店。

中午，来火锅店吃饭的客人不多，店堂里只有我和保姆及另外两个客人，整个店堂显得整洁又安静，这正是我要的谈话环境。

我问保姆，怎么称呼她，她说大家都叫她王妈。

征询了王妈的口味后，我点了个清汤鹅火锅。

火锅还未上来，我和王妈的聊天开始了。

"昨天半夜，有人悄悄进入周静母女的病房，周静母女受到很严重的惊吓。"说完，我定定地望着王妈。

"啊？"王妈正举起茶杯喝水，听了我的话，不由一惊，举着茶杯的手抖了一下，茶水洒了几滴在桌子上。

"有这样的事？"王妈放下茶杯，也怔怔地望着我，随即又关切地问道："周静和婷婷后来怎么样了？"

"没有大碍。"

"哦。"王妈放下茶杯，若有所思地："是谁会半夜进入她们病房，去吓她们呢？母女俩已经够可怜的了。"

我直入主题道："我从周静母女入院记录看，她们是被派出所的警察送到精神病院的，今天上午我去了周静母女所在的辖区派出所，据派出所的警员说，上星期五周静和周婷婷突然慌慌张张地跑到派出所，两人都一脸的惊恐，说有人要害她们，要警察保护她们，随即周婷婷就完全失控，在派出所又唱又跳起来，周静看见周婷婷的状态，先是很吃惊和难过，抱着周婷婷哭起来，随即周静也失去了理智，抓住警察又打又闹，一副疯癫状态。"

正说着，火锅端上来了，我给王妈盛了碗饭。

"边吃边聊吧。"我继续道："今天上午从派出所出来后，我还去了周静母女工作和读书的学校，周静的同事和周婷婷的同学都说，周静母女俩平时很清高，和同事、同学接触都不多，他们也提供不了什么有价值的线索，对母女俩他们有一个共同的感觉就是最近一段时间来，母女俩都好像在恐惧着什么。"

见王妈一直端着碗不吃，只顾听我说话，我忙端起碗道："吃吧，王妈，我们边吃边聊。"

王妈不吃饭，看着我道："她们莫名其妙的恐惧感，是在我离开她们家后，我才感觉到的。"

"你离开她们家？那么就是说她们母女被送进精神病院时，你就已经不在她们家干了？"我问王妈。

王妈点点头，神色黯然道："是的，我是半个多月前离开她们家的。"

"为啥要离开呢？是她们要辞退你还是你自己要离开的？"

王妈叹了口气。

我忙道："王妈，先吃饭，我们边吃边聊，就从你开始进入她们家做保姆聊起吧。"

吃着、聊着，我和王妈之间渐渐地就像熟人一样了，王妈之前的拘谨也慢慢地消失了。

王妈告诉我，她是通过市里最大的一家劳务中介公司介绍，两个多月前到周静家做保姆的。在王妈的介绍中，周静母女的生活图景在我眼前渐渐清晰起来。

三年前周静和在深圳开制药厂的丈夫离婚了，几个月前周静母女住进了位于城郊的一幢新买的别墅里，别墅是周静的前夫为其和女儿购置的。

周静性情孤傲，几乎不见她和什么人有来往，女儿婷婷继承了母亲的清高孤傲，也没有什么朋友，王妈来到家中后，母女俩跟王妈却很亲近。

母女俩虽然和外界没什么联系，却也自得其乐，听音乐会，看画展，看电影，练瑜伽是她们学习工作之余的主要娱乐项目。尽管已经离婚，前夫每个月仍给母女俩一笔可观的资金补贴，所以母女俩生活质量很高。

不知不觉间，半个小时过去了，一顿饭也就在边吃边聊中结束了。

一阵闲聊下来，我明白了孤傲的周静母女为何都能和王妈很亲近，在交谈中，我深深感受到了王妈一言一语中渗透出来的善良、宽厚和她的亲和力，想起之前竟然把她和昨晚那个神秘的入侵者联系在一起，我不由地对她心生内疚。

饭吃完了，但我和王妈的聊天还没有结束，我让服务员又上了两杯茶水，谈话继续。

"王妈，听你口音你不是本地人，是吧？"我问。

王妈点点头。

王妈沉浸在回忆里："我和我丈夫是二十多年前从老家来到这座城市的，刚来到这座城市不久，我丈夫就抛下我和儿子跟一个女人走了，当时儿子才两岁。"王妈说到这里，不由有些黯然神伤。

我同情地望着王妈，王妈顿了一下，继续道："我独自将儿子带大，我儿子大学毕业后在外地工作，三年前儿子结婚后，曾把我接去一块住，但儿媳妇不好处，我不愿意给儿子添麻烦，两年前，我又独自回到这个城市里。我独自回到这座城市那天，心里好空好空，这种感觉我一生只体会过两次，一次就是老公离开的那个下雨的早上，一次就是离开儿子家，独自回到这座城市的那个下午。尽管那天下午天上有太阳，我心里却觉得好冷，好冷。"

面对着沉浸在回忆中的王妈，我心里又升起一个疑问：从王妈叙述的语言看，她应该是有一定文化的呀。

我望着王妈，忍不住打岔道，"王妈，你上学上到哪一个阶段？"问完这句话，我觉得似乎表述不清，又补问一句："你上学上到初中还是高中？"

王妈有些惊疑地望着我，看来我的疑问不是空穴来风。

王妈把望向我的目光转向窗外，视线定定地落在窗外某一个角落，我知道窗外的景物并没有进入她的视线，我的问话一定将她拉入到了从前的岁月。

王妈久久不语，看来她不愿意碰触这个话题。我急忙把话题转回到周静母女身上。

"你跟周静母女俩相处得挺好的吧？"我问。

王妈道："在这个城市我也没什么亲戚，周静和婷婷也没什么亲朋，我来到她们家虽然时间不长，但也许是同病相怜吧，我们三个人很快就处得像一家人一样。她们买来新衣服，一定要穿上身，让我评价好看不，她们去外面吃东西后，一定要给我带点回来，叫我尝尝，甚至有时看电影，都要把我拉上。在周静家里，我找到了家的感觉，周静和婷婷都曾对我说，王妈，你现在和我们就是一家人了，我们不要分开了。虽然相处时间不长，但在心里我已经把她们当做了亲人。但是半个月前的一天，突然发生了一件让我意想不到的事情。"

我一下来了精神，聚精会神地望着王妈。

这件事情似乎让王妈有些不堪回首，沉默了良久，王妈才慢条斯理却是有条不紊地叙述起来：

"那天是星期天，我一早就起床去菜场买菜，前一天晚上，周静就说第二天要吃猪蹄炖黄豆。猪蹄炖黄豆一直是母女俩爱吃的一道菜，说是常吃可美容养颜。

那天在菜场因为遇见一个老街坊，就多聊了一会，回到周静家门口时，我看手机已经快十点了，心里想着一进家就马上将猪脚炖上，让周静和婷婷起床就可以吃。周末她们一般都起得较晚。

我放下菜篮，去衣袋里取钥匙，却发现钥匙不在衣袋里。难道我钥匙没有带出门？我想了想，不会呀，昨晚临睡前，周静还告诉我早上记着带钥匙出门，因为上周末我出去买菜未带钥匙，回来按门铃叫她们，打扰了她们的睡眠。当时听到周静的叮嘱，我还特意按了按衣袋，告诉她钥匙在衣袋里。

莫非钥匙掉在了菜场？我想了想，觉得肯定是这么回事，我衣袋很浅，一定是掏钱时，不小心将钥匙弄掉了。

是等周静和婷婷起床了，我再进屋呢？还是按门铃或者打电话让她们起床开门？如等她们睡到自然醒了，我再进屋，她们中餐就吃不上猪脚炖黄豆了。如按门铃或打电话让她们起床，又会像上周一样打扰她们睡眠。况且昨晚周静还特地提醒我记得带钥匙，就是怕我打扰她们休息呀。纠结了一会，最后我在门廊上的躺椅上坐下，等她起床吧，慢慢地我闭上眼睛，竟睡着了。

等我一觉醒来，拿出手机一看，已经十二点过二十五分了。母女俩该起床了吧，奇怪，屋子里却没有一点动静。

我按响了门铃，门内却久久没有反应。这是怎么啦，平时周末她们起得再晚，时间也不会超过中午十二点呀。

按门铃没有反应，我又打电话，先是打周静电话，打了两次，都没有人接，接着我又打婷婷的电话仍是不接，我就这样不停地轮番打母女俩的电话，都没接。我着急了，母女俩会不会发生什么意外了？

一着急，我就急急忙忙地往保安值班室跑。

'你说你主人家出事了？'保安不相信地望着我。

我着急得要哭出来，说不出话，一个劲地点头。

'究竟怎么回事，你慢慢说。'

我把事情经过大致说了一下。

两名保安立即跟我来到周静家别墅前，保安上前按门铃，门内仍悄无声息。

我再次轮番拨打周静和婷婷的电话，电话通了，就是不接。

怎么办啊？我忍不住哭出声来。孤单了这么多年，好不容易遇到这么贴心的周静和婷婷，我早已经将她们当作了自己的亲人。

保安见我焦急的样子，安慰我：'不要急，我们报警，请警察开门进入。'

就在这时，一位住在十四栋别墅的老人，路过周静家门前，听说了周静家的状况，忙告诉我们，他今早八点来钟时出门遛狗，看见周静母女开车出去了。据他说，他看见周静母女都提着大件行李装车，看样子像要出门旅行。

不可能啊，周静和婷婷都还上着课呢，又不是假期，她们怎么可能这个时候出去旅行呢？再说了，她们要出去旅行，也不可能不告诉我呀，她们不明明在等着我买菜回来，给她们做猪脚炖黄豆吗？

见我不相信，十四栋的老人一个劲地说，他绝对没有看错。

是啊，他也不该看错呀，他住十四栋，周静家住十五栋，虽然平时邻里间没有往来，但左邻右舍的大家相互都熟悉的。

就在我不知道是否该相信十四栋老人的时候，保安宽慰我说，看监控就清楚了。

一句话点醒梦中人，我立即和保安往小区门口的值班室跑，为了当面证实自己没有说错，十四栋老人也紧跟着我们往值班室去。

监控调出来了，就在今天早上八点十分，周静家的红色保时捷开出小区大门。

十四栋的老人朝我笑着眨眨眼，意思是他没有乱说。我却整个人都懵了，对整件事情一下子理不出个头绪来。

　　周静家的车是八点十分开出小区大门，我是早上七点半离开周静家去菜场的。这就是说我刚走，周静母女就出门了。她们去旅行，为啥不告诉我呢？难道是临时有了去旅行的主意，就急急忙忙地走了？但这还没到放假的时间呀。

　　不对，不对。我脑子里像有个声音在不停地喊着这两个字。

　　保安望着我，道：'你再打个电话？'

　　我又拨打周静的电话，我的手忍不住有些颤抖，电话键按完了，电话那头传来：'你拨打的电话已关机。'

　　我又急急忙忙拨打婷婷的电话，结果一样。

　　我彻底没有办法了，离开值班室，径直朝周静家走去。

　　在周静家门廊上木然地坐了很久，我突然起身朝小区外走去，我要去找派出所报警，周静和婷婷不接我电话，随后又关机，这里面一定有啥原因，难道是她们被绑架了？

　　到了派出所，听了我一通叙述后，警察告诉我，就目前我叙述的情况看，周静母女的情况还构不成失踪的案件，要我回家再等等。

　　就这样我又回到周静家门口，我在门廊上的躺椅上坐下，心里就像有十五个吊桶，七上八下。

　　我不停地望着来路，希望看见那辆熟悉的红色保时捷，然而一辆车又一辆车从身边驶过了，唯独就是见不到我眼巴巴盼望的车辆。

　　傍晚时，十四栋的老头牵着狗出来溜达，看见我，在我面前停下。

　　'主人还没有回来吗？'老头问我。

　　'快回来了，刚才在电话里告诉我的。'我不知为啥要撒谎。

　　'哦'。老头点点头，'你们联系上了，这就好，这就好。'老人似乎也如释重负，高兴地牵着小狗离去。

　　小狗临走，回过头来朝我'汪汪'叫了两声。

　　我想起了小报上刊载的被遗弃的小狗，在老地方苦等主人的报道，我此时就多像那一只可怜的小狗呀！我不由满心心酸。"

　　我完全被王妈的叙述打动了，看着王妈泪眼婆娑，我的眼眶也忍不住有些湿润了。

王妈继续道：

"这天晚上，我在周静家门廊的躺椅上坐了一晚上，幸好我衣服穿得厚，一晚上也就这样过去了。

一个晚上没能睡着，天快亮时，我才有些睡意，慢慢地我竟然沉入梦乡。不知睡了多久，蒙眬中，有人碰我的胳膊，我一下醒来，脑子里第一个念头是她们回来了。

然而当我睁开眼睛，站在我面前的竟然是十四栋的老头。

老头见我醒来，忙道：'对不起，昨天关于这屋里的母女俩我还有个细节忘记向你说了。'

我紧紧盯着老头，想知道他究竟想和我说啥。

老头道：'我听见那做女儿的说，还有几件冬天的衣服忘记带了，但那当妈的说，不要了，另外再买。阻止女儿再回家收拾衣服，看那当妈的样子是要很着急地离开这里。'

'真的？'我望着老头。

老头望着我，一个劲地很认真地点着头，然后望了紧闭的大门一眼，道：'你昨天骗我说她们快回来了，是因为怕我替你担心吧？'

我完全没有了和老人讲话的心情。

母女俩这么着急地要突然离开，一定是在我离开后，别墅里发生了什么可怕的事情。不行，我一定得找警察，请警察开门看看从屋子里能否发现点什么来？

我起身就朝台阶下奔去，身后传来老头着急的喊声：'你去哪儿？慢一点。'

就在这时我突然停住脚步，就在前面不远处，有两男一女正说着什么，朝周静家走来。

一行三人走过我身边后，竟然径直走上周静家门前台阶，我朝他们追上去，他们在周静家门口停下，那个年轻的小伙子竟然从身上拿出钥匙，去开周静家的门。

'哎，你们干啥？'我一下冲到门前，拦在三人面前。

开门的年轻人望着我：'你干啥？你是什么人？'

十四栋老头走过来，对着三个人不客气地说：'这话该我们问你啦，你是什么人？'然后指着我对三个人道：'她是这家的保姆。'

'保姆？'年轻人不相信地望着我。

另外两人也相互疑惑地对望着，其中一人道：'这是怎么回事？'

'保姆？'年轻人又不相信地望着我，'你说你是周静家保姆？'

十四栋老人像个老小孩似的，'就是，就是。'

年轻人望着我：'你是她们家保姆，你难道还不知道她们家要把这房子卖了吗？'

我一愣，先是一万个也不相信周静会卖房子，但联想到老头刚才所说，我似乎觉得年轻人的话有几分可信了。

年轻人见我愣在那里，不说话，就从随身的包里取出一份合同，'你认识字吗？这是周静昨天下午委托我们替她卖房的合同，她是昨天上午搬走的，将钥匙给了我们。'

我接过那份合同，果然是周静委托房屋中介公司的卖房合同。

这下，连十四栋的老头也不说话了，怔怔地望着我。

我心一下冰凉透了，周静和婷婷不要我了，她们趁我买菜之际，悄悄走了。

二十多年前，我被丈夫无情抛弃时的那种满怀的凄凉之感再次涌上心头。

我脑子里一片空白，这突如其来的毫无道理的变故让我脑子里像有一团乱麻，我一步一步走下台阶，朝小区外走去。

十四栋老头追上来，将我在菜场买的那一兜菜递到我手上，同情地：'你去哪里？你家在哪里？'

我望着老头，强忍住哭声：'我有家的，我这就回家。'我就这样提着一兜菜，漫无目的地走出小区大门，漫无目的地走在大街上。

那天，我不知道是怎样走回家的？回到家里，我将那一兜菜放在一个角落里，我不忍心看那一兜菜，看见那兜菜我心里会难过得没法说。屋子里好久没住人，满屋的灰尘，我就在灰尘中枯坐到天黑。"

说到这里王妈已然泪水涟涟。

我满怀同情地递给王妈一张餐巾纸。

王妈擦拭了脸上的泪水，抬起桌上的茶杯，猛喝一口后，不再说话。

我也沉默着，不说一句话，让王妈平复一下复杂难过的心情。

终于，我还是忍不住又开始问话了："她们为啥突然就，突然就悄悄离开你了呢？"其实，我想问的原话是"她们怎么突然就不要你了呢"。话到嘴边又改口了，我不忍心让言语再伤着王妈。

王妈沉思良久，一脸困惑地摇摇头。

"先生，请先买单吧。"服务员拿着消费单走到桌前。

在我付款的当儿，王妈拿起手机看了一眼，"对不起，冯医生，我得走了，我手机有点问题，显示不出来电号码了，我得去修修，之后我还得去一户人家做钟点工。我得走了。"

我点点头，站起来送她，一边问道："你什么时候有空？我还想再和你谈谈。"

"晚上八点钟后，我都有空。"王妈倒还挺爽快。

"好吧，晚上九点半我们在月星茶楼见，月星茶楼就在市政府旁。"我说道。

这么善良的令人同情的老太太，周静母女为何会突然就不要她了呢？望着王妈为了生活奔波匆匆离去的背影，我百思不得其解。

第六章　前夫来电

下午两点钟，我出现在院长办公室。

我向院长递上了一份申请。

我申请将周静和周婷婷的精神病因作为课题研究并向院长陈述了申请理由。

从目前掌握的情况看来，周静和周婷婷的发病是因恐惧所致，是什么导致她们如此恐惧？从保姆每次来探望周静母女，母女俩都会受到惊吓这一点来看，保姆是让她们恐惧的一个因素。从中午保姆所述的周静母女俩突然趁保姆离家之际，悄然离开，似乎从那个时候起她们对保姆就已经有所恐惧了。但从今天中午与保姆接触下来看，保姆一点问题都没有，那是个善良的女人，挺让人同情的。如果周静母女中只有一个人是因对保姆莫名其妙产生恐惧而导致精神错乱，这完全可以认为是因为知觉障碍所致，然而蹊跷的是母女俩同时对保姆产生恐惧，且很可能是因为这恐惧导致精神错乱，这对于并未有家族精神病史的母女来说，无论如何也让人想不明白。

"你觉得保姆没有一点问题吗？"院长问。

我肯定地摇摇头。

院长沉思了一下，道："好吧，从今天起，你就专门做周静和周婷婷的医生。并把周静母女的致病原因作为课题研究。"

原以为院长不会轻易成全我的意愿，没想到他这样爽快，我不由满心高兴。

"谢谢院长!"我正要离开,院长叫住了我。

"这是周静前夫的电话号码,他要求和周静母女的主治医生对话。"院长说着,从抽屉里拿出一张写着电话号码的纸条递给我。

周静前夫要和我沟通?这正是我所希望的。

拿着院长给我的纸条,我匆匆回到医生办公室,我拨通了周静前夫刘智勇的电话。

电话里,我一番简短的自我介绍后,电话那头响起了刘智勇沉稳的对我彬彬有礼的问候。

双方对话很快切入正题。

刘智勇告诉我,他认为周静母女同时精神错乱,这太违背常理了,他认为要治愈周静母女的病,一定要找出致病的病因。刘智勇话音里透出深深的难过和激动!

这是一个好男人!这是我对刘智勇的第一感觉。

我告诉刘智勇,精神病学的病因学分类学说,就是要找出病人的病因,对因治疗。从母女俩的入院记录和我目前了解的情况看,致母女俩精神错乱的原因是恐惧,是母女俩心底深深的恐惧!

"那你查出是什么使得她们恐惧了吗?"刘智勇急切地问。

"她们对保姆有恐惧,但不能就此断定保姆是她们唯一恐惧的源头,且从和保姆的接触中,看不出保姆有什么异样。"

对方沉默下来,似在思索什么。

"从母女俩入院记录看,周静没有家族精神病史。对周静母女做入院记录的护士告诉我,这一点是通过周静单位了解的。据说这是她的单位为了对她负责,专门对此做了多方调查了解得出的结果。我不知道,你对此有不同看法没有?"我打断他的沉默。

"没有,周静绝对没有家族精神病史,她的母亲是我们结婚之后才去世的,她父亲我虽然没有见过,但也从未听她说过她父亲有精神方面的疾病,从未听说过她家有人患精神病。"

"你和周静离婚后,还有来往吗?婷婷是因为你和周静离婚了,才跟周静改姓周的吗?"

"没有来往，但我一直都关注着她和婷婷的。她们母女俩住的别墅，就是几个月前，我从一对移民海外的母女俩那为她们买的。婷婷从出生就跟周静姓，孩子出生前我和周静就曾约定，出生的是男孩就跟我姓，是女孩就跟周静姓。"

"能告诉我你们为啥离婚吗？"

对方沉默了一下，似乎不愿意提及这个话题。

"能不谈这个话题吗？我与周静的离婚与她们母女俩的病没有必然联系。"

我想他说的也在理，他和周静是三年前离婚的，而周静母女俩是最近才发病的，而在此之前，母女俩一直都好好的。

"你是什么时候知道母女俩患病的？你既然这样关心你前妻，你为何不亲自前来看看她们呢？"在问完这句话后，我心里想的是他一定再婚了，为了顾及现任妻子的感受，不敢贸然前来。

"是我朋友替我送生日礼物给婷婷，去学校找婷婷，才得知她母女俩的事。我是昨晚听说这件事的，我怎么不想来呀，可一周前我不小心跌倒，腿部骨折，我现在都躺在床上的。"

原来如此。

我告诉刘智勇，周静母女蹊跷地同时患病，也引起了医院的高度关注，我现在是专门为母女俩治病。跟他所想的一样，我现在首先要做的就是找出母女俩恐惧的根源，从目前和王妈的接触看来，王妈没啥异样，但我还会继续关注她，同时了解是否还有其他致母女俩恐惧的因素存在。

我向刘智勇谈到了那晚 408 室神秘的入侵者，希望刘智勇能对此提供有用的线索，但他对此也没有任何有价值的意见。

"好吧，就谈到这儿吧。我们随时沟通。晚上九点半后，我和保姆还有一次见面。"

我结束了和刘智勇的谈话。

我急于想知道周静母女为何莫名其妙地要突然从王妈的生活中消失，希望从王妈那里能再挖到一些线索。

第七章 再见保姆

晚上九点半，我在月星茶楼门口准时见到了王妈，我们一起走进茶楼。

茶楼装饰典雅，在茶楼一角有一个长发披肩的女子正在钢琴上弹奏《斯卡布罗集市》，我和王妈走向临河的卡座，窗外的河水倒映着对岸的霓虹灯影，在《斯卡布罗集市》轻缓的旋律中，如梦如幻。

王妈喝了一口茶水，望望窗外的景致，显得有些局促。

我知道，王妈肯定从未涉足过此类场所，之前选见面地点时，也考虑过去王妈能够适应的地方，但看了两处，太嘈杂，不适宜交谈，最后只有来到这里。

为了让王妈能像白天那样跟我自如地交谈，我先和王妈拉起了家常。

"王妈，你读书读到初中还是高中？"我问完这句话，敏感地意识到王妈脸色似乎有些不好看。

我想起了白天王妈对这个问题的排斥，心里不免有些犯嘀咕，我是该继续就这个话题问下去，还是就此打住。

犹豫就是一闪念的事，犹豫过后，我马上告诉自己，这个问题应该继续问下去，我不是还需要进一步了解王妈吗？

打定这个主意后，我就静静地望着王妈，等待着她的回答。

王妈望了我一眼，沉默了一会，终于将她那段刻骨铭心的往事向我和盘托出。

原来，我猜得一点不错，王妈果然是读过一些书的人。二十世纪七十年代末期，王妈上了她所在县城的师范学校，进校的第二个学年，她就跟班上的一位男同学也就是她后来的丈夫好了，两人迅速就进入了热恋状态。

说到这里，王妈脸上有些羞赧，似乎有什么难言之隐，我也隐隐猜到了王妈羞于启齿的是什么事。

王妈沉默了一会，然后告诉我，不久她和恋人均被学校开除了学籍。

我知道，王妈在对往事的两段叙述中间，省略了一段话，那就是两个年轻人做出了在当时人们看来是极其有辱门风、校风的事——偷吃禁果。

两人没脸回乡下，就在县城里打临工维持生计，不久两人的孩子就来到了这个世界上，之后两人就带着孩子来到这座城市，然后就是丈夫的负心离去。

王妈说到这里，泪水湿润了双眼。

我将茶水递到王妈面前，同情地望着她。想到这样一个人，早年历经艰辛和心酸，晚年终于盼到儿子成家立业，以为从此有了幸福的生活，谁知又与媳妇不能相处，接着遇到周静，本以为找到了依靠，却又被无情抛弃，我心里为她深深难过。

"周静母女从你生活中消失后，你再见她们时，她们就已经在精神病院里了吗？"不愿意让王妈继续沉浸在难过的往事中，我直接将话题切入正题。

王妈摇摇头，道："不是，在她们进精神病院前，我还又见过她们。"

"哦？从头说来听听。"我道。

王妈又开始了她的叙述：

"那天，我从周静家跌跌撞撞地回到自己家里后，愣愣地在屋子里坐到天黑，夜很深了，我才倒在床上，但是一夜无眠。

第二天天才蒙蒙亮我就起床，往周静学校奔去，我要去找她问个究竟，她可以不要我在她家做了，但她不该就这样偷偷抛下我，就带着女儿走了。她对我一定有什么误会，我希望能解除误会。我知道她星期一上午八点钟有课，七点钟还不到，我就守候在她们学校门口了。

七点半，我在学校门口看见了那辆熟悉的红色保时捷轿车，我一下冲到车前，伸开双臂拦住轿车。

我清楚地透过挡风玻璃看见坐在驾驶座和副驾驶座上的周静和婷婷，两人看见我后，脸上呈现出来的都是一副惊慌失措的表情，而周静则惊慌地拼命按喇叭。

周静按下的喇叭声引来了保安，保安走到我面前，一把将我拉开，周静随即驾驶着车子急驶而去。

我眼巴巴地看着周静驾驶的车子远去，我不顾保安的阻拦，拼命要去追周静，但我一个老太婆怎么能抗过两个年轻力壮的保安呢？最终我没能走进校园。

保安问我是干啥的，为啥要拦周静的车，我想了想，决定什么都不对他们说，我担心把事情原委说出来后，会影响大家对周静的看法。

就这样，我一个上午都徘徊在学校外面的林荫道上，周静和婷婷突然悄悄搬离别墅，再次看见我后那惊慌失措的表现都让我认定我们之间一定有误会，这误会在哪里？我一定得搞清楚。

周静星期一的课就是上午四节，中午十二点她就该下课了。十二点钟一到，我就躲在校园外的树荫里，紧张地全神贯注地盯着学校大门口，在来往的车流中寻找那辆红色的保时捷。

然而从中午十二点直到下午两点多钟，我都没有看见周静的车子从校园里出来，难道周静要等婷婷下午下课后一起回家？我不知道。我在树荫下垫上一张纸，就坐在纸上，那今天就一直在校门口守着吧。

就这样，我在校门口从中午十二点一直候到下午六点多钟，都未见到周静的车子出来。

保安走到我面前，关切地问我：'阿姨，看你整整一天都在这儿，你究竟是有啥急事，一定要找到你今天上午拦截的那辆车的车主？'

我望了望保安一眼，扭头走开了。

身后传来好心的保安的声音：'学校还有后门，你要等的人也许已经从后门走了。'

我一下停住了脚步，是呀，学校在民生路上还有个后门，我怎么忘记了？

我昏头昏脑地走在回家的路上，在横穿马路时，没有注意到红灯，差一点撞上一辆出租车。

出租车司机从车窗伸出头来，对我一阵吼，就在司机对我猛喝的当口，一个主意从我脑海中升起。

第二天下午四点来钟，我叫了一辆出租车，停在民生路上艺术学院后门旁。我就坐在车里，默默地关注着校门。

我知道星期二一整天周静都有课，我想周静既然不愿意见我，我现在拦住她也没用，我不如暗中跟踪她，找到她的新住处。找到她的住处后，有益于我接近她，从而了解她和婷婷为何要突然离开我，以便解开我们之间的误会。

我不知道周静今天会不会从前门回家，如果她今天从前门回家，我就扑了个空。

正这样想着的时候，我的心突然咚咚地跳起来，我看见了那辆熟悉的红色保时捷，是周静，周静开车从学校出来了。

我急忙叫司机跟上周静的车。

对周静的跟踪很顺利，二十分钟后，周静的车子驶入了一条偏僻的小街，驶入一个有着两扇大铁门的院子内。

我匆匆下了出租车，紧跟着周静的车子进入院内。

院子里共有三幢楼，每幢楼大约有七八层高，这些楼房看来应该有一二十年的历史了，有些陈旧。

我在院子里找了个角落躲起来，偷眼打量周静和婷婷的动静，我看见周静和婷婷下了车，母女俩警惕地四下打量了一下，然后迅速地进入正对大铁门的那幢楼的二单元。

从周静和婷婷那警惕的四下打量的情形看来，她们似乎在担心着什么，难道是她们预测到我要跟踪她们？为啥我会让她们如此紧张？一定要和她们谈谈，我一定要解开这其中的谜团。但眼下我是不能再贸然跟上去了，一切不能操之过急。

就在我要离开院子的时候，从周静和婷婷所住的楼里的二单元走出两个五十多岁的男女，看样子是一对夫妻。

我急忙走上去，对着那位妇女：'请问一下，上个星期天有一对母女搬家到你们这幢楼，能告诉我她们住在几楼吗？'

那位妇女警惕地望着我，迟疑着没有回答。

我一下醒悟过来，这样问，人家肯定会警惕呀。

我急忙笑了一下解释道：'是这样的，她们是我从前的雇主，我是她们家钟点工，她们搬到这里后，让我继续来她们家做工，她们告诉我她们家就住这里，将她们的楼层也告诉了我，但是我忘记楼层了，我现在手机也没有带，也打不了她们电话。'

听我这样一说，那男的急忙说：'你说的那家人应该是在六楼，602，就住我家楼下。'

我急忙道谢，向楼里走去，走进门洞，回过头，看见夫妻二人走出院子大门，我才从楼里出来，匆匆离去。"

我打断王妈的话："在你从中介那里知道周静母女委托他们卖房后，你就没有再打过她们电话吗？"

"打过的呀，她们母女两个都停机了，估计就是怕我再打她们电话，重新换号码了。"

"喝口水吧，王妈。"我给王妈茶杯里又续了点热水。

王妈端起茶杯喝了一口，又开始了叙述。

"第二天我待在家里，哪里也没去，一整天我都在思索怎么才能让周静能够平静地面对我，只有这样，我们才能平静地交流，我才能搞清楚她和婷婷为何现在这样对待我，但我想了一整天，也想不出什么办法。第二天一早我就去菜场买了黄豆和猪脚，然后提着菜篮去周静母女的住处，周静一个星期只有星期一、星期二有课，今天应该在家的。我实在是想不出能够让周静平静对待我的办法，就这样直截了当地去见她吧。

一路上我想着，周静和婷婷突然离开别墅，应该是早有计划了，不然临时起意，哪里能一下就找到或者买到房子。快到周静和婷婷住处时，我又犯难了，从前天周静和婷婷在校门口与我相遇的情形看来，周静是一定不会让我进屋的，这该怎么办？

我这样想着，却并没有停止往周静家走去的脚步，到了周静家楼下，我竟然意外地看见了周静的表姐。"

"周静的表姐？怎么之前没听到你提起过？"我有些意外，又出来一个人物。

第八章　堂姐

"哦，我说错了，应该是周静的堂姐。"王妈平静地说道，"周静堂姐在周静住在别墅时来找过周静几次，周静就是不见她。"

"你知道周静为何不见她堂姐吗？"

王妈摇摇头："周静不说，我也不好主动问。"

"那么之后周静堂姐怎么会又出现在周静新住处的楼下呢？莫非是周静把自己的新的住处告诉堂姐了？对于那样排斥堂姐的周静来说，这样做可能吗？"我向王妈提出了疑问。

王妈道："我开始也和你一样想的，结果周静堂姐告诉我，她是头天下午又去别墅找周静时看见几个搬运工正从别墅往外搬运钢琴，上前打听，才知道周静已经搬家，这些搬运工正替周静把钢琴搬到她新的住处。她从搬运工那里知道了周静的新住处，但当时她还有其他事，就改在第二天来找周静了。

周静堂姐见到我很高兴，要跟我一起上楼，但我想到周静对她的排斥，便拒绝了她的要求。

我独自提着菜篮到了602室门前，我听见里面有动静，周静在家的。

我上前按了门铃，里面的动静立即停止了，我以为周静来开门了，然而门迟迟未打开，我又反复按了几次门铃，里面就是没有动静，我迅即明白了里面为何没有动静，周静一定是通过门上的猫眼看见了我。

　　怎么办？

　　就在这时我听到从身后传来上楼的脚步声，我刚转过身去，就听到一阵惊叫声，原来是婷婷，这个时候婷婷是应该在学校上课的，不知为何突然回来了，她睁大着一双惊恐的眼睛望向我和我旁边，我这才发现，周静堂姐不知何时已经悄悄跟在我后面上了楼，此刻就在我身旁。

　　我还没有反应过来，婷婷就嘶声惊叫着，往楼下奔去，我一时手足无措，不知道是不是该去追她。

　　婷婷的叫声惊动了屋里的周静，周静突然拉开门，脸色发白，浑身颤抖地看着我和她堂姐，然后不顾一切地从我们身旁跑过，追婷婷去了。"

　　"后来呢？"我急切地问。

　　王妈又开始了叙述：

　　"我和周静堂姐在周静家门口等到晚上，都没有见到母女俩再回来。两天后，我又去周静家，我这次没有去按门铃，我怕又吓着她，我把写给她的信放在她家门口的报箱里。就在我刚要返身下楼时，我遇到上次我在楼前遇到的周静的邻居，那位五十几岁的妇女，她告诉我周静家又搬走了。

　　'她没有把她搬家的消息告诉你吗？'这位妇女问我。

　　我摇摇头，有些吃惊地：'又搬走了？'

　　'是啊，真够折腾的。'这位妇女摇摇头，兀自上楼了。"

　　王妈说到这里长长地叹了口气。

　　一时间我和王妈都沉默下来。

　　我不明白究竟是什么使得周静母女对王妈如此恐惧，以至于母女俩一次又一次地搬家。

　　"那么你后来是怎么知道周静住到精神病院里去的呢？"我问。

　　王妈道："我见自己让周静和婷婷这么恐惧，也就暂时打消了一定要见到周静的念头。但是半个月过去了，我心里就是放不下这件事，于是一个星期三的下午，我将曾经准备给周静的那封信直接送到她学校去，之所以选在星期三去，是因为我知道周静这天没有课，我不想让她再见到我后，又受到惊吓。结果当我把信给她的一个同事，托他转交给周静时，她同事告诉我周静住进了精神病院。"

　　"你给周静的信里写了什么？"我问王妈。

"因为根据周静和婷婷目前的状态看，她们母女两个是根本不可能和我坐下来谈，所以我就给周静写了信，信里我问她，究竟是什么原因让她们母女俩那么排斥我？恐惧我？我尤其申明的是我那天和她堂姐同时出现在她家门口纯属巧合。因为还在别墅时，就因为我看她堂姐一次次从乡下老家赶来也不容易，我表示了一下对她堂姐的同情，劝周静见见她堂姐，结果一向通情达理对我很好的周静竟然对我发了脾气，说我胳膊肘往外拐。"

我陷入了沉思中，在王妈眼里平时通情达理的周静，为何在对待堂姐的事情上显得有些不见人情？堂姐又是为何一次次地来找周静，要急于见周静？

沉默了片刻，王妈又道："我感觉周静她堂姐是有啥急事非要找到周静不可的，但周静就是说啥也不愿意见她。"

"有急事，有啥急事呢？"我自言自语道。

王妈道："谁知道呢？我听周静说，她堂姐在乡下老家，她们已经有很多年没有来往了。"

这就让我更奇怪了，有很多年未来往了，为何突然急切地要找周静？

我问："周静堂姐多大年纪？"

王妈道："看样子和我年纪不相上下。"

我脑海里闪过了那天晚上，医院里那个神秘入侵者奔跑的并不年轻的背影，难道是周静堂姐找周静找到医院去了？

"你说，如果周静堂姐在周静家里找不到周静，听说周静进了医院，会不会又跑到医院去找周静？"我问。

王妈点点头，"完全有可能。我感觉周静堂姐是有什么急事，非要见到周静不可，所以如果她听说周静住进医院了，她完全有可能又跑到医院去找周静的。"

"你没有问一下周静堂姐，她为啥那样急着要见周静吗？"我问王妈。

"我问过的呀，可是她不告诉我，只是说时间很紧，一定要见到周静不可。"王妈说。

那么，那天晚上夜闯周静母女病房的人很有可能就是周静堂姐了。

"那么，周静的堂姐也很有可能四处寻她不见，就找到她工作的学校去，通过学校知道她进了精神病院。"我说。

"嗯，很有可能。"王妈点点头。

我现在已经有百分之九十的把握，认定那天夜闯周静母女病房的就是周静堂姐了。

我想到了周静母女对入侵者那种深深的恐惧。

王妈说就因为她替周静堂姐说了句话，就使得周静对她不高兴。会不会周静母女俩恐惧的对象是周静堂姐，周静搬家是为了逃避堂姐，只因为王妈为周静堂姐说了句话，周静就把王妈和堂姐归为同类，所以搬家的事也背着王妈，在精神失常进入精神病院后，周静和周婷婷就更是把前来探望的王妈与堂姐混为一谈？

如果那晚闯入周静和婷婷病房的真是周静堂姐，那么她为啥不白天去见周静，而要选择在深夜偷偷摸摸闯入，更让人不能理解的是，那晚她在走廊门已经锁上的情况下是如何进入病区的？后来又怎么莫名其妙地从病区消失的呢？

看来我很有必要去见见周静的堂姐了。

听说我要去周静的老家见周静的堂姐，王妈自告奋勇地说她给我带路，她曾陪周静回老家给她祖父上过坟。

王妈说周静的老家位于深山里的一个名叫和蓬溪的村落。到了青冈坡后，还要走上两个多小时的山路才能到达和蓬溪。

王妈还告诉我周静回老家上坟，也没有去见她堂姐，她只是在村口，远远地朝山上一座宅子指了指，说那是她家老屋，现在是堂姐一家在住。

我和王妈约好，第二天早上九点钟出发。

第九章　午夜来电

走出月星茶楼，我替王妈打了辆出租车，看着王妈离开后，我本想再去医院看看周静和婷婷，但抬腕一看，时间已经是十一点十分了，就放弃这个念头，随即上了辆出租车回家了。

妻子和孩子都还在国外，家里就我一人。

似乎刚刚入睡不久，一阵急促的手机铃声将我叫醒，我一看手表凌晨两点，心里不由一惊。

来电是一个座机号码，接通电话，我还没来得及说话，电话那头就传来一阵低沉的一时间难以辨别男女的声音："你应该去医院看看，去医院看看。"

声音低沉，不是正常的说话声，感觉每一个字都是用气管发声的，有的字音还拖得长长的，在这寂静的半夜，这样来路不明的充满恐怖气息的电话不免让人毛骨悚然。

"你是谁？"我大声问道。

对方却并不回答，一直不停地"去医院看看，去医院看看，去医院看看"。

我猛地挂断电话，直觉告诉我，周静和婷婷可能出事了，我慌忙起床，一边准备往医院赶，一边拨打医院值班室电话，但电话一直没有人接，不祥的预感更加强烈了。

当我到达医院，停好车，走近二病区所在的大楼时，我心中一惊，一个蒙着头巾的人正从大楼大门跑出，从我身旁跑过，那略微佝偻的背影似曾相识，我猛然想起了那天夜晚，那个神秘的入侵者，对，不错，那步态，那身影，就是那晚的入侵者。

我朝那人影追去，然而跑到十字路口，入侵者没有了踪影。

是继续追下去，还是去看周静和婷婷？我略一迟疑，转身朝二病区大楼跑去。

当我气喘吁吁地站在二病区门口时，二病区的门从里面锁得好好的，里面也静静的，并没有我预想中的病人遭到入侵后狂躁的反应。

然而这种静，让我心里更是深深的不安。

我再次拨打二病区值班室电话，仍然没人接听，出事了！我似乎听到了自己狂乱的心跳声。

我急匆匆地跑下楼，叫来保安，自从上次入侵事件发生后，医院加强了保安工作，保安随我上楼，撬开了二病区的大门。

保安随我走进二病区走廊，暗淡的灯光下，半夜里长长的走廊里显得阴森森的，保安的皮鞋敲击在水泥地面上，发出清脆的响声，我回头示意他放轻脚步。

一路看来，每个病房的门都关得好好的，并无异样。

然而走廊转过弯后，我就发现了不寻常，这个时候，从408室也就是周静母女的病房里，竟然透出了灯光。

我迅疾来到408室门口，门是被锁上的，再透过门上方的玻璃窗往里看，周静和婷婷的床上均不见人，但两张床上的被子都隆起，难道人藏在被子里的？

我转身冲向值班室，敲响值班室的门，我听到里面似乎有什么东西掉到地上的声响，里面有人，我心里稍安了一些，但刚才为何一直不接电话？

我等着里面的人来开门，然而门迟迟不开。

我再次敲门，这下门内没有了一点动静，变得异常安静。

我转身对保安："把门撬开。"

我话音刚落，门内响起一阵脚步声，随即门开了。

我环顾值班室内，一切如常，我再看值班的两人，一个是护士李大姐，一个是医生小王。

"发生什么事了吗？"我问。

李大姐和小王面面相觑，两人似乎都迟疑了一下，然后望着我摇摇头。

我着急又不解地："那你们为啥不开门？还有 408 室的灯光亮着，周静和周婷婷却不在床上。"

李大姐道："今天晚上不知道为啥，母女俩就是不准关灯，而且两个人都把整个身子全钻进被窝里，唯恐看见什么可怕的东西。"

"那我们刚才敲值班室的门，你们为啥不开门呢？"保安问。

"打值班室电话也没有人接。"我补上一句。

李大姐说值班室电话下午就坏了，电信局的维修人员还未来得及上门维修，接着又道："刚才我们突然听到走廊上响起脚步声，吓得不轻，我们明明已经将走廊门锁上了，不知道怎么会有人进来，我们想起了前几天那个莫名其妙的闯入者，所以你在外面敲门时我们没敢答应。"

"今晚没啥异常吗？"我有些不解。

"没有呀，怎么啦？你这么晚跑来一定有啥事吧？"李大姐问道。

我想起那个神秘的电话和在门口遇到的那个人，再看看身旁似乎一无所知的李大姐和小王，怕吓着她们，决定暂不和她们说啥，就告诉她们值班一定要小心，我这个时候来就是想看看周静和周婷婷。

显然我的说法，李大姐和小王都觉得有些牵强，但也不好再问啥。

一个小时后，我躺在了家里的床上，说躺是不确切的，实际上我是靠在床头，"去医院看看，去医院看看"那低沉的用气管发声的充满恐怖气息的嗓音一直在我耳边萦绕，而那从医院大门跑出来的佝偻的身影也总在眼前晃动。

那佝偻的身影是周静堂姐吗？如果是周静堂姐，她是否是又想侵入周静母女的病房？那奇怪的来电又究竟是怎么回事？从医院回家的路上，我又试着回拨过那个奇怪的来电，却一直没人接听。

我感觉脑子里像有一团糨糊，只盼着天快亮，天亮后首先查一下昨晚的来电究竟是从何处打来的。

天，快亮吧！

就在我迷迷糊糊快要入睡之际，手机铃声突然又急剧响起来，我拿起手机，来电显示是一个陌生的手机号码，我看着来电，心里竟然升起几分恐惧，电话铃声在半夜时分显得异常诡异。

我短暂的犹疑后，毅然接通电话，当我听见电话那端传来的声音时，我……

第十章　惊魂之旅（一）

电话竟然是王妈打来的。

"怎么啦？王妈。"听到话筒那端响起王妈的声音，我心里一紧。

"你……没事吧？"王妈迟疑了一下，声音里透着深深的不安。

"我好好的呀。"我一下睡意顿消，"你怎么啦，王妈？怎么想到这时候问我这个？"

"哦。"王妈声音里的不安消失了，取而代之的是深深的歉意："对不起啊冯医生，打扰你了。"

原来王妈做了个关于我的极端不好的梦，她刚刚从梦中惊醒过来，她有些担心我，所以给我打了这个电话。我问她，她的电话号码怎么变了，她说她下午去修手机，修手机的师傅建议她去移动公司参加交话费送手机的活动，她原来用的是电信的手机，参加移动交话费送手机的活动后，她原先的号码就没用了。

虚惊一场后，我强迫自己尽快入睡。

早上八点，我在手机闹铃声中醒来。

我给在电信局工作的同学打了个电话，请他帮我查查昨晚那个神秘来电究竟是何处电话。

同学很快就回我话了，昨晚半夜拨打我的那个神秘的电话是从一公用电话机子上打出来的，这公用电话大约在距离我工作的医院三百米处。

坐在驶往车站的出租车里，我脑海里又开始扑腾了。

经过短暂的睡眠，我头脑似乎比昨晚清醒了许多，直觉告诉我，昨晚的事情没那么简单，在二病区病房确切地说应该是在408病房一定发生了什么事情。

不行，我得给刘丽丽打个电话。

说也巧，我刚拿出手机，刘丽丽的电话就打过来了。

原来我的推测没错，昨晚二病区里果然又出事了。

刘丽丽说，昨晚，就在我到达医院前半个小时，值班室里的李大姐和小王就听到从408室里传来周静母女的惊叫声，她们急忙跑向408室，距离408室还有段距离时，她们看见一个人影从408室跑出，那个人的背影就跟我之前看见的一样，背有些佝偻、有些老态，她们没有敢去追那个人，直接进入408室，打开灯，灯光下，周静和周婷婷看样子被吓得不轻，两人脸色发白，浑身颤抖不停，两人不停地对她们说，怕，有鬼，鬼又来了。之后就不准她们关病房的灯了，还将整个身子躲进被窝里。

原来昨晚护士李大姐忘记给病区走廊门和各病房门上锁了，等那神秘的入侵者跑走后，她才给病区的大门和各病房的门上了锁。因为是她的工作失误，才导致了周静母女受到惊吓，所以昨晚她对我隐瞒了实情。

和刘丽丽通话完毕，我脑海里一直都在思索着，从种种迹象看来，那佝偻的身影，那神秘的入侵者很可能就是周静堂姐。她急着有事要找周静，为何不选在白天，而奇怪地屡屡选择晚上来呢？还有那个打给我的"去医院看看，去医院看看"的神秘电话呢，是她打的吗？她又怎么会知道我的号码？

如果昨晚那个神秘的入侵者真是周静堂姐，那么我可能此番前去，不一定能马上见到周静的堂姐。

抑或我和王妈今晨会与她在通往青冈坡的最早的一班汽车上相遇？

八点四十分，我坐上了前往青冈坡的班车。

九点钟出发的车，这个时候车里只剩下四五个空位了。

上车后，我随便往车厢里扫了两眼，王妈还没有来。

我找了个靠窗的座位坐下，我将目光迅速地扫过所有乘客，车里上了年纪的只有三个人，一个男的，大概七十几岁，两个女的，都五十多岁的年纪，这两个五十多岁的女人其中一个人很胖，跟我见到的那个神秘入侵者的身影相去甚远，另一个，身材的胖瘦跟那个神秘的身影倒有几分相似，但在她站起身去车下小贩手里买红薯的当儿，我发现她是个瘸子。

就在我关注这两个五十多岁的女性乘客的当儿，王妈匆匆忙忙上了汽车，说她昨晚给我打过电话后，就一直睡不着，快天亮时渐渐地睡了过去，等她一觉醒来，竟然已经大天亮了。

我很想问问王妈昨晚做了关于我的什么噩梦，但想了想还是不问为好。

我对此行，有种强烈的不祥的预感，这不祥的预感不仅来自王妈关于我的噩梦，还有临出门前我养的金毛狗雷拉的反常表现。跟每次出门一样，我今早出门之前，将雷拉的吃的和喝的足足放了四天的量在它的食盒里，就在我拉开门要走时，雷拉一下朝我冲过来，死死咬住我的裤腿，不放我走，这是我以往出门从未发生过的事。

九点钟，车子准时出发了。

车子刚刚驶离车站，我手机铃声响了，我一看是周静前夫刘智勇打来的。早上在来车站的路上，我给他打了个电话，电话通了，他没有接，我就给他发了个信息，问他是否知道周静堂姐，希望他能提供有关周静堂姐的一些线索。

我接通电话，刘智勇告诉我，他只知道周静有个堂姐，但周静从不愿意提及堂姐，他和周静从认识到结婚以来，他从未见过周静堂姐，所以关于周静堂姐他一无所知。

到达青冈坡时已经下午四点过了，我和王妈在车站旁的小吃店里随便吃了点东西后，我对王妈说继续前进，按王妈说的从青冈坡到和蓬溪只有两个多小时的山路，六点过钟我们就可以到达周静堂姐家了。

走出小吃店，拐过一条僻静的小街，我和王妈就走上了通往和蓬溪的山路。

王妈和我一边走，一边聊着周静。王妈说上次陪周静回老家扫墓，周静指给她看的老宅，虽然离她们有一段距离，又隐掩在树荫中，但透过树荫的缝隙，仍可窥探到老宅的气派，据周静说那宅子是她曾经在外做大官的祖父回乡后修建的，有两进院落，古色古香，土改时期土改工作队考虑到他爷爷是进步人士，抗战时期曾用物质支援过八路军，对当地村民很慈善，所以她家老宅得以保存下来。

一边说一边走，一个小时过去了，我们不知不觉中进入了大山深处的一片森林。

　　通往和蓬溪的山路在森林里绵延。虽然已经是冬天，森林里仍不时有鸟儿的啁啾声！

　　也许是一路上说得太多，再加上一路跋涉有些累了，王妈不再喋喋不休地说话，一路走来，和我只有偶尔的应答。

　　不知什么时候起，树林里漫起了雾，这雾慢慢地越来越浓，周围的一切浸在浓雾中，如梦如幻，换在平时，这应该是一幅难得的美景，而此时我却无心欣赏这一切，我担心大雾会使得带路的王妈迷路，就是不迷路，大雾也会使得我们前进的步伐慢下来，而此时已经是下午五点多钟了，如果天再黑下来，我们还走不出森林，就麻烦了。

　　偏偏这时，王妈一脚踩在隐藏在树叶下的一块石头上，脚一崴，跌坐在地。

　　从王妈痛苦的表情看得出，王妈这一跤摔得不轻，我将王妈扶起，她跛着一只脚移动到一株树前，在我的帮助下，她背靠着树干坐下来。

　　我要帮王妈揉脚，她说她自己来，看着王妈揉着脚，我虽然心里着急赶路，但也不得不停下来，在距离王妈很近的一棵树旁席地而坐。

　　坐下后，我才切切实实地感觉到累了，我靠在树干上，心想就趁此机会休息一下吧。

　　谁知我一坐下，睡意竟然渐渐朝我袭来，也难怪，我平时都有午休习惯，今天从清早到现在一路奔波，没有闭过眼。

　　我在心里告诉自己不能睡，我知道自己这一睡下去，没有一两个小时是不会醒过来的，我勉强撑起身子，转过头去看王妈，准备问问她能否继续赶路。

　　然而，就在我转过头去望向王妈那一刹那，我浑身一凛，全身汗毛倒竖。

　　王妈已经停止了揉脚，此刻，她正目不转睛地望着我，脸上满是冷冷的诡异的笑容。

第十一章　惊魂之旅（二）

王妈的笑容令我不寒而栗，王妈，她怎么啦？

"王妈。"我不解地轻声喊道。

"冯医生啊，你累不累？"王妈依然是一脸诡异的笑容，她说话的声音却全然不同了以往，那是用气流从喉咙里发出的声音，在这傍晚的寂静的森林里这低沉而恐怖的声音让人直觉得一股寒气从脚底升起。

对了，昨晚那个打给我的"去医院看看，去医院看看"的神秘电话里面的声音不就是这样发声的吗？

对，昨晚那神秘的电话里就是这个声音。

我惊恐万分地望着王妈，竟然双腿打颤。

王妈站起身，双眼眯缝着望着我，一脸诡笑地朝我飘过来，对，就是飘，感觉她就是朝我飘过来的。

老实说，如果此刻面对的是一个山林大盗或一头猛兽，我都不会如此恐慌，可面对着王妈，这个熟悉的在印象中曾那么慈善的老大姐突然变得这样诡异，我惊恐万状，转身就跑。

我不知道该跑往哪里，只是慌不择路地往前奔，一心只想着远远地躲开王妈。

这一刻，我明白了周静和周婷婷为何突然搬家逃离王妈。

此时，天色向晚，迷蒙的雾气使得我想起美国电影《小岛惊魂》中那漫天的迷雾。

"冯医生，你去哪儿呀？你等等我呀？"王妈的声音从后面传来，那声音不再是气管发声，但每个字音都拖得长长的，阴森恐怖，让我后背阵阵发凉。

我拼了命地往前跑，"你——等——等——我——呀""等——等——我——呀"，王妈就这样在我后面紧追不舍。

此时此刻，王妈这软绵绵的充满鬼气的拖得长长的叫声，在我心里比虎啸龙吟还令人胆寒！

由于天色渐暗，又漫天的雾气，我根本看不清脚下的路面，一脚踏空，往下掉去。

还好，就一瞬间工夫，我就踏踏实实地跌坐在了地上，原来我掉下的地方就是一个小坑。

我从坑里爬起来，坑周围的树木把我遮蔽得严严实实的，我不再动弹，静静听着外面的动静，同时我感觉到自己的心脏也咚咚地跳得够呛。

"你——等——等——我——呀""等——等——我——呀"，王妈鬼气森森的声音渐渐地飘近了。

"你——等——等——我——呀""等——等——我——呀"，王妈的声音从我面前飘过。

我轻轻拨开挡在面前的树木的枝条，从枝条的缝隙间望出去，暮色下，一个披散着头发的身影正似走似飘地从我眼前的树林间穿过，"你——等——等——我——呀""等——等——我——呀"，这一阵一阵的叫声令人心惊胆寒。

天色眼看已经快黑下来了，由于刚才一阵胡乱地奔跑，我已经远离了山路，我必须尽快找到走出森林的山路，只要走到大路上，王妈就不会让我如此恐惧了。

一阵悠扬的小提琴乐曲突然响起，真要命，这是我的手机铃声，我慌忙从衣袋里取出手机，手机显示是刘智勇的来电，我唯恐这铃声传到王妈耳里，急忙接通电话。

电话里刘智勇说，他突然想起关于周静堂姐的一件事，事实上还在三年前，他还未跟周静离婚时，周静的堂姐就去世了，因为他记得当时周静老家有人来就此事通知过她。

天啦，刘智勇的电话不啻一个晴天霹雳，我，一个留美博士，居然被王妈，一个五十多岁的老女人玩弄于股掌之间。什么周静堂姐来找周静，一切全都子虚乌有。王妈，她是引着我一步步走向她预先挖好的陷阱呀。

现在我明白了，让周静母女恐怖致病的根子就在王妈身上，那神秘的入侵者也就是王妈了，还有我昨晚接到的那个神秘的电话也自然出自王妈之手。

王妈，她究竟是什么人？她之前在我面前的表现都是假象？她为何跑到医院恐吓周静母女？她又为何要假借周静堂姐之名，把我引进这深山老林？

说实话，此时的王妈对于我来说，除了恐惧，还是深深的恐惧，我不敢直面她。

电话那头传来刘智勇的"喂，喂"，他一定是见我一直不答话，急了。

我不敢出声，我准备挂断他电话，短信告诉他我目前的处境，然而我刚挂断电话，开始给他写短信，我的电话铃声又急剧响起，刘智勇又拨打我的电话了。怕被王妈听见，我欲关机，然而由于慌乱，手机一下从手中滑落，落入脚下的草丛中，手机刺耳的铃声便不停地从草丛中传来。

我急忙蹲下身去在草丛中摸索，终于摸到手机，然而手机被卡在一个石头缝隙里，横竖取不出来。

手机铃声仍在不屈不挠地响着。

我不敢再捡手机，唯恐这要命的铃声把王妈招来，我迅速离开藏身的小坑，转身朝远离手机的地方跑去。

跑了几步，感觉不对，这样奔跑似乎动静有些大，这不比我开始躲离王妈时的奔跑，那个时候，我知道她在后面，而现在，谁知道她会在哪个角落出现呢？我不能让她发现我的行踪，就必须减小动静，就这样，我开始小心翼翼地迈动每一脚步。

就在我谨小慎微地在森林里寻找着山路之际，突然，我刚刚掉落的手机出现在我面前，它静静地躺在一只枯瘦的手掌上。

我抬起头来，王妈披头散发地站在我面前，朝我摊开的手掌上躺着我的手机，她的脸上仍然是一脸的诡笑。

我吓得掉头就跑，王妈紧跟着追来，"你——等——等——我——呀""等——等——我——呀"那要命的叫声又在身后紧一声、慢一声地响起。

我昏头昏脑地跑了一阵，才发觉身后王妈的叫声不知道什么时候没有了，奔跑声也没有了，怎么回事，她不是一直紧跟在我身后的吗？

我回过头去，身后已经没有了王妈追逐的踪影。

就在我警惕地四下打量时，我身旁传来王妈的呼救声："冯医生，拉拉我。"

这声音，这声音又恢复成了王妈之前的声音，一个慈祥的五十多岁老大姐的声音。

我循声望去，周围却没有王妈的踪影，这是怎么回事？

"冯医生，请你拉拉我。"王妈的声音再次传来，不错，这就是王妈之前的声音。

终于，我沿着王妈声音传来的方向，找到了王妈，王妈掉进一个陷阱里面了。

陷阱大概有三米多深，王妈站在井底却似乎并无大碍，她刚才披散的头发又被她像以往一样在脑后挽成了一个髻，此刻她正抬起头，眼巴巴地望着蹲在陷阱边的我，又恢复了之前我熟悉的那个王妈的形象。

我一下坐在陷阱边上，望着井底的王妈，我脑海里像有一团理不清的乱麻。

"冯医生，你找根棍子来拉我一下吧。"井底的王妈朝我提醒道。

王妈话音刚落，我脑海里在一阵电光石火后，思路也刹那间清晰了：王妈很可能是个精神病患者，她具有人格分裂症状！

一经明白这点，我的恐惧顿时消失，我对王妈说："你等等，我去找根树干来。"说完我迅速起身，在周围寻找合适的树干。

我一边寻找着合适的树干，一边暗自羞愧，作为一个精神病科医生，我居然被患者吓得四下乱跑。

很快，我在一株树上看见一粗细适合的树干，我找了一块石头，费了九牛二虎之力将树干砸断（这有悖于我平时的行为准则，特殊情况特殊处理吧），当我拿着树干回身走到陷阱边时，我一下惊呆了。

我再一次被吓得转身就跑，这一次的奔跑我直接就是力不从心了，我直感到双腿酸软，心里恐惧得要命。

王妈，她不是精神病患者，不是的。就在刚才我拿着树干走近陷阱边时，出现在我面前的场景一下粉碎了我刚才对王妈的精神病患者的判断，因为几分钟前还在三米多深井底的王妈，在井壁光滑，没有任何外力可援助的情况下，竟然从井底爬了上来，坐在陷阱边缘，一脸诡笑地望着我，嘴里发出婴儿的啼哭声。

我盲目地在树林里奔跑着，身后是王妈那一阵紧、一阵慢的婴儿的啼叫声，天已经黑下来了，我找不到山路，强烈的恐惧导致的四肢酸软使得我对逃离王妈已经不抱任何希望。

我会死在这树林里吗？我想起了临出门前，狗狗咬住我裤腿，不让我离开的情景，直后悔自己太大意，狗狗的表现应该引起我的警觉的，我不应该毫无顾忌地踏上这惊魂之旅。

"垂死挣扎"是什么意思？就是明知死期将近，也得挣扎一番。我想起了远在国外的妻儿，想起了年迈的父母，不行，我无论如何也得活着回去。

我找不到方向，夜幕已经降临，周围的树木在我眼里已经变得影影绰绰的了，我仍徒劳地奔跑着。

身后又没有了王妈追赶我的动静，那婴儿的啼叫声也随之消失了。

我不敢回头，继续朝前奔跑着，只想着离开王妈越远越好。

我的衣服被身后的树枝挂住，我朝后伸出手去欲拨开树枝，然而我抓住了一只枯瘦的手。

一阵少女的银铃般的笑声在我身后响起，如果是平时，这银铃般的少女的笑声一定会使人心生愉悦。然而此时，这笑声却令我恐惧得几乎要窒息过去。

笑声过后，我的手被那只枯瘦的手掌反握住。银铃般的笑声随即又变成了用喉管气流发声的低沉恐怖的声音："冯医生，你为啥要躲着我呀？"

黑暗中不用看，我也知道此时王妈的脸上一定又是那诡异的笑容。

我不知道人的某种情绪到达极致后，这种情绪会不会发生逆转？反正这个时候的我那恐惧的情绪突然之间就转变成了愤怒，对，的的确确就是愤怒。

这将近一个小时心惊肉跳的惊恐、疲惫不堪的奔逃，全都因了眼前这老妖婆。常言道人"人怕鬼三分"。邪不压正，我一堂堂七尺男儿没道理被一老妖婆追得满山跑。

情绪一转变，我立即转过身去对着黑暗中模糊的身影猛地一脚，随即我听到一声惨叫，这是王妈平时那正常的声音发出来的。

这一声惨叫让我一瞬间产生了一丝犹疑，但想到刚才陷阱边缘那一幕，我毅然转过身离开。

在我转身离开的那一瞬，我想我似乎应该再在那身体上狠狠地补上一脚，但王妈那真真切切的惨叫声，最终还是让我选择了离开。

我不再奔跑，我要用气势压倒身后那不知道是人是鬼的妖怪，我一步一步地坚实地踏在地上，不过心里还在留意着身后的动静。

当心中的恐惧不再那么强烈后，我开始思索我今晚怎么在这森林里度过这一晚。

我摸索着往刚才一路走来的路线的垂直方向走，走出一段距离后，我又一个左转向前摸索着前进，那个怪物如果还要追赶我的话，她很有可能会朝前走，这样我和她就反向而行了。

走着走着，我心中一喜，前方几米远的地方，居然有一点亮光。

我几乎是一路跌跌撞撞地往亮光奔去，终于到了亮光面前，眼前是一间木屋。

我走进木屋，屋里一张方桌上亮着一盏汽灯，屋子不大，但还算干净整洁，方桌旁有一个炉子，靠墙是一张床，床上的铺盖呈现隆起状，我伸手到被窝里摸了一下，被窝里还暖暖的，床上应该刚才还有人睡。

屋子里的人呢，我扫了眼刚刚还有人睡过的床，心里猜摸主人可能出屋方便去了。

我在床沿上坐下，心里暗自庆幸找到了这样一个所在。

我打量着屋子，从这屋子简单的家具看来，主人似乎不在这里常住，因为整间屋子连起码的炊具都没有。

突然一阵熟悉的悠扬的小提琴乐曲在屋外响起，我一个激灵，我的手机铃声？对了我的手机还在那个王妈手上呢！刚刚消失的恐惧又再次来袭，王妈能一再跟住我，我对之绝对不能轻视，我感到双腿又再次颤抖起来。这屋子的主人怎么还不回来呀？屋子里的陈设就这么简单，根本无处可躲。

慌乱中，我目光落在从床沿上垂下的床单上，我一下钻进了床下，床沿上垂下的床单将床下的我遮蔽得严严实实的。

我的手机铃声响着进屋子了，"冯医生，请接电话，请接电话。"王妈的腔调此刻拖得长长的，婉转有致，犹如戏曲演员在戏台上甩出的唱腔。

我暗自懊恼，刚才在树林里时应该再继续猛踢王妈几脚，彻底把她击倒才对，也怪我刚才听到王妈那以往熟悉的声音发出惨叫，就乱了方寸。

"冯医生，你不要躲，我看见你了。"王妈的声音一瞬间恢复了她正常的声音，随即我听到王妈的脚步声向床边靠近了，我躲在床下，透过床单的边缘看见了王妈的脚，那脚正一步一步移向床沿。

她真看见我了吗？我吓得大气都不敢出，悄悄地将身体朝床的角落移动，一边双眼紧紧盯着床单外的那双脚。

第十二章　惊魂之旅（三）

那双脚停止了前进，随即转身向外走去，我松了口气。

然而，王妈的脚步突然又转向床边，"冯医生，不要躲了，出来吧。"我还没有反应过来，一只枯瘦的手猛地伸进床下，"啊"，我闭上双眼，惊叫起来。

那只枯瘦的手摸上了我的额头，我惊恐地拍打这只手，仍不敢睁开眼睛。

"拿一碗冷水来。"一个男人的声音。

哪儿来的男人？莫非是这屋子的主人？那么他和王妈是什么关系？我闯入这间屋子也是他们的安排？这一切究竟是为了什么？

一瓢冰凉的水突然猛地泼在我脸上，我猛地睁开眼，我愣住了。

一对中年男女站在我面前，我躺在一张床上，而屋子并不是我刚才躲避王妈的那间屋子。

"终于醒过来了。"那个慈眉善目的胖胖的中年妇女如释重负地对身边那个有些干瘦的中年男人说。

男人急忙用毛巾替我擦拭脸上的水，一边对中年女人道："他衣领湿了，你拿我的衣服给他换上。"

我急忙坐起身，对中年男人道："这是怎么回事？我怎么在这儿？"

中年妇女笑眯眯地拿着一件男人衬衫走进屋子，一边对我道："你昏迷了，是一位老大姐把你背来的。"

老大姐把我背来的？

我接过中年妇女递给我的衣服，还是愣怔怔的。

中年男人解释道："那位老大姐把你背来时，说你们俩是一同去和蓬溪的，你们在林子里休息，她离开你去方便了一下，回到你们休息的地方，就看见你紧闭双眼，说着胡话，她怎么都叫不醒你，就背上你走，刚好路过我们家，就向我们求救。"

"真难为那位老大姐了，可能快六十岁了吧，硬是一步一步地背着你走了一里多路，才走到我们这儿。"中年妇女道。

原来刚才那一切都是梦！我怎么会做这样一个梦？

我长长地松了口气，欲下床，一边问："那位老大姐呢？"

"刚才一直在床边守着你，那个着急劲呀，后来可能肚子有些不好，又上茅房去了。"

"真是谢谢你们了。"看见屋子里亮着灯，我抬腕一看表，已经是晚上八点多钟了。

正说着王妈走了进来，看见我已经下床，她一脸的宽慰，"冯医生，你刚才真是吓死我了，在林子里的时候，我闹肚子，我离开你去方便，回来就看见你靠在树上睡着了，我寻思着让你睡睡，休息一下就走，谁知道你就像魔怔了，双腿乱蹬，双眼紧闭，我怎么都叫不醒你，把我吓得呀。"

我怎么会这样？难道是昨晚的经历和早上出门前狗狗的表现让我心里过于紧张所致？

男女主人很好客，都劝我和王妈今晚就留在他们家休息，明早再走。

我看都已经是晚上了，也就只有留下了。

男主人忙进厨房去为我和王妈下面条，据他们说，他们在我们到来前就已经吃过晚饭了。

男主人进厨房后，女主人忙去为我们收拾屋子，据她说，他们有一双儿女，儿子在城里打工，女儿在城里读高中，她安排我就住他们儿子房间，王妈则住他们女儿的房间。

一会儿工夫，男主人就为我和王妈端上来两大碗香喷喷的鸡蛋面。

望着摊在面上的煎得金黄的鸡蛋和那飘在面上的葱花，我这时才感到肚子真的饿了。

我坐到桌旁，就着一碗鸡蛋面狼吞虎咽起来，男主人则去和女主人一起为我和王妈收拾房间去了。

王妈刚吃两口，又往茅房跑，我心里想着得尽快给王妈找到治疗腹泻的药。

我的手机铃声突然响了，是刘智勇的来电，刘智勇来电很正常，但联想到刚才在梦里也有他的来电，我心里似乎有些不太得劲。

"喂。"我接通了电话。

电话那端响起了刘智勇的声音，听着，听着，我全身发凉。

"你确信你没有记错吗？"我感觉到了自己声音的颤抖。

"没有记错。"刘智勇肯定地答复，"我刚刚在电脑里查看我跟女儿的聊天记录，在一个多月前的聊天记录中，她跟我谈到了家里的保姆，她说保姆三十多岁，是跟丈夫关系不好，一年前才来她们家做保姆的。但我想起你跟我说的保姆是个老女人，我想婷婷是不是跟我聊天时就已经不正常了？"

"你为啥不早告诉我？"我感到自己的心跳又明显地加快了。

"对不起，我是今天下午在电话中跟你讲周静堂姐已经去世的事情后，想寻找婷婷住进精神病院前的一些精神失常的端倪，就来查看我和她的聊天记录，才发现她在那个时候就不对劲了。"

"什么？你说你下午给我打过电话？"

"是啊，我给你说周静堂姐三年前就去世了，你一直不答话，还把电话挂断了，我接着再拨打你电话时，你就再也不接了。"

这么说来，之前让我心惊胆战的那一切并不是梦？

我听到了我的心在胸腔里狂跳的声音。

我彻底糊涂了！

我急忙起身去找那对好心的夫妇，奇怪，我明明看见他们先后走进去的屋子里并没有他们的身影。可能是我低头吃面时，他们又走进了另一间屋子为我们收拾。我忙走进另一间屋子，这间屋子可能是他们女儿住的，墙上挂有一个女孩子的俊秀的照片，但屋子里同样没有夫妻俩的身影。我又迅速跑进我刚才躺过的那间屋子，那应该是这对夫妻俩的卧室。

然而，我刚闯进屋子，又急忙退了出来。

在夫妻俩的屋子里，我刚才躺过的床上，那对夫妻正赤裸着身子抱在一起，被子只盖住他们的下半身。

这对夫妇怎么这个时候这样子，不是还有客人在家里没有安顿好吗？

我在门外站了一会，大声地咳嗽，里面没有任何反应。

我干脆在门口喊起来：“大哥。”

我接连喊了几声，里面仍是没有一点动静，一股冷冷的风却莫名其妙地从屋子里冲出来，直扑我脸上。我感觉不对，冲进屋子去。

屋子里，夫妻俩仍是我刚才看见的背对我的动作，一动不动。

我冲到床边，夫妻俩早已经没有了气息。

怎么会这样，我盯着床上的夫妻，吓得一步一步往后退。

“他们多恩爱呀，就这样去了天堂。”身后传来冷冷的用气流发声的声音。

我胆战心惊地回过身，王妈正站在我身后，一脸诡笑地望着我。

我再次被吓得转身就跑，我跑出了屋子，跑进了一片漆黑的林子里。

“你——等——等——我——呀”“等——等——我——呀”王妈那软绵绵的拖得长长的幽灵似的叫声在我后面紧追不舍，刚才的那令人心胆俱裂的一幕又继续上演了。

四周漆黑一片，我辨不清方向，没有目的地在林子里跌跌撞撞地瞎跑，要命的是这时候又一阵内急，我强忍着，拼命地往前奔跑，内急终于要忍不住了，那一刹那，我竟然一下睁开眼，怎么天亮了？周围的景物虽然有些模糊，但还是看得清楚的。

我发现我靠着树木坐在地上，一阵短暂的意识模糊后，我立即就清醒了过来，原来我刚才做了一个梦，且是梦中梦。现在不是天亮了，是天快黑了。

我解决完内急后，心里万分疑惑，我怎么会做这样一个梦？且梦中的条理是那样清晰？最让人不解的是梦里的王妈为何会那样恐怖？

想到王妈，我急忙回身看身后的王妈，王妈却不在。

我朝四周打量，都没有王妈的身影，我想起了梦境中王妈离开我去方便的情节，心里又产生了隐隐的不安。

“王妈。”我大声喊起来，然而周围没有一点反应。

我急忙拿出手机，欲拨打王妈电话，手机里传来：您拨打的电话已关机。

我在周围转了一圈，大声呼喊着王妈，静静的树林里，除了我的声音，什么动静也没有。

王妈去哪里了？

第十三章　林中小屋

"王妈，王妈。"我一边焦急地喊着，一边在林子里四下寻找着王妈。

王妈一直不见踪影，我心里异常焦急，一方面担心王妈出意外，另一方面天眼看就黑下来了，如果天黑之前还走不出这片林子，就麻烦了。

王妈莫名其妙的失踪、刚才令人心胆俱裂的梦境和临出门前狗狗雷拉的表现，这三桩看似毫无关联的事情似乎都在暗示我此行之不祥，不，这三桩看似毫无关联的事情不仅仅是对此行之事的暗示，似乎应该是在对我介入周静母女病因调查这整件事的警告！

我隐隐地感觉到周静母女的发疯有着非同寻常的原因，同时因为对周静母女病因的调查，我也正在被一股神秘的力量卷入一个深不见底的黑洞中。

怎么办？我该怎么办？

我不会回头，回头不是我的性格，我骨子里就是一个喜欢挑战的人，围绕周静母女发疯的事情越是扑朔迷离，我越是要探个究竟，让这对母女能回到正常人的生活。同时对周静母女的治疗和对其病案的研究也是我回国后的第一个课题，这个课题如果能够成功结束一定会有着不一样的意义。

这样想着，我身体里似乎一下又注入了力量，我继续寻找着王妈。

突然间我感到我的脚踝冰凉冰凉的，好像是什么东西在舔我的脚踝。莫非是蛇，我心里一惊。

谁知我刚说到这里，中年男人就很警觉地望着我："你们去和蓬溪找周静堂姐？"

"怎么啦？"我望着中年男人，我明显地从他的问话里感觉到他很熟悉周静及周静堂姐一家，且对我和王妈去找周静堂姐似乎感到很惊讶，并有些不安。

"没什么？就随便问问。"中年男人似乎意识到了自己的失态，忙掩饰道，"那么你们是周静什么人呢？"

"王妈是保姆。"

我正琢磨如何介绍自己，中年男人就接了过去："那么你就是周静的丈夫了？你们找周静堂姐有什么事情吗？周静为何自己不来？"

我撒谎道："她前段时间不小心骨折了，不能行动，老家有些事情要处理，就让我和王妈来了。"周静"骨折"是从刘智勇骨折那里得来的"灵感"。我想还是暂且不让与周静无关的人知道她患精神病为好。

中年男人的态度，让我很是纳闷，他为何会对我和王妈找周静堂姐一事感到惊讶？且惊讶之中藏着的不安又是为何？

"你对周静以及周静的堂姐家都很熟悉吧？"我试探着中年男人，想从中发现点什么。

中年男人道："谈不上熟悉，只是我家在瓦窑，距离和蓬溪不远，知道这家人。"

中年男人显然撒谎了，从他刚才听说我找周静堂姐的那份惊讶和惊讶中透出的不安可推断他和周静堂姐家肯定不是一般的关系。

但眼下我没有时间去追究为何他会对我和王妈要去找周静堂姐一事感到惊讶和不安，眼下最迫切的事情是找到王妈。此刻天色已经暗下来了，晚一分钟找到王妈，王妈就多一分的危险。

"都了解清楚了，现在你可以带我去找王妈了吧？"我恳求地望着中年男人。

中年男人望了我一眼，道："我把你带到去和蓬溪的路上，我就立即回来找老太太，你再让周静的堂姐周桃在村里叫上一帮人来找那个老太太，林子大了，靠我一个人不好使。"

中年男人说完，就走出门去。

"谢谢。"我紧紧地跟在中年男人身后。

"哦，对了，大哥，你贵姓？"我有些歉意，这么麻烦人家，这么长时间了还不知道人家姓啥。

"免贵姓张。"

"哦，张大哥，真是谢谢你了。"尽管心里觉得眼前这男人有些让人琢磨不透，但他对我的帮助，还是让我心里对他充满感激。

大约十来分钟后，我们走出了林子，面前是三岔路。

中年男人停住脚步，指着左边的一条路，道："你就顺着这条路一直往前走，前面没有岔道，走快一点，可以在天完全黑下来之前到达和蓬溪，到了和蓬溪，你往山上看，灯光最高处就是周桃家的老宅子。周家老宅我们四乡八岭都知道，周静和周桃的爷爷以前在外做官，官阶很高的。后来她们爷爷厌倦官场了，想回家享清福，就举家迁回，在这里修了这座大宅子。这宅子的建筑材料好哇，再加上周家后人对这宅子维护得也很好，所以这么多年过去了，这宅子一点也不显旧。"

中年男人说完，还不待我回话，转身就往回走了。

我只有对着他的背影，道了声"谢谢"。

谢过中年男人，我急忙踏上了去和蓬溪的路，我心里挂念着王妈的安危，脚步匆匆。

等我到达目的地时，天已经完全黑下来了，我只是从眼前错落的灯火，判断出我已经走到了和蓬溪。

张大哥让我到了和蓬溪，往山上一看，灯光最高处就是周桃住的老宅子。

就这样大约又过了二十多分钟后，我站在了一所老宅子前。

站在这宅子前，我有些恍惚，似乎时光一下回流了几十年，我站在了电影里常看见的二十世纪二三十年代里某大户人家的深宅前。

我借助着檐前的灯光打量着面前的宅子，抚摸着檐前的廊柱，心中暗暗感叹，没想到这深山里还藏有这样一座老宅。

我开始用门上的铜坏敲打着厚厚的朱漆大门，然后嘴里大声喊着："请开下门。请开下门。"然后耳朵紧贴在门上，听里面的动静。

厚厚的朱漆大门后，没有丝毫的动静。

我再次用门上的铜环用劲地敲打着大门，然后更大声地喊道："请开开门，请开开门。"然而里面还是没有丝毫的动静。

起风了，宅子周围应该是大片的树林，因为我听见风刮过树梢发出的怪兽般的呜呜声。

我又一次使劲地用铜环用力地敲打着大门，然后又大声喊着："请开开门，请开开门。"

喊了两嗓，我泄气了，我的声音刚喊出口，就淹没在了怪兽般的呜呜的风声中。

天开始下雨了，我听到雨水嘀嗒在树叶上的声音。

我思路慢慢清晰起来，这宅子应该很大，就是没有风声，在外面喊，里面的人也很难听见。过去，周静爷爷在的时候，宅子里一定有门房，外面来个人，里面的人很快就知道。可现在，听王妈说，周静堂姐就是个农村老太太，家里肯定是不会有门房的了，那么应该安个门铃呀。

这样想着，我抬起头往门上方看，这一看，我不由倒吸了一口凉气，接连着后退了几步。

第十四章 宅院深深

在屋檐上方，赫然挂着两个写着"奠"字的白色灯笼。

如果换个时间、换个地点，这两个灯笼不足为奇。

可眼下，在这僻静的深山的夜里，在一栋陌生的孤零零的老宅前，除了檐前的灯光，四周漆黑一片，风呼呼地怪叫着，雨点淅淅沥沥，一人置身在这样的环境里，猛然间看见头顶上又是这样的两个灯笼，我想任谁，心里都不免会生出一丝恐惧。

我让自己镇静下来，在门上寻找着门铃，突然我眼前一亮，右门上方，距离我头顶不远的地方，就有一个门铃。

我急忙伸手去按门铃，然而门铃不响。

我再按门铃，门铃仍是闷声不响。

原来门铃是坏的。

怎么办，难道今晚就要在这样的两个灯笼下过夜，等着明天天亮后周桃家里的人打开大门？

听着雨声，我又想到失踪在森林里的王妈，虽然王妈身上衣服穿得较厚，但毕竟是冬天了，深山里又有一股寒气，加之此刻又是风又是雨的，她身上该多冷呀！

因为王妈的失踪，我几乎都差点把来和蓬溪的目的丢在一边了。

　　风雨声中，我感觉身上越来越冷，我抱紧双臂，在檐下走来走去，想借此消除寒意。

　　我忍不住再次抬起头，打量头顶的灯笼，灯笼很新，那么周家的丧事应该是就近几天发生的？

　　那么之前，张大哥对我来找周桃感到惊讶和不安，会与周家的丧事有关吗？

　　就在这时，我意想不到的事情居然发生了：大门竟然突然在我面前打开了，一干人从大门里走出，出乎我意料，他们看见我，居然没有一丝惊讶的神色，这些人一言不发，一个个从我面前走过，最后一个大约六十岁左右的老年男人在我面前站住了，他向我发话："你是……"

　　我急忙道："我是来找这家女主人周桃的。"

　　老年男人望了我一眼，目光中有一丝冷意，"你跟我来吧。"然后头也不回地走进大门。

　　我跟着老男人走进大门，老男人打着手电筒，埋着头往前走，虽然上了年纪，但他步子迈得很大很快，我奇怪，他怎么不关门？是不是我走在后面，门应该由我来关？

　　我回过身去，正听见关门声，门前昏暗的灯光下，我看见一个二十出头的小伙子，门是他关的。

　　宅子里，只有进门处有盏灯，灯光昏暗，其他地方黑郁郁的，但老男人手里的手电筒的光亮很强，我视力不够好，追着他手电筒的光亮，在他后面紧紧跟着。

　　老男人自顾自地往前走，也不问问我是谁，我甚至怀疑他是不是已经忘记了后面紧跟着的我。

　　刚才身后还有关门的小伙子跟上来的脚步声，不知道什么时候起，身后的脚步声消失了，漆黑的静静的宅院里，只有我和老男人一前一后的脚步声。

　　宅子很深，感觉已经走过了一进院落，进入了第二进院落。

　　这时我才意识到很奇怪，门前的写着"奠"字的灯笼很新，怎么宅院里没有一丝办丧事的迹象？刚才在门前遇见那一干人从宅院里走出时，我还以为那些人是来吊丧的，现在看来不是那么回事。

　　而且，这个老男人都不问问我是谁，就一个劲地带着我往前走，一种隐隐的不安向我心底袭来。

正这样想着，老男人在我前面停住了脚步，他打开了一扇门，对我冷冷地道："你今晚就住这里吧。"

我看着黑洞洞的屋子，不敢贸然走进去。

老男人似乎看出了我的疑虑，他自己率先走进屋子，拉亮了灯，灯光下，是一间陈设简单的屋子，整个屋子里就只有一张床、一张桌子和一把椅子。

"平时家里来了客人，都住这里。"老男人说，"你是周桃的亲戚吧？她不在家，家里的老人刚刚过世，今天上午才上山，她去答谢帮忙的人去了，要明天才回来。"

"哦，那么你是……"我试探地。

老人很爽快，语气也没有刚才那么冷淡了，"我是周桃的男人，我姓刘。你好好歇息吧。"中年男人说完，转身离去，留下我一人愣愣地站在屋子里。

听着姓刘的男人渐行渐远的脚步声，我突然想起王妈的事还没有来得及告诉他，我朝他追上去："刘大哥，刘大哥。"

前面手电筒的光晕停止不动了，刘大哥朝我转过身来。

我急忙走到刘大哥跟前，把王妈失踪的事情告诉了刘大哥，关于王妈的身份，我没有过多的介绍，只说她是一个和我一同来找周桃的老大姐。

刘大哥听我说完，道："你今晚安心睡吧，明天一早我就带人去山里找，眼下天都黑了，又下着雨，也不方便寻找。"说完，似乎怕我再啰唆，转身急步离去。

我快快地回到屋子里，关了门，坐在床上。

窗外雨声继续淅淅沥沥，我靠在床头担忧着王妈，奇怪着周桃的丈夫对我为何到来，我究竟是什么人不闻不问。

但我很快就有了答案，周桃的男人应该是到周家倒插门的，我来自农村，深知倒插门女婿在家里的地位，何况，周桃拥有这样一座豪宅，这姓刘的男人在家里的地位就可想而知了。一个男人在家里没有了地位，对家里的事情持一种漠然的态度，自然也是可以理解的了。

周家老人刚去世，周桃男人说周家老人是今天才上山的，那么昨晚周静病房里那位神秘的入侵者就不可能是周桃了，由此推论，之前的入侵者也有可能不是周桃了。如果那神秘的入侵者不是周桃，那么周桃有可能就不是周静母女恐惧的根源了。

不对，王妈说过，在周静的新住处，周静母女看见她和周桃时都受到了惊吓，所以如果那神秘的入侵者不是周桃，周桃仍然可能是周静母女恐惧的因素，甚而就是导致周静搬离别墅的因素。

当然，王妈也有可能是周静母女恐惧的因素，从目前掌握的情况看，如果神秘的入侵者不是周桃，有可能就是王妈？

我想起了昨晚那可疑的梦境以及刘丽丽说的她有一次单独面对王妈时心里升起的莫名的恐惧。

正聚精会神地思索着，一阵脚步声突然由远而近，我竖起了耳朵，在这样的陌生的老宅里，这深夜的显然是冲着我而来的脚步声，让我有些不安，我看见了门上的门栓，我产生了把门栓插上的念头，我快步朝门走去，我的手刚摸到门把手，门就被人从门外推开了，我不由后退了一步。

门开了，一个二十出头的小伙子端着一盆热气腾腾的水，肩头搭着一条毛巾，出现在我面前。刚才在老宅门口关大门的那人应该就是他。刚才没看清楚他的容貌，现在灯光下，可看出小伙子大约一米六几的个头，浓眉大眼，身板强壮。

小伙子把水盆在椅子前放下，将毛巾递给我，道："我爹让我给您端盆热水烫烫脚，好睡觉。"

我接过毛巾，连声道谢。

小伙子却似乎并不急于离开，他在床沿上坐下，摸摸被子："这被子很厚，被里子还是我外婆以前用纺织机织的呢。"

小伙子不走正好，我可从他这里摸摸周桃的情况。尽管从目前得知的情况看来，周静病房的神秘的入侵者很可能与周桃没有关系，但之前周桃屡次着急上火地要找到周静，而周静一直拒绝见周桃，甚至搬离别墅都有可能是因为恐惧周桃、躲避周桃，了解这些事情的来龙去脉，也有助于解开周静母女发疯的病因。

我在椅子上坐下，将双脚泡进热水里，然后和小伙子慢慢聊起来："这刚去世的是你家什么人呀？"

小伙子道："是我外婆。"小伙子说完，神情里有着深深的忧伤。

小伙子顿了一下，又道："姨父，我周静姨这次怎么没有跟您一起来？您是代替我周静姨来悼念我外婆的吗？"

我一时怔住了，这小伙子怎么平白无故就把我和周静扯到一块了？

我正不知如何回答小伙子，小伙子又接着自说自话地道："您不会是为我外婆的事情来的，因为您刚才还在问我去世的是什么人。"

"是的，我不是为你外婆的事情来的。不过，你怎么就断定我是你姨父呢？"我道。

小伙子似乎也对我的问话怔了一下，然后道："我爸说您是我妈的亲戚，我看你穿戴是城里人，我们家城里的亲戚只有周静姨，我想您应该就是我姨父了。"

从目前的种种迹象看，周桃一家应该还并不知道周静患精神病住院一事，看来还是暂时隐瞒周静患病一事为妥。因为如果他们一旦知道周静患精神病了，那么关于他们一家和周静之间的一些事情，他们很可能就不会如实地讲了。这样一思索，我就决定我不能以医生身份出现，只有暂且冒充一下周静的丈夫了。

这样打定好主意后，我和小伙子的聊天就顺畅多了，我告诉小伙子周静骨折了，来不了。我这次来主要是来找他母亲的。接着我话锋一转："你外婆什么时候患病的？病了很久吗？"之所以这样问，是因为我在猜想，周桃找周静，是不是为了将自己母亲病重的消息通知她，想让她回老家看看。

"是的，外婆她病了很久，但她一直强撑着，为我们忙进忙出。"小伙子声音低沉，眼眶也湿润了。

我问道："你妈妈几次去找你周静阿姨，就是为了通知她，你外婆病重，需要她回老家看看你外婆吗？"

小伙子似乎迟疑了一下，道："是的。"

王妈曾说过周桃不肯将自己找周静所为何事告诉她，就这么简单的事情，周桃为何不肯告诉王妈，请她转告周静呢？冲这一点看，周桃去找周静应该不是为她母亲的事。由此看来小伙子的回答不可信，况且小伙子在回答"是的"之前，我明显地感觉到他迟疑了一下。

周桃屡屡着急地找周静一事越发像森林里的迷雾，让人看不清真相了。

"姨父，水凉了吧？需要我再去为您加点热水来吗？"小伙子的问话打断了我的沉思。

我感激地："不用了，请问你叫啥名字呀？"我一边说，一边将脚抹干。

"我吗？我叫周继宗。"小伙子咧嘴笑了笑，但我感觉他笑得很勉强，大概外婆的去世让他一时还很难从悲伤中走出来。

我端起洗脚水，不知道该往哪里倒，周继宗不容分说，抢过我手中的盆，抬着水走了出去。拿着空盆回来时，他告诉我，厕所就在回廊的转角处。

　　我以为他该走了，谁知他又在我刚才坐的椅子上坐下了，还让我立即上床，说刚烫过的脚捂在被窝里会很暖和。

　　听他的安排，我将外衣脱了，坐在了床上，被子的确很暖和，就这样我靠在床上，又和他聊开了。

　　"姨父，您这次来找我妈，是有什么事呀？"周继宗问道。

　　"哦，就是因为你妈妈多次去找你周静姨，你周静姨都没有见她，过后你周静姨又想知道你妈妈找她究竟是为啥事，因为没有你们家电话，我正在家休公休假，所以你周静姨就派我来了。"

　　"哦，是这样？"他点点头，继而又道，"那姨父您就休息吧。"小伙子说着起身告辞。

　　我忙欠身，对他道："和我一起来的走失的那个老大姐……"

　　话还未说完，周继宗就打断我的话道："您说的那个走丢了的保姆，我爹已经给我说了，明天一早他就带人进山去找。"说着，还未等我道谢，他就拉开门出去了。

　　我对着门外的周继宗道了声"谢谢"！

　　我话音刚落，突然意识到有什么地方不对，是的，的确有不对的地方，我清楚地记得，我并未向周继宗讲过王妈是保姆，对他父亲，我也未提及王妈的身份，他怎么就知道王妈是保姆呢？

　　我只对森林里的那位护林员张大哥说过失踪的王妈是保姆，但张大哥并没有时间和周家人见面，且他和周家人又并不熟悉，周家人是怎么知道失踪的王妈是保姆的？

　　我又想起张大哥对我要找周桃表现出来的惊讶和不安，难道张大哥对我说的他和周家人不熟悉，真是撒了谎？他为何要隐瞒他和周家的关系？又为何会对我前来找周桃感到惊讶和不安？

　　我感觉我的一切行动都被一双躲在暗处的眼睛窥视着，我甚至感觉王妈莫名其妙的失踪也不是一件单纯的失踪事件了，在这深夜的陌生的深山老宅里，我感到了危险正在向我悄悄袭来。

第十五章　危机四伏

不管怎么说，一切都只有天明再做打算。

看看时间，已经是晚上十点过五分。

我拨通了刘丽丽的电话，电话中刘丽丽告诉我，根据我的治疗方案，她今天下午欲带周静母女去医院的花园散步，一听说外出，母女俩均神情恐惧，无论如何都不肯走出病房，婷婷紧抱着周静，一直念叨："他（她）躲在花园里的，我们不去，我们不去。"

我针对周静母女的治疗方案，又对刘丽丽叮嘱一番后，挂断了电话。

我强迫自己闭上双眼，尽快入睡。

我的睡眠一向很好，尽管心里背负着太多的事情，我还是不一会儿就睡着了。

梦里谁在哭？一阵若有若无的哭声总在耳边萦绕，慢慢地我意识到这不是梦，我睁开眼睛，那若有若无的哭声悠悠地从屋子外传来，像是一个年轻女性的哭声。

我睡不着了，我看表，半夜两点十分，我悄悄地起身，披上衣服，走到门口，听着外面的动静，没错，是有哭声，是年轻女性伤心的哭声。声音应该是从前院传来的。

我悄悄拉开门，在黑暗中小心地朝前院摸去。

进入前院，哭声越来越清晰，黑暗中，我朝着声音传来的方向摸索着走去，突然，我听见一扇门发出吱呀的一声响，我立即止住脚步。

在我前面不远的地方，随着"吱呀"的一声，一扇门开了，微弱的光亮从屋子里泻出，几个人从屋子里走出，其中一个女性在嘤嘤地哭着，我急忙躲到一廊柱后，还好，那几个人并未向我迎面而来，而是径直朝前走了，一路上，那个女人还在伤心地丝丝缕缕地哀哭着，借助屋子里泻出的灯光和那几个人的手电筒光，我可判断出他们走出的那间屋子位于回廊右侧的中间。

待几个人的脚步声消失后，我悄悄朝那间屋子走去，屋子的门没有关，屋子里还有微弱的灯光从敞开的门内泻出，我朝着那间屋子又走了两步，突然警觉地停止了脚步：这一切，于我会不会是一个陷阱？

我站在原地思索着，不知道是该向前还是后退。

正犹豫着，突然从屋子里走出一个人来，借助从屋子里透出的微弱的灯光，可知道这人就是曾来我屋里的那个小伙子周继宗。

周继宗站在门口，将门拉上，屋子里的灯光被门挡住了，前院又沉浸在一片漆黑之中。

黑暗中，听到周继宗锁门的声音。

随之，又听到周继宗离去的脚步声，他应该是和刚才那伙人朝一个方向走的。

我站了一会儿，不得要领，一阵风吹来，我才感到一阵寒冷，我摸索着朝回走了。

早上，我醒来，风雨都已经停了。

我起身走出屋外，门前摆放着一脸盆水，水中有一块毛巾。

我抬起水转身进屋，刚洗漱完毕，周继宗就端着一碗面条进来了，面条上还有几个排骨。

我接过面条，谢过周继宗后，急忙问寻找王妈一事安排好没有，我要和他们一起去森林找王妈。

周继宗告诉我，天还未亮，他父亲就下山找村民去了，估计这时候他父亲已经带着这些村民在森林里铺开寻找王妈的网了。

我端着碗，同时脑海里又浮现起昨晚那一幕，便试探着："昨晚又是风又是雨的，你睡得好吗？"

"嗨，我是个瞌睡虫，我外婆在世时常念叨我瞌睡多。"说到这儿，周继宗又略显难过，但他很快就调整自己情绪，"昨晚从您这儿回去后，我烫了个脚，就一觉暖暖和和睡到天亮。"

"一觉睡到天亮？"我问道。

"是啊，一觉睡到天亮。怎么啦？"周继宗望着我。

"哦，是这样，我很多年没有一觉到天亮的睡眠了，一个晚上总要醒几次。所以听说你一觉睡到天亮，很羡慕。"

见我还端着面，周继宗道："不说了，您快吃了吧，不然面条都凝成一坨了。"

"好的。"我说完立即埋头吃起早餐。

我刚吃了两口，周继宗又道："对了，您昨晚醒来后，听见院子里什么动静没有？"

我对视着周继宗："没有啊。怎么啦？昨晚院子里有什么动静吗？"

周继宗勉强笑笑，显得有些恐怖地："昨晚，我听见一阵若有若无的哭声，是个女生的声音。前几天那些来为我外婆奔丧的住在我家的亲戚都说晚上听到了这种哭声，我妈也听见了，说这哭声就像我外婆年轻时候的声音。所以外婆一上山，来为外婆奔丧的亲戚就全都立即撤了，他们是被外婆吓的。"周继宗道。

我扒拉了一口面，道："有这事？"

周继宗在我对面的椅子上坐下，似乎又有了聊天的兴趣："千真万确，不信，您一会儿见了我妈，你问她。"顿了下，周继宗又道："我再悄悄告诉您件事，您不要告诉其他人。"周继宗说完后，一脸神秘地望着我，等着我的反应。

我又吃了两口面条，然后望着他："你说吧，我听着呢。"

周继宗小声地："我在这宅子里见过鬼。"

"哦？"我望着他。

"这宅子里在我小的时候其实很热闹，因为宅子很大，我妈是个善良人，就让我爸的三个弟兄家都住在了我们家里来。但后来，我大伯二伯三伯他们全都搬走了，说是这宅子闹鬼。"

"是吗？"我望着周继宗。

"是啊。"我的神态使得周继宗更来劲了："我大伯他们应该没有说谎，因为我小时候就亲眼见过鬼。那是个晚上，我独自去厕所，在厕所里我看见一个全身红衣服还有红鞋子的女娃蹲在里面，我还以为是我伯母他们家来的亲戚，就告诉她走错了厕所，她蹲的厕所是宅子里男人们蹲的地方。谁知她抬起头来，冲我惨然一笑，就在我眼皮底下消失了，吓得我哭爹叫妈地跑回家。"

在他唠叨的当儿，一碗面已经全部进入我肚子里，我望着周继宗："你妈今天什么时候可以到家？虽说我已经知道了她为啥事去找你周静姨，但我从未见过她，既然来了，还是应该见见面的。"

"中午以前可以到家。"周继宗接过我手中的空碗，道，"我其实不该给您讲这些，您一个人住在这后院里，会让您害怕的。"

"没事，我这个人胆子大着呢。"我笑道。

"这就好。"周继宗拿着碗离开了。

我也随之走出门去，我望着周继宗的背影，突然意识到周继宗父子两人说的周桃去答谢帮忙的人去了，很可能在撒谎，我再一次将周静母女病房里神秘的入侵者与周桃挂上了勾。

这宅院里一定有着不为人知的秘密！

我来到了前院，昨晚那间神秘的屋子前。

我站在这间屋子前，明显地感觉到这间屋子和其他屋子的不同。这间屋子的左右房间，都没有窗帘，而这间屋子的窗户里却挂着厚厚的深色帘子。

按道理其他房间没窗帘，这间屋子里有窗帘，没什么奇怪的，让人感到不解的是，这间屋子的帘子不是普通意义上的窗帘，颜色太深不说，隔着窗格，也能感觉到这帘子很厚，好像是主人刻意要遮掩屋子里的什么似的。怪不得，昨晚屋子里的灯光只能从打开的门里泻出。

我四下看看，此刻，院子里静静的，没有一个人影，我快步走到窗户前，把手指伸进雕花窗格中，欲掀动帘子，看看帘子背后的端倪。

然而我的手指一靠近帘子，我就知道我根本无法看见帘子后的东西了，我感觉到这厚重的帘子在窗格上被固定死了。

我看时间，已经早上九点十五分了，我心里担忧着王妈，心想我也得去森林，跟周桃村子里的人一起找王妈。

这样想着，我便离开这间屋子，朝照壁后的大门走去，然而就在我快要走近照壁时，我愣住了，我清楚地听见了从我身旁的屋子里传出的熟悉的声音：

"他什么时候到？"

这是周继宗父亲的声音呀，周继宗刚才不是告诉我他父亲带人下山找王妈去了吗？

周继宗的声音："应该快了。"

我立即停住了脚步，听着屋子里的对话。

周继宗父亲的充满警告意味的声音："记住，千万不能让周静男人走出这个院，不然会坏大事的。"

周继宗的声音："我知道。另外，那坑我已经让他们开始挖了。"

我惊出了一身冷汗，为啥不能让我出这个院子？不，是周静的男人为啥不能出这个院子？他出去后为啥会坏大事？快到了的那个"他"又是什么人？感觉那个人的到来似乎与我有关系。尤其要命的是那个坑，那坑是为我，为周静男人准备的吗？

再一次感到周静与周桃的关系扑朔迷离，再一次深深感到自己正处于危险之中，不行，我得马上离开这里。虽然我喜欢挑战，虽然我致力要查出周静母女的病因，但当危险真正到来的时候，我首先得保全自己，否则人都没有了，还能做什么？

我迅速朝照壁后的大门走去，我走到大门前，一下怔住了。

大门上赫然挂着一把大铁锁。

第十六章　奇怪的堂姐

怎么办？我望着门上的大铁锁，一下没有了主意。

"姨父，您要出去吗？"

我一惊，身后传来周继宗的声音。

我转过身望着周继宗："我想去森林里跟你父亲他们一起找王妈。"

周继宗走上前来，"姨父，您不用去，我爸已经从森林里回来了，其他人还在那里找。"

"哦，你父亲回来了？"我装着不知。

"是的。"周继宗道："姨父，我告诉您，您可能会觉得好笑，我爸因为一直找不到你们家保姆，他也着急，他让我联系了后山的那位神婆，让她来卜算你们家保姆究竟去了哪里。那位神婆说要让和保姆一起来的人就留在我家院子里，在她卜算之前，这个人，也就是您不能走出这个院子，对了，她还让我们在院外挖了坑，说她占卜时需要用。"

原来父子俩的对话是因为这个原因？我一时难以判明周继宗话里的真伪成分！

"我并没有跟你说王妈是周静的……是我们家的保姆呀，你怎么断定她就是我家保姆？"我单刀直入。

周继宗爽快地道："嗨，我听我妈说过你们家有一个跟她年纪差不多的保姆，人挺好的，这保姆还告诉过我妈，她曾陪同周静姨来过老家呢，所以您说有老大姐和您一起来，我猜这老大姐也就是保姆了。"

正说着，门外传来一阵拍门声。

周继宗急忙上前开锁，打开大门，一边道："一定是我妈来了。"

门口了，一个年近六十，身体硬朗的老年妇女出现在我面前。

老年妇女望着我，脸上露出笑意，道："你就是妹夫吧？继宗电话里都告诉我了，不好意思，让你久等了。"

"哦，没关系的。"我笑着回答。

我从昨晚进到这座宅院里就涌起的不安之感，在见到周桃之后一下荡然无存。周桃的面容看上去很和善，那充满亲和力的笑容让我一下觉得心里踏实了许多。

周桃紧接着告诉我，在回家之前，她也去森林里和村民们一起寻找王妈，但非常奇怪，森林里没有一点点王妈留下的痕迹。她让村民们都回来了，她已经报警了，不知道警察啥时出警。

啊？我不由在心里对王妈深深地担忧起来。

周继宗忙对周桃说他已经找神婆了，让神婆来占卜王妈的下落。

周桃立即责备周继宗迷信，让他通知神婆不要来了，并转身对我不好意思地笑道："山里人迷信，没文化，让你见笑了。"

我怀着对王妈满心的担忧跟着周桃走进了这所老宅的堂屋，双双坐下。

堂屋里一应陈设都和表现二三十年代生活的电影里的大户人家的生活场景没有区别，我万万没有想到周静爷爷当年的这些家具会完好地保存至今。

见我打量着屋子里的陈设，周桃一边将茶水递给我，一边充满自豪地："这都是我爷爷那时候留下来的。"

我接过茶水，把我之前对周继宗说的话又对周桃说了一遍，说是周静让我来了解一下，周桃找她所为何事。

周桃说母亲和周静有着深深的误会，因为母亲病了，是肺癌，母亲想在去世前解除和周静的误会，所以她才屡次三番地去找周静。

"可惜我妈临死也没能解除和周静的误会，周静小时候一直是我妈照看的。"周桃说到这里，明显露出难过的神情。

原来如此！

看着周桃站起身去给我茶杯续水的硬朗的背影，我知道那个神秘的入侵者与她定然没有关系。

当周桃再次把茶水递到我手上时，我试探地："周静和你母亲有什么误会呢？从没有听她说过。"

周桃微微一笑："还是等我和周静把误会解除了再告诉你吧。"

我思索着应该把我真实身份告诉周桃了，让她知道周静患病的事，以便看从她这里能否得到我所需要的线索。

我还未来得及开口，周桃的一句话让我尴尬起来。

周桃说："他姨父，你是坐大巴车来的吧？镇上继宗他三爹今天要去市里，一会儿吃了午饭后，就让继宗陪你下山，你搭他三爹的车进城，免得去坐那大巴车不方便。王妈这边的事一有消息，我就跟你联系。你把你电话号码告诉我吧。"

这不是下逐客令吗？

警察还没来，我起码还得跟警察见见面，当面向他们提供一些王妈失踪的线索呀。

不过我转念又一想，周桃这样做，也可以理解，毕竟刚操持完一场丧事，够累的了，哪有精力再来招待客人。

"好的。"我立即答应道，"这边找王妈的事情就委托你了，警察到后，你让他们打我电话，我向他们提供点线索。"

说完这句话后，我心里沉甸甸的，想到来时和王妈两个人，现在却自己一人孤零零地回去，而且王妈现在生死未卜，心里不由一阵难过。

见我难过的样子，周桃道："王妈对我说过，在家里你对她挺好的！"

周桃的话让我大为震惊，王妈是在周静离婚后才到的周静家呀！

我突然间觉得有哪里不对。

我道："王妈腿瘸，五十多岁了还出来帮人，也怪可怜的，所以平时在家里我对她也就多关心一点。"

我把双腿完好的王妈说成瘸子，然而，周桃对我的话没有一点惊讶的表示，她道："是的，我也是这样想的，一个瘸腿的上了年纪的人不到万不得已是不会出来帮人的。"

我感到我的心在一点点地往下沉，刚刚清晰起来的思路，一下又被打乱了。

周桃，她在说谎，她根本就没有见过王妈。

周桃的面容在我面前依然那么和善，但此时我看着她却觉得心里阵阵发冷。她突如其来的逐客令在我眼里也不那么单纯了，我把她的逐客令和周继宗关于这座宅院闹鬼的故事联系起来，我推断这宅院里一定有着不能对外人道的秘密，这秘密一定与周静有关，所以他们都希望周静的男人尽快离开。

不行，我不能就这样离开！

还有昨晚前院里那神秘女子的哭声以及周继宗对昨晚发生在前院里的事情的掩饰，这一切都让我打消了之前想离开这危险之地的念头，坚定了我留下来一查究竟的决心！

这样想着，我身子突然一软，一下倒在椅背上，莫名其妙地"昏"了过去。

周桃惊慌地喊了我几声，见我没有反应，匆匆跑了出去。

大约两三分钟后，周桃的男人跟着周桃来到了我身边。

周桃男人的声音："怎么好好的，突然就昏倒了呢？"

周桃的声音："谁知道呢，我已让继宗去村医务室叫人去了。"周桃的声音顿了下，又道："今天没有让他独自出门吧？"

周桃男人的声音："没有，我将门锁了，断了他和山下人接触的机会。"

原来周继宗说的请神婆一事是在说谎！

周桃的声音："他醒后，立即就让他走，他绝对不能再待在这里了，不然事情一露馅，周静知道了，后果就严重了。"

果然，这老宅里有着不能让周静知晓的秘密！究竟是什么秘密，一旦周静知晓了，后果就严重了？

周桃男人的声音："你相信他来这里的目的真像他说的那样简单吗？"

周桃的声音："我不相信。周静一定是感到有啥不对劲，派他来探虚实的。"

周桃男人的声音："他醒来后，就让继宗立即把他送走，周桃的坑都挖好了。"

我脑子"轰"的一声，这个女人不是周桃？那么周桃去了哪里？周桃的坑都挖好了，是什么意思？

其实从这女人说王妈告诉她，我对王妈很好，还有她应和我王妈腿瘸一事，我就应该知道她不是周桃了！

一种前所未有的恐惧将我的心紧紧地攥住了！

第十七章　古宅探秘

　　我在心里紧张地思考着，怎么办？要一查到底的决心又开始动摇了，我是继续装昏迷还是立即醒来走人？

　　就在这当儿，屋子里响起了周继宗的声音，很显然他带着村医来了。

　　村医是个年轻姑娘，声音挺甜的，这声音怎么这么熟悉？略一思索，我瞬间便知道了这声音是谁，我的心一下猛地下沉，糟糕，要坏事！

　　"舅舅？怎么会是我舅舅？"我预料中的女村医惊讶的声音在我耳旁响起。

　　必须"苏醒"了，这样想着，我一下睁开了眼睛。

　　"啊，醒来了。""醒来了。"围在我周围的人都如释重负。

　　"他是你舅舅，我姨父是你舅舅？"周继宗望着我外甥女红红紧紧追问，神情里是莫名其妙的惊喜。

　　"周桃"和周桃男人也都惊讶地望望我，又望望红红。

　　红红显然对周继宗称呼我姨父惊讶万分，但她是个聪明姑娘，她只是万分不解地望着我，一时怔怔地不知道说啥。

　　我做出一副对眼前状况不解的样子，望望周围的人："怎么啦，你们说我醒来了，我刚才昏过去了吗？"不等人回答，我马上又望着红红，对她道："这是你舅妈的堂姐家，你舅妈让我来她家有点事。"

　　"哦，哦。"红红机械地答应着，她自然知道我是在大白天说瞎话，我妻子是上海人，她怎么可能在这深山里有堂姐？

"你怎么就昏过去了？"红红担忧地一边打开医药箱，一边问我。

我道："我也不知道是怎么回事？"同时脑子里在迅速思索着，怎么把这场戏演下去。从周继宗请来红红看我和我醒后周家人那惊喜的表现，我知道他们不会害我，既然我是安全的，我就得继续留在这宅子里，查清楚这宅子里究竟有啥秘密不能让周静知道，它和周静母女的精神分裂有无关系，还有为周桃挖的那个坑是怎么回事？真正的周桃去了哪里？

望着红红打开血压计要给我量血压，我忙对红红道："我上次因头晕去你们医院，你给我检查后不是说过我有脑溢血征兆吗？我这次昏倒该不是与脑溢血有关吧？"说完我目不转睛地望着红红。

我又一次光天化日下说谎，我知道此时红红对我的谎言有一千个一万个疑问，但聪明机巧的红红知道怎么配合我，她点点头："有可能。"

血压量完后，红红道："你说得没错，你这次突然昏倒，就是脑溢血的前兆。"

我焦急万分地："那怎么办？如果有脑溢血征兆，眼下我就不能动弹，但我还准备今天下午搭便车回城里呢！"

红红眼珠一瞪："生命第一，你今天不能动，必须躺下歇息。药暂时不需要吃，先躺一天再说。"真是老天造化，我怎么就有这样一个机灵的外甥女呢？此时的红红已经完全镇静下来，很入戏地配合她老舅演戏，尽管她心里对这场戏充满了诸多疑问。

除了周继宗还沉浸在他和红红是拐角亲的喜悦里外，"周桃"和周桃男人显然对我要继续留下，充满无奈。

"周桃"对红红道："那么是不是可以用担架把你舅舅抬到镇里的医院去？不然我们也怕他留在家里出危险呀。"

周桃男人一连声地附和："是的，是的。"

红红断然地："这是不可以的，再怎么也得让他过了今晚才能移动。"

"周桃"这时望着我，话锋一转："他姨父，怎么之前没听你说你外甥女在我们村里呢？"

我道："我也不知道她就在你们这里呀，我也是上星期才听我姐说红红要下乡做一年的医疗志愿者，当时也没问她要去哪里，也不知道她会这么快就下来了。"

里的人，一道微弱的光亮从屋子里泻出，我判断了一下方位，这间屋子应该就是我今晚计划要光顾的那间神秘屋子。

我停在原地不动，尽管前院也是一片漆黑，我还是将自己的身子藏在我摸索到的柱子后面。

我看见了从那间打开了的神秘的屋子里走出一个人，那人正是周继宗，他走到白衣女人面前，扶着她朝前走去。在屋子里泻出的微弱的灯光中，我发现女人步态很机械，我突然意识到这是个梦游的女人。

这女人应该就是昨晚我看见的那个哭泣的女人，只不过昨晚她没有梦游。

周继宗扶着白衣女人消失在了黑暗中，望着那透出光亮的未来得及关闭的那间神秘的屋子，我心里一阵激动，没想到这梦游的女人帮了我大忙，原来根本不能进入的屋子，现在轻而易举就能进入了。

就在我快速向那间神秘的屋子靠近的当口，我心里一震，我再次看见了周静病房那个熟悉的神秘入侵者的背影，他（她）一闪身就进入了那间神秘的屋子。

看来周静母女的病因在今晚就可露出冰山一角了。我感到心里一阵阵激动，快速走近那间神秘的屋子，推开虚掩的门，也一闪身进入。

我骇然地瞪大了眼，这间神秘的屋子估计有四十来个平方，在微弱的光亮下，一具漆得黑油油、亮光光的棺材摆放在屋子中央，棺材面前鬼火样的两支白烛闪着幽幽的烛光。

而屋子里眼下除了棺材，除了我，什么也没有。

那个神秘的入侵者呢？

就在这时，我听到了屋子外面一阵急切的脚步声，那应该是周继宗匆匆回来的脚步声，我急忙四下打量，想找个藏身的地方。可是偌大一间屋子里除了棺材，什么也没有，何处藏身？

就在这时，我心里又是一惊，我看见棺材边躺着一部手机，那是一部老年手机，跟王妈新换的手机是同一款型。

第十八章　身陷险境

就在我看着地上的手机愣怔的一瞬，门被轻轻推开了，我急忙闪身躲到门后，我看见一只脚迈进了门槛。

这个人只要一完全进入屋子，我就彻底曝光了。

然而不知为啥，那只已经跨进门槛的脚又退了回去，我正莫名其妙的当儿，门又被从外面拉上了，紧接着是锁门的声音。

谢天谢地，我长长地嘘了口气。

危险过去之后，我来不及思考如何从这间屋子出去，我的注意力又回到了棺材边的手机和刚才那个神秘的入侵者身上。

那个人呢？我明明眼睁睁地看见他（她）进入这间屋子的呀？还有棺材边的这款手机和王妈有关系吗？

我正百思不得其解之际，一阵窸窸窣窣的动静又传到我耳边。

我发现那窸窸窣窣之声就来自棺材里。

我本能地后退好几步，身子紧紧贴着门，紧张地盯着棺材。

棺材盖子在我眼前被一点点地掀开了，两只枯瘦的手臂从棺材盖里伸了出来，我紧靠着门板，我已经感觉到我双腿发软，快站立不住了。

我闭上了双眼，这是我眼下唯一所能做的。

"冯医生。"王妈的声音幽幽的似从远处飘来。

我睁开眼睛，王妈正从棺材里爬出来。

我大惊，望着王妈，一时间不知道该说啥。

"我不知道是你在我身后，我刚进入屋子，就感觉到身后也有人往这间屋子来了，我一着急，就躲进了棺材里。"王妈说着，朝我走来。

我急忙后退几步，此时的王妈让我觉得异常诡异：莫名其妙的失踪，又莫名其妙地出现在这里且还从棺材里爬出来。

我跟王妈保持着一定距离，我问她，你怎么莫名其妙就在森林里失踪了？这两天你都去了哪里？

王妈大概看出了我对她的恐惧，她不再靠近我，用含着委屈的语气告诉我，那天在森林里，她见我睡着了，就一瘸一拐地离开我去方便，然而方便完后，她就无论如何也找不到她和我休息的地方了，她走了好久，发现都是在同一个地方绕圈，她明白她遇上"鬼打墙"了，说到这里，王妈问我知不知道什么是"鬼打墙"，我当然听说过"鬼打墙"。"鬼打墙"指的是一个人在行走过程中，总是不自觉地在一个地方兜圈子，怎么也走不出这个圈子，人们把这种现象称为"鬼打墙"，其意思是鬼魂在作祟，在人的周围砌上了一堵常人看不见的墙，使人无法走出去。这当然是迷信说法，"鬼打墙"状况是可以用生物学现象做解释的。

"那么有许多人去林子里找你，你没发现吗？"我问。

"那些出现在林子里的人是去找我的吗？"王妈惊讶地望着我，又道："我走出'鬼打墙'后，我是看见有一些人在林子里走来走去，好像在找什么，我不知道那是些什么人，我就避开他们走了。"看来周家是真的派人去找她了。

王妈告诉我，她在森林里转了一晚，第二天在那些找她的人进入林子后，她才走出林子的，幸好她衣袋里带有干粮，虽然头天晚上下雨，但林子里树叶繁茂，雨水也没有怎么淋湿她。

"那你进入周家后，为啥不来见我呢？"对王妈的突然出现，我有太多的疑问了。

王妈告诉我，那天她走出"鬼打墙"后，就去我之前休息的地方找我，她没见到我，她手机也没有电了，她想着我可能已经到周家了，她就直接来到周家。

她来到周家时，恰好周家大门没关，她走了进来，走进一间屋子里，屋子里没人，就在这时候，她听到有两个人一边说话一边朝她在的这间屋子走来，她听到一个男人在说："你姑妈来奔丧，正好让她来冒充一下你妈，等她和周静男人见过面后，就赶快把周静男人打发走，千万不能让周静男人知道你妈去世了，周静男人走后，就赶紧把奔丧的亲朋叫回来，你妈得按日子下葬了。"

这么说周桃去世了？我明白了给周桃挖坑是怎么回事了。

但是为啥周桃去世的事情不能让周静男人知道，还要让人来冒充周桃？我脑海里又响起了周桃男人的话：事情一旦露馅，周静知道了，就会坏大事。

王妈打断我的沉思，继续道："我从那两个男人接下来的对话中，知道他们把你当做了周静的男人，我想不能让两个男人知道我听到了他们的对话，我就急忙在屋子里找个地方躲起来了，谁知这一躲，就出不来了，那两个男人进屋子取了东西后，就将门上锁后离开了。今晚一个男人进屋子后，我趁那男人没注意，便偷偷逃出来了。我逃出来后，也不知道你还在不在周家，院子大门上锁的，也出不去，我突然看见这间屋子亮着灯，我就进来了，谁知刚进来，就发现身后也有人进来，我就躲进了棺材里。"

我打量着眼前的棺材，这棺材该是为周桃准备的了，我想起了头晚那个女子哭着从这屋子里出去，可是周桃的遗体在哪里呢？

就在这时，王妈的一句话，让我又是一惊。

王妈指着棺材道："周桃就在那里面。"

我吃惊地望着王妈，这不仅是因为此时她的语气突然变得冷冷的，更是因为她刚从棺材里爬出来呀。

王妈掀开棺材盖子，对我道："冯医生，你来看呀，周桃就在里面呢。"

瞬间，王妈让我觉得鬼气森森，我又想到了我在森林里做的那个奇怪的梦。

见我站着不动，王妈上前欲来拉我，我似乎很怕她触碰到我，急忙道："我看，我看。"

我走到棺材前，棺材里果然躺着一具尸体，王妈揭开了尸体脸上的白纸，一个老年女人的面孔出现在我面前，王妈说这就是周桃。

我看着棺材里的周桃，我不觉得恐惧，让我觉得恐惧的是身旁的王妈，她刚才怎么敢跟一具尸体躺在一起呀？这太有悖常情了。

我不敢转身，我感觉得到王妈这个时候在我背后一定正两眼紧盯着我，我怕我一转身又看见梦境里她那张充满诡笑的脸。

突然门外传来一阵急促的脚步声，我听见了周桃男人的声音，"你敢肯定是周静男人进了这间屋子？"

周继宗的声音："我将姐送回屋子后，打算回来继续给我妈守灵，我刚推开门，就觉着不对，我记得我离开屋子时根本就没有关门，可我回来时，门被掩上了，我还看见了棺材旁有个手机。"

这时又一个声音在不远处响起："大伯，我去客房看了，周静男人不在。"

我不知道为什么周静知道了周桃去世的消息会给周桃家带来极端的不利，但我知道此时我和王妈都有深度危险，这一点就凭着几个大男人明知道我就躲在这间屋子里，还毫无顾忌地大声说话，不怕我听见，就能推断出来。

我不再恐惧王妈，我转头看王妈，王妈也是一脸惊慌。

王妈道："冯医生，就告诉他们你不是周静男人吧。"

这有用吗？我不是周静男人，但也是个与周静有关的人呀，他们担心的是周静知道周桃去世的消息，所以但凡与周静有关的人，也都是他们防范的对象呀。

就在这时，门外响起了钥匙开门的声音，瞬间，门便被推开一条缝了。

说时迟那时快，我突然猛扑上去，将门一下重新关上，迅速拉下门栓，门被我从里面锁上了。

"他有这一招。"这是周桃男人愤愤的声音，紧接着门上传来一阵噼噼啪啪的狠命的拍门声。

门外又一阵杂沓的脚步声由远而近，有人在喊着："怎么着？打不开门？""我去拿斧子来。"

看来外面来的人不少，这两天在这幢老宅里除了周家自己人，我便没有看见其他人。

"开门，开门。"凶狠的喊声伴随着门上的拍门声此起彼伏。

王妈惊慌地道："冯医生报警呀！"

"你的手机没电了，而我的手机又在客房里。"我道。

我话音刚落，王妈突然对门外道："周静已经患精神病了，我们是与周静没关系的人，我们不会影响你们的利益。"

王妈的话没有一点作用，我听见了斧子劈窗框的声音，这窗框是雕花的，我相信要不了十分钟，他们就会从窗框扑进来。

第十九章　仓皇出逃

山里人很朴实，山里人也很野蛮！

怎么办？我惊慌四顾，突然我眼睛盯着对面的板壁不动了。

对面的板壁贴有几张大幅的年画，不知道是哪一年的了，有些陈旧，眼下其中一幅年画正莫名其妙地一点点地撕裂开来。

真是见鬼了！

身后的窗框已经被劈掉一部分了，一些雕花的木块落进屋子里，而对面板壁上的年画还在继续地莫名其妙地仿佛被一只手从后面撕裂着。

我觉得此时我正处于一个冷酷的现实世界和一个诡异的虚幻世界之间。

年画终于一下被彻底撕开了，原来年画是贴在窗框上的，此时窗户大开，一个女人的头从窗外探进来，朝我使劲地招手，我看见了出逃的希望，也顾不上这女子是否可靠，急忙拉上王妈就往窗口跑去。

我用肩膀托住王妈，王妈爬上窗户，在窗外女子的帮助下，王妈顺利地在屋子外的地面落脚了。

我随即纵身翻出窗户。

昏暗的光线中，我看不清搭救我和王妈的年轻女子的容颜，如果我的判断没有错，她应该就是那个梦游的女子，周继宗的姐。

女子将一把钥匙交到我手里，轻声地："快，这是院门的钥匙。"随即就匆匆离开，消失在了黑暗中。

就在这时，我听见那间摆放棺材的屋子里传来几个男人的声音，他们已经破窗而进了。

一个男人的声音："他跳窗逃了。"

"快，追！"

从屋子里透出的亮光中，我发现我和王妈身边就有一个大水缸，我急忙拉起王妈扑到水缸前，掀开木盖，两人躲进水缸里。

水缸里有一点水，淹过脚面，我和王妈双脚浸泡在水里冷得浑身直发抖。

有几个人从窗户翻了出来，见四下无人，周桃男人的声音，"去后院看看，反正大门锁上的，他跑不出去。"

几个人匆匆朝后院跑去。

我和王妈从水缸里出来，一路跑向大门，奇怪我还未开锁，门一拉就开了，怎么回事？谁来开的门？门外等着我的会不会是陷阱？几秒钟的犹疑后，我还是拉起王妈跑出了大门。

跑出周家大院，我一时间不知何去何从。虽然红红就在山下的村子里，可偌大的村子，我此时去哪里找她？

"我们还是往来的路上跑吧，森林那么大，他们找我们不容易。"王妈道。

对，还是往森林跑，我估摸再过两三个小时天就要亮了，到了山道上我们也就会安全许多。

我带着王妈往来时的路上跑去，这样跑着尽管累，但身体不那么冷了。

"快，快追上去，他就在前面。"身后突然响起周桃男人的声音。

我对王妈道："你往左边那条小路跑，我去引开他们。"

王妈道："不，我引开他们，我年纪老了，他们也不会把我怎么样。"

"你快走。"我推了王妈一把，就对直往前跑去。

我跑着，身后的脚步也在紧追着。

突然，我停下了脚步，我看见一个人影就矗立在我面前，与此同时我感到脚踝冰凉冰凉的，我一低头，是那条狼狗，护林员张大哥的那条狼狗旺财此刻正用舌头舔着我的脚踝。

"跟我来吧。"站在我面前的人影开口了，是张大哥。

张大哥与周家有关系吗？我顾不了那么多了，身后的追兵已经越来越近了，我跟着张大哥就走。

当张大哥把我带到他小屋前时，我的思绪一下清楚了，如果不是周家告知，张大哥怎么会知道我此时在森林里呢？他的出现不就是周家的一个套吗？就在这时张大哥屋子的门开了，我看见周继宗就站在屋子里。

我转身便跑，这时周继宗追了出来，"姨父。"周继宗喊道，声音是温和的。

我站住，转过身去，对着他。

"姨父，我不会害你，你跟我进屋吧。"周继宗道。

我知道我眼下就是要跑，也跑不过身后这两个身强力壮的男人，不如进屋，看看周继宗有何说法。

我跟着周继宗走进屋子。

周继宗接下来的一番话，让我彻彻底底了解了周家老宅里与周静有关的秘密。

两个多月前，周桃被查出患了肺癌且已经是晚期，医生告知其家属，周桃最多只能活三个月了。周桃知道这一切后，就急切地要见周静，因为当年在周桃和周静都还年幼时，他们的父亲都去世了，周桃和周静的祖父就留下遗嘱，将周家老宅留给了周桃，之所以只给周桃一人，是因为当时周静母亲在周静父亲去世后，就带着周静改嫁了。但由于当时周桃身体很不好，周围的人都担心她长不大，之后周桃和周静的祖父又补充了一份遗嘱，遗嘱中说如果周桃去世，周家老宅就改由周静继承。这份后来补充的遗嘱，周桃和周静的祖父当年亲自交到了还年幼的周静手里。虽然周静自从跟着母亲改嫁后，就与周桃一家人再没往来，但周桃也辗转知道一些周静的情况，知道周静丈夫是个大老板，周静根本不缺钱，所以周桃得知自己患上绝症后，就想找到周静，说服周静在自己去世后将老宅留给自己在外打工的儿子周继宗。

谁知周桃几次上门找周静，都吃了闭门羹。在周桃去世后，周桃家人就想对周静隐瞒周桃去世的消息，因为周静离开老家时年纪还很小，所以至今她与老家的人没有任何往来，因此要对周静隐瞒周桃去世的消息是可行的。

"那么你们把大门紧锁，就是怕我溜达到山下，从山下人的嘴里得知周桃去世消息，是吗？"我问。

周继宗点点头。

"你们那么怕周静知道你妈去世的消息，为何还派人去找周静的保姆呢？"我问。

"我们派去找保姆的人都是和我家关系挺好的，他们不会泄露我家秘密的。"周继宗说。

这时张大哥走过来，对我说他是周继宗的表叔，那天得知我要去周桃家后，他就立即给周继宗父亲打了电话，所以周家赶在我到之前撤了灵堂，那些前去奔丧的亲戚，家距离周家近的暂时离开了，家距离周家远的也就暂时躲在周家老宅屋子里不出来。

原来如此！

"那么你怎么会又突然要把这一切都告诉我呢？"我刚问完周继宗这句话，心里不由一激灵，该不会是让我"死得明白"吧？

周继宗道："在我爹带着人砸门时，我突然醒悟，我们把你抓住了，又能怎么样呢？总不能把你杀了或者把你一辈子关在宅子里吧。况且红红医生保不定最后也会知道我家的情况。我不如现在就对你实情相告，你是大老板，也不会在乎这个宅子，不如请你替我在周静姨面前求个情，把这宅子留给我。我劝我爹不要砸门，好好跟你说，可他不听，他另有主意，我怕他做出蠢事，我就只有让我姐将钥匙交给你，后来我又悄悄把门给你打开。"

"你姐就是那个梦游的女子吧？"我问。

周继宗一愣，随即点点头，道："我姐已经出嫁了，她是在你到我家之后到的家。"

"你妈最后一次去你周静姨家，你知道是什么时候吗？"我问。

"最后一次应该是十多天前吧，回来后她就彻底卧床了。其实我妈身体早都不行了，每次去找周静姨都是强打精神，我妈最后一次去城里回来后，她告诉我们周静姨不知为啥突然搬家了，而且不知道为啥，周静姨见到她和那个保姆时表现出很害怕的样子。"周继宗说。

据周继宗说他母亲周桃是在三天前去世的，不管周继宗在周桃去世的时间上有无说谎，就仅凭此刻棺材里周桃的那具遗体，凭她那明显地要比那神秘入侵者高出一头的身高，周静病房里两次出现的同一个神秘入侵者应该都与周桃没有关系了。

那么那个神秘的入侵者会是谁呢？

神秘入侵者那略显佝偻的背影与王妈那也略微佝偻的背影在我眼前交替迭现。

我正沉思着，周继宗又道："我妈当时身体已经很虚弱了，我每次要陪她去找周静姨，她都不让，她说她还有些话要单独当面向我周静姨说，我妈说她这一辈子最对不起周静姨，她一定要在离开这个世界时对周静姨说一声'对不起'。"

"就是因为你妈对不起周静姨，才使得你周静姨这么多年都与你妈没有往来吗？"我问。

周继宗点点头。

"你知道你妈和周静姨之间的疙瘩是什么吗？"我问。

周继宗摇摇头，"不光我不知道，我爹也不知道。我妈什么都对我和我爹说，就这一点她临死也不肯向我和爹吐露半点。"顿了一下，周继宗又道："姨父，你也不知道吗？"

我点点头，看来这个秘密就这样被周桃带到坟墓里去了。

"姨父，你还冷吗？"周继宗关切地问。

我这时才发现，不知道什么时候我身旁也放上了一盆炭火，周继宗一直在和我说话，应该是张大哥生的火。

我摸着已经渐渐干了的鞋袜，感谢地："不冷了。"

听着周继宗一口一个"姨父"，我知道周家人对周静情况知之甚少，我心里在思考，要不要把周静患病的事情告诉他呢？最后决定还是暂时不说。

"我会把你的意见转告你周静姨，看她能否同意把这幢宅子留给你，在她还未做出决定前，你们一家就安心住在里面吧。"

"那就拜托姨父了。"周继宗道。

"你周静姨在她父母都去世后，她的娘家就只有你妈一个亲人了吗？"我问。

周继宗点点头，有些难过地："现在她连这一个亲人都没有了。"说到这里，急忙又改口："还有我呢。"

我听王妈说过，周静告诉过她，她父亲只有两兄弟，两兄弟家都只有一个女儿，就是周桃和周静。

见我思索不语，周继宗关切地："姨父，现在天已亮了，我送您下山到镇子里吧，如果您没开车来，我三爹有部车，您可以借用一下，到时候他来城里取车。这样比你去坐大巴车舒服。"

我想想，同意了周继宗的建议。因为我想不妨多和周家人有点接触，说不定还能从中又得到一点我解开周静病因的线索呢。

王妈她手机没有电了，我怎么和她联系呢？一起来的应该一起回呀。

当对周桃的怀疑解除后，我开始把注意力全部转移到王妈身上了，昨晚王妈跑进那间神秘的屋子里的背影与医院里那神秘入侵者的背影太相似了，还有昨晚她竟然敢于爬进棺材和死人躺在一起也实在是令人匪夷所思，她从棺材里爬出来后的表现，也总让我觉得有点怪怪的。

正想着，一阵熟悉的音乐铃声响起，这是我手机铃声的音乐呀。就在这时周继宗从衣袋里取出一部手机递给我："对了姨父，您的手机，我在客房里发现的，我都差点忘记给您了。"

我接过手机，来电是一个陌生的电话号码，我接通电话，电话那头响起的竟然是王妈的声音，她告诉我她在下山的路上遇见一个去上学的学生，她手机没电了，她是借这位学生的手机给我打的电话，她知道我的手机还在客房里，她打这个电话是想碰碰运气，看是否有人接听这个电话，以便了解我是不是被周家人抓住了。她说她没想到这个电话竟然是我接的。得知我安全，王妈很高兴。我听得出她的高兴是发自心底的。

我针对王妈的怀疑似乎又有些动摇了。

早上十点钟，我开上周继宗三爹的马自达，带上王妈，准时从青冈坡镇出发了。

然而车子刚开出没多远，就遇到前面道路塌方，在车里一等就八个多小时，待前面塌方的路段疏通了，再次上路时，时间已经是下午六点多钟了。

谁知道在距离目的地只有一个多小时的车程的时候，半夜十二点过，车子又抛锚了。

怎么办，这半夜三更又前不着村后不着店的？

哎，我感叹着这趟外出，从一出来就没有顺畅过，就在这时我手机铃声又响起，我一看是刘丽丽的电话。

午夜来电总不会是好事！

我摇下车窗，向从前面车子里下来的驾驶员求助："师傅，能帮忙看看吗，我的车子突然就熄火，发动不了了。对了，车门不知道怎么也打不开了。"我一边说，一边用手去推车门，奇怪，车门这时竟然又打开了。

前车驾驶员走到我车窗前，道："油少了，上坡路陡容易出现这种情况，你重新发动车子，油门只踩一半试一试。"

按照这人的提示，我试了一下，车子居然一下又发动起来了。

就这样一个多小时后，我和王妈终于到达了目的地。

第二天早上一走进二病区走廊，我脑子里就开始思索，眼下已经完全可以肯定周桃与那个侵入周静母女病房的神秘人没有丝毫关系，那个侵入周静母女病房的神秘人极有可能就是王妈，再联系周婷婷对刘丽丽说的"我告诉你个秘密，王妈，她不是保姆，她是鬼！是鬼！是鬼"，可以推断导致周静母女恐惧发疯的最大的可疑对象就是王妈了。

王妈最初留给我的善良、忠厚的印象在渐渐淡去！

目前对周静和周婷婷的主要用药是氟哌啶醇，氟哌啶醇抗幻觉妄想突出，对心血管和肝脏毒性较小，服药剂量小。但是对于任何精神疾病，如果不能找出病因，对因治疗，再好的药物也只能缓解一下症状，无法对精神病患者彻底治愈。

在走进周静和周婷婷病房时，我下一步的工作思路已经很清晰了，那就是对王妈的调查了解。

病房里，刘丽丽已经开始对周静和周婷婷进行心理治疗了，看来双方的交流还比较正常。刘丽丽听见我的脚步声，转身看见我，忙把我拉到病房外，对我悄声说道："冯老师，你的治疗方案还是有了一些效果，周静和婷婷已经能跟我谈夜晚的入侵者了。"

我心中一喜，我知道这对于周静母女的治疗是一个不小的进步，因为在这之前是根本不能对她们问及夜晚那神秘的入侵者的，只要一提到那神秘的入侵者，母女俩就惊恐地大叫。

见我高兴，刘丽丽也很高兴，她说周婷婷和周静都说晚上侵入她们病房的是王妈，王妈是鬼。周静还说她原先根本不相信这世界上有鬼，是王妈让她相信了世界上的确是有鬼存在的。说到这儿，刘丽丽又道："冯老师，你这次和王妈在一起有没有觉得她异样的地方？"

我望着丽丽，想了想，还是暂时不能对王妈妄下定论，便对她道："你下午去一趟王妈住的地方，她住在光明路 44 号一个居民院落里，她下午不在家，在外面做钟点工，你就假装去找她，向她周围的邻居了解一下她。我下午去介绍王妈到周静家做工的那家家政中介公司，看能否了解到一些有关王妈的有用线索。"

下午，我来到了王妈给我提到过的那家家政中介公司。

我刚一说出王妈的名字，几个工作人员就都表现出对王妈挺熟的样子，也难怪，这家公司每三个月都要对他们公司的家政工进行一次培训。

"你是想请王春群去你家干吗？"一个二十几岁的姑娘问我。

"哦，是这样的，我曾听我的一个朋友告诉我，说王春群在她家干得很不错，不过最近我这朋友家出了点状况，王春群就没在她家干了。我家里也正需要一个保姆，所以我想请她去我家。"我发现最近自己越来越会编故事了。

"哦，你是那个钢琴老师的朋友呀？"这姑娘问道。

听说我是周静的朋友，旁边几个工作人员立即朝我围过来，他们说他们都从王妈那里知道了周静母女莫名其妙就发作精神病的事情，大家都觉得这事很蹊跷。

显然他们对周静母女的病也存在着强烈的好奇心，都想从我这里打听到点什么。

还是刚才那个二十几岁的姑娘又说道："王妈跟这家人还挺有缘的，王妈来找工时，当时有几家人可供王妈选择，王妈当时都选定好一户人家了，那家男主人是个老板，可后来她无意间看见了那个钢琴教授的资料。"怕我不明白，姑娘又补充道："我们这里是双向选择，雇主来找家政人员，要留下雇主的一些相关资料，也供家政人员选择。同样家政人员也要留下自己的情况介绍，供雇主选择。"

我点点头，表示明白。

姑娘又继续她刚才的话，"王妈当时都已经决定去那个老板家了，但是一看见那个钢琴教授的资料，就马上要换到钢琴教授家去。"

另一个小伙子也接嘴道："那老板家的活比教授家轻，那老板是替他妈请的保姆，他妈才六十来岁，就一人独居，与王妈年纪差不多，身体也好着呢，请王妈去家里，不过就是为他母亲请个能说说话，聊聊天的伴，更主要的是老板家工资开得也比教授家高得多，真不知道王妈是怎么想的。"

姑娘又道："王妈看见那教授的资料时，我感觉她好像愣了一下，我还以为她跟这家人熟悉，所以才放弃老板家的高薪，要去这家人家呢，谁知道她说她并不认识这家人。"

就在这时我的手机响了，是刘丽丽打来的电话。

我正要接电话，那位年轻的姑娘又告诉我，王妈已经有新的雇主了，他们可以给我推荐其他家政人员。

我说那就不用了，然后谢过他们，走了出去。

我一走出大门，马上就接通刘丽丽的电话，刘丽丽告诉我，王妈周围的邻居对王妈印象都很好，说王妈是挺和善的一个人。刘丽丽问我这边的收获，我说见面再说。

离开家政中介公司，在回家的途中，我对王妈的疑虑更深了，"王妈看见那教授的资料时，我感觉她好像愣了一下，我还以为她跟这家人熟悉呢。谁知道她说她并不认识这家人。"家政公司那姑娘的话在我耳旁萦绕。王妈舍去报酬更高，活更轻的工作不干，而要到周静家去，这究竟是为了什么？

我感到眼前迷雾重重。

晚上九点钟，我走进了周静家原先住的别墅小区。

我记得王妈说过，她和周静家的邻居，那位住十四栋别墅的老头有些接触，我想看看能否从这位老头那里了解到一些周静与王妈的情况。

这是高档住宅区，里面的绿化很漂亮，环境也很幽静。

我顺着保安指给我的方向朝十四栋别墅走去，然而就在我要走近十四栋别墅时，我突然看见我前面有一个熟悉的背影，正匆匆地似乎还躲躲闪闪地往前走着。

那背影再熟悉不过，那是王妈！

王妈，她要去哪里？

我朝王妈悄悄跟了上去。

王妈在我前面径直走过十四栋别墅，然后停下脚步，警惕地四下打量，我急忙在一丛冬青树后蹲下身去，从冬青树的枝叶间悄悄打量王妈。

王妈见周围都无人，然后快步走上了十五栋别墅的台阶。那应该就是周静家的别墅。

周静家的别墅里面没有灯光透出，她家别墅还没有卖出去吗？

　　王妈站在别墅前，又警惕地四下打量了一下，然后从衣袋里掏出什么，紧接着我就看见她打开门走了进去。门在她身后无声地关上了。

　　王妈刚才从衣袋里掏出的应该是这栋别墅的钥匙。

　　我想起了王妈之前对我讲述的她钥匙掉了，进不了周静别墅的伤心故事。

第二十一章　别墅惊魂

我悄悄走上了周静家别墅前的台阶。我试着去推别墅的门,奇怪,门居然一推,就开了。

我蹑手蹑脚地走进别墅。

别墅里虽然没有开灯,但从窗外透进来的灯光,别墅里的一切还是依稀可见。别墅里的装修和设施可用目前的流行用语"高大上"来形容。

王妈在哪里?我顾不得再继续欣赏别墅内的陈设,四下搜寻着王妈的踪影。

"我知道你在我后面。"突然我前面楼梯口处传来王妈鬼气森森的声音,我心里不由一惊!我寻着声音望去,一个人影正影影绰绰地站在楼梯口,那人影应该就是王妈。

我瞬间明白了刚才别墅的门为啥没有关上,那是王妈有意留给我的,我陷入了她的圈套?

王妈,她究竟是什么人?

我想退出别墅去,然而就在这当儿,我听见我身后传来轻轻的"砰"的一声,门被关上了。

我后面还有人?他(她)是王妈的同伙?

我不敢回头,我把目光对准前面站着的王妈模糊的身影,王妈却并不回头看我,她径直上楼去了,奇怪,她上楼的方式让我大跌眼镜,她不是像正常人那样一步步地上楼梯，而是双脚并着往上一级梯子跳。

我正感到浑身汗毛倒竖时，让我更惊恐的一幕出现了：

王妈已经蹦跳着到了楼梯中部的拐角处，窗外的路灯刚好映射在这一块地方，朦胧的灯光下，王妈竟然身着一身红得很诡异的衣服，一双手臂朝前平举着，一步步往楼梯上跳。

记忆中僵尸电影里的僵尸也是这样双手平举着往前跳的。

"王妈不是保姆，是鬼！是鬼！是鬼！"婷婷的话在我耳边响起。

我虽然并不相信世间有鬼，但眼前的场景还是让我深深倒吸了口凉气！

我想转身离开别墅，可是刚才身后那轻轻的关门声也让我不敢贸然回头。

就在这时，楼梯上的王妈突然一声惊叫，她可能是双脚踏空了，此刻正从楼梯上滚下来，我本能地冲上去，截住了她下滚的身体。

王妈看见我，显出很惊讶的样子，她忍着疼痛，艰难地问道："冯医生，你怎么在这儿？"

眼前的王妈除了服饰很诡异，其他的一切表现似乎又回到了正常状态。我望着她没好气地："这话该我问你了，你怎么跑进别人的家里来了，周静家这房子还没有卖出去吗？再说你不是说你把周静家钥匙弄掉了吗，怎么又开门进来了？还穿成这个样子，刚才上楼的表现怎么那么吓人？"

王妈坐在梯子上，揉着摔疼了的腿，道："我问保安了，周静这房子来看的人到有几个，但最后都没有人买下来。那钥匙是我后来在我衣袋的夹层里找到的。"

"那你现在到周静家来是想干啥？"我紧追不舍。

王妈沉默了一下，才缓缓地道："我是为救周静和婷婷来的。"

"这话怎么讲？"我紧盯着王妈。

王妈望着我，道："冯医生，其实有件事情我一直想对你说，又怕你不相信，认为我没文化胡说八道。"

"你说。"我说完这句话，并跟王妈一起坐在楼梯上。

王妈抬起头，四下打量了一下别墅，然后悄声道："冯医生，这屋子别看这么豪华，这房子其实一点不好。"

"为啥？"我问。

"这房子不干净。"怕我不懂，王妈又解释道："这房子里有鬼。"

"有鬼？"我声音比刚才高了一些。

王妈急忙道："小声点。"似乎怕被什么人听见。

我感觉王妈在跟我耍花招，我想看看她怎么表演，就耐心地道："这房子怎么有鬼？这与你今天来这里又有什么关系？"

王妈说："你听我慢慢给你说吧。"

王妈说她刚来周静家没多久，一天晚上周静母女看电影去了，她一人在家看电视，总觉得屋子里不知从哪个角落好像传出隐隐的哭泣声，她寻着声音找去，就在这时屋子里的灯光突然闪了几下，就熄灭了，而窗外的灯光仍好好的。

朦胧中，她发现屋子中央影影绰绰的好像有一个人影，她就大声喊着"是谁？"并朝人影走过去。

"你不害怕吗？"我问王妈，声音里掩饰不住我对她的讥讽。

王妈似乎并没有发觉我对她的嘲讽，继续道："我不怕，我刚到周静家，就听她们母女说这小区里曾经有个女疯子，这疯子曾经闯入过她们家。她们还说这疯子现在不在小区，但随时可能回来，要我平时注意关门。我也听小区里的人说过，这疯子是个有钱人的二奶，后来这有钱人不要她了，把她一人丢在别墅里就跑了，这女的精神就渐渐不正常了，她家人来看她，要把她送精神病院，她就是死活不肯离开她的别墅，她担心自己离开后，她男人回来找不着她，她家人没办法，就陪她在这别墅里住下来，平时这疯子会时不时在小区里嘤嘤地哭泣游荡，所以我还以为是我没有注意关门，这疯子溜进来了。"

"那人影不等我上前，就一路哀哀切切地哭着朝别墅的后花园走去，我也紧跟着追上去，走到后花园时，我很真切地看见我面前就是一个女人的背影，我追上前去拉她，她突然朝我转过身来，我当时就吓昏过去。"

"你看见什么了？"我问。

王妈似乎还心有余悸，望着我，悄声道："朝我转过身来的是一张老太婆的脸，老太婆满脸的鲜血，那鲜血正从她头顶的一个窟窿不断地往下淌。"

"我醒来的时候已经躺在床上了，周静和婷婷关切地围在我床前，周静问我为啥会昏倒在花园里，我看见婷婷在眼前，我不敢讲，怕吓着她。等婷婷离开后，我把我的发现对周静说了，周静听我讲了后，先是愣怔了一下，然后又说我看见的一切都是我的幻觉，她说是因为我内心恐惧，在恐惧的支配下就产生了这样的幻觉。"

"那你后来还发现这别墅里有什么不正常的现象没有？"我问。

"那倒没有。"顿了一下，王妈又道，"但是周静和婷婷突然搬离别墅，使我又想起了后花园里的那个可怕的老太婆，我想也许那并不是我的幻觉，周静和婷婷突然搬离别墅，肯定与别墅里这不干净的东西有关系。"

"但是周静和婷婷她们都怕你呀，对你充满恐惧！她们突然搬离别墅也有可能是因为你呢！"我紧盯着王妈道。

王妈郁闷地："我也不知道她们怎么突然就那么害怕我？"

"而且两次晚上入侵周静母女病房惊吓她们的人，也是个上了年纪的人，背影跟你很像。"我说完，目光再次直直地盯着王妈。

王妈似乎思索了一下，道："会不会是那个脏东西冒充我呢？"

这简直是越说越玄乎了，我决定不再跟她周旋了，我切入正题："那你今晚在这别墅里的表现怎么解释呢，而且我记得我看见你进入别墅时穿的衣服也不是你现在这一身。"

王妈再次压低声音，道："这身衣服是我带进别墅后换上的，这样的衣服怎么可能在人前穿？我现在为啥进这别墅里来，是因为我觉得周静和婷婷生病与别墅里的脏东西有关，我又不好对你说，怕说了你笑话我没文化，我就想我自己来解决吧，我去找了法师，法师给了我符，让我揣着符，穿着这身衣服，在这别墅里扮作脏东西的同类，这样就可以把脏东西赶走，他说只要把脏东西赶走，周静和婷婷的病就自然会好。"

"哦，这法师还真厉害。"我做出漫不经心的样子道。

我的表现让王妈很高兴，她一定认为我原来也和她一样，是相信鬼神的，于是接着道："这法师就住在古玩市场旁的那条巷子里，姓陈，去找他的人多着呢。"

我突然想起王妈刚才的那句话"我知道你在我后面"，但她从楼梯上滚下来，看见我后，却是一副很意外的样子，似乎她那句话并不是对我说的，难道是对我身后关门的人说的？

"还有人和你一起进入别墅吗？"我问。

王妈摇头，"没有呀"

"那你刚才说'我知道你在我后面'是对谁说的？"我问。

王妈道："我觉得我后面好像有动静，我以为是那脏东西，我就说了这句话，其实我心里也很怕的，所以我没有敢回头，就按法师说的往楼上跳。"

看王妈的样子也不大像在说谎，我想她可能在这一点上说的是实话，如果是真有人和她一起来，她刚才跌倒后，那人不可能躲着不出来看看她。那么刚才那门是被风吹关上的？别墅的大门是从里开的，要屋子里有大风，大门才可能被风吹关上，可是别墅里的窗户应该都是关着的，在别墅里一点没有风吹的感觉，那大门怎么可能被风吹动？

我心里有些隐隐的不安。

"冯医生，有你在我就不怕了，我开始'赶鬼'了。"王妈朝我悄声说毕，又站起身，双臂前伸，欲往楼梯上跳。

就在这时从楼上传来"砰"的一声响，我和王妈都一惊。

王妈望着我轻声地："我没有骗你吧？"

我撇开王妈就往楼上跑，等我跑上楼，借着楼外的路灯光，我看见我面前的一个房间里一扇窗户大开着，窗帘也在微微飘动，一定是我刚才跑上楼的脚步声惊动了楼上的人，他跳窗跑了。

我冲到窗前，在路灯照射下，我发现这房间的窗外是一片花圃，这花圃属于别墅的公共区域，我注意到花圃里的泥土里几个大大的脚印，一个人影在花丛后一闪就不见了，从留在花圃里的脚印看，逃跑的应该是男人。

"跑了？"王妈不知何时悄无声息地站在我身后，冷不丁地冒出这一句。

我没有理会王妈，我在心里想，莫非刚才在我身后真有人进屋？可是我和王妈一直在楼梯上，那人如何到楼上的呢？

"还有其他地方可以上楼吗？"我问王妈。

"餐厅旁边还有电梯。"王妈答道。

我在房间的门旁找到电源开关，打开了屋子里的吊灯。显然我置身的这个房间是一间书房，书房布置典雅，只是书柜里的书零零落落，估计一些周静和周婷婷喜欢的书籍都已经被她们搬走了。

"日记本。"王妈突然道。

我顺着王妈的视线看过去，果然地板上躺着一本黑色的精致的笔记本。

王妈从地上捡起笔记本，递给我，道："这是周静的日记本，我看见过她在上面写东西，她有写日记的习惯，只是她的日记本一向是藏得很深的，有次我进书房打扫卫生，正看见她把日记本锁保险柜里。这日记本现在怎么会在这里？"

我接过王妈手中的周静日记本，心里不由一阵兴奋，从周静日记本里我一定能发现导致她和婷婷因恐惧患病的根源！

翻开笔记本的扉页，我就被震住了！

难道我前面的一切调查都走了弯路？

第二十二章　周静日记之一（惊恐之夜）

翻开笔记本的扉页，扉页上的一行字便一下把我震住了：

我是不是搬进了在美国恐怖电影中常出现的那类"鬼宅"中？如果有一天我遭遇不测，那么这一定与这栋别墅有关！

周静写下扉页上的这行字的时间是二〇〇九年九月十八日，王妈给我说过她是二〇〇九年九月底才到的周静家，我记得我当时在家政中介公司的家政工用工记录上看见的记载也表明王妈是在二〇〇九年九月二十八日到的周静家。

那么由此可以推测，在王妈还没有介入周静生活时，周静心里就已经埋下恐惧因子了。

难道这屋子里真如王妈说的有脏东西？这样一想，望着朦胧中空空荡荡的别墅，我心里不免觉得有些发憷，"走吧，王妈，我们走"。

说完我拿上周静的日记就往楼下走去。

"那脏东西真的被我们吓跑了？"王妈在我后面紧跟着问道。

走出周静家别墅，我告诉王妈，这世界上根本就没有她说的所谓脏东西，刚才跳窗逃跑的是人，一个男人，这个男人是在我之后进入别墅的。

"你刚才在别墅里没有听见那轻轻的关门声吗？"我问王妈。

王妈一脸茫然地摇摇头，道："我当时太紧张了，根本就没有注意到什么关门声，你能够进来，也是因为我一心一意想着驱鬼的事情，进门后，没有能将门关死。"

那跳窗而逃的人会是谁呢？是小偷吗？周静的日记本为何会出现在书房的地板上？我之前对王妈的怀疑不对？

我正在对刚刚发生的事情不得要领之际，王妈又追问一句："我还要继续去驱鬼吗？"

如果我对王妈的怀疑有误，那么王妈能够这样对待周静母女也真是让我感动，我脑海里突然冒出一个念头，王妈会不会与周静母女还有雇佣之外的关系？我再次想起家政中介公司工作人员说的王妈莫名其妙地舍弃高薪而要到周静家干活的事。

"你在中介公司欲聘用家政工的雇主名单中，一下就挑中了周静家，是吗？"我问王妈。

"不是的。"王妈很爽快地答道，"我最初是准备到一老太太家的，后来我看见周静的资料，我就决定到周静家了。"

"哦，是因为周静家活轻工资更高一点吗？"我问。

"不。"王妈摇摇头，道："那老太太家开的工资要比周静家多五百呢，要伺候的人也就只有老太太一个。我当时选择周静家，是因为她们家人都要去学校上班上学，这样我每天就都能有一些独处的自由的时间。如果去老太太家，那我就得整天都陪着她，不自由。选择周静家，工钱虽说少挣点，但我用这点工钱换了点自由自在的时间呀，我不亏。"

原来是这样！

和王妈分手后，我回到家已经是晚上十一点多钟了。

我洗漱后，就迫不及待地上床，靠在床头，翻开了周静的日记本。我知道我这样看周静的日记是不妥的，但目前这种特殊情况，我也只有这样了。

我发现周静的日记每一篇都有一个标题。

我翻开了第一篇日记。

二〇〇九年九月十二日　星期六　晴
惊恐之夜

今天我和婷婷搬进了刘智勇为我和婷婷买的别墅。

不明白他为何执意要为我和婷婷买下这栋别墅，是出于内疚吗？

如此这般，这二十几年的情分是不是断得不够彻底？只要每天都还住在这栋别墅里，他的影子就每天都会徘徊于我的生活中。

本不愿意接受他的馈赠，但我拗不过婷婷执意要搬进这别墅的要求，我知道她一心要搬进这别墅并不是因为这别墅里的设施、装修打动了她，而是因为这别墅是他买的，这孩子和他的感情很深！

这别墅是刘智勇从一对即将移民澳洲的母女那里买下的，母女俩从买下这别墅到卖出这别墅也就半年时间。在办理别墅过户手续时，我见过这对母女，说也巧，母女俩的年纪都跟我与婷婷差不多。做母亲的解释说买下这别墅原是为以后回国来有个落脚的地方，但没有想到现在亟须投资一个项目，所以不得不忍痛将这别墅卖了。

别墅里的陈设都还很新，装修豪华雅致，我尤其喜欢的是带有游泳池的花木葱茏的后花园。婷婷也是一样，一进入别墅就蹦蹦跳跳的上蹿下跳，打开一个个房间，兴致勃勃地看个没完。

我站在楼下的客厅里，环顾四周，楼上不时传来婷婷的欢呼声，就在这时，不知道为啥我竟突然想起了我经常爱看的那些美国恐怖片，那些恐怖片基本上形成了一种套路：一家人搬进一栋大房子，接下来就在这栋房子里发生了一系列恐怖的灵异事件。

我摇摇头，暗自责备自己不该在入住的第一天就产生这样不吉利的联想。

尽管是拎包入住，我和婷婷还是折腾了一下午，才把新家安顿好。

晚饭后，婷婷进她房间上网去了，我则拿了平板电脑到花园，打开音乐，躺在摇椅上，享受夜色下花木葱茏的意境。

大约二十多分钟后，我身后响起了窸窸窣窣的声音，一定是婷婷走过花木扶

我站在客厅里，悄悄向楼上打望，这时刀劈门的声音已经停止了，我的心狂跳起来，莫不是黑衣女人已经将我卧室的门劈开进到我卧室里去了？想到还躲在我卧室壁橱里的婷婷，我的心狂跳不止，我抬头打量楼上的走廊，我紧张地思索着我是原路返回还是从楼梯上去，就在这时，我看见楼上的走廊里，一个人影迅速闪过，这个人影绝对不是刚才那个黑衣女子，那黑衣女子身形瘦弱，而这个人影的身形比那黑衣女子强壮得多，是个男人的身影。

天啦，今晚是怎么啦？

我迅速回到花园，又顺着床单往上爬，我头刚冒出我卧室的窗户，我就看见我卧室的门还完好地关着。

我松了口气，从窗户进入卧室，我推开壁橱的门，我一下愣住了，婷婷怎么不在了？

我跑进监控室和衣帽间，这两个房间都没有婷婷的踪影。

婷婷怎么啦？

我忍不住要哭了，刘智勇呀你送的这礼物也真够我和婷婷受的呀。

我悄悄拉开卧室的门，准备去卧室外找婷婷，当我的目光一扫向走廊，我心下又是一惊，我看见一个女子一袭白裙背对着我，举着一把红色的油纸伞，在走廊里袅袅婷婷地走着时装步，一边"哇，哇，哇"地叫着，而这女子又绝对不是刚才那黑衣女子，这女子起码比那黑衣女子高出一个头。

天啦，今晚是怎么啦？

我想如果不是为了婷婷，我早都吓倒下了。

我看着那白衣女子的裙子和伞，觉得这裙子和伞怎么那么面熟？对了，这裙子和伞不就是我和婷婷暑假去周庄玩时，我给婷婷买的吗？当时回家后，婷婷让我试穿她的裙子，我试穿之后，就将这裙子和伞放在我的衣帽间里了。

白衣女子突然在走廊上一转身，又往我站的方向走来，我脑子里立即轰地一下，这白衣女子不就是婷婷吗？只见婷婷脸上满是诡异的笑容，举着油纸伞，袅袅婷婷地迈着时装步，嘴里"哇，哇，哇"地叫着朝我走来。

我一下惊恐无比，婷婷这样子比刚才黑衣女子给我带来的恐惧更甚万分！

周静的日记看得我毛骨悚然，我正准备翻页继续看下去，突然灯光闪了几下，停电了。我这才想起白天在小区告示栏里看见的关于今晚十二点停电的通知。

第二十四章　周静日记之三（婷婷在门外）

今天是星期六，一觉醒来已经是早上九点钟了。

拉开窗帘，冬日的阳光暖融融地洒在楼下花园里，几个小孩在花园里奔跑，他们的欢笑声使我沉闷的心情豁然开朗！

早餐后，我拿着周静的日记，走进了楼下花园里的亭子里。

翻阅周静的日记，就犹如走进了一条长长的幽深的隧道，让人的心境也会随之阴沉下来，所以我不想坐在房间里阅读，在户外冬日的暖阳中翻阅周静的日记可以让自己的心情不至于跟着周静的文字变得阴郁起来。

我继续阅读昨晚未能读完的周静第二篇日记：

白衣女子突然在走廊上一转身，又往我站的方向走来，我脑子里立即轰地一下，这白衣女子不是婷婷吗？只见婷婷脸上满是诡异的笑容，举着油纸伞，袅袅婷婷地迈着时装步，嘴里"哇，哇，哇"地叫着朝我走来。

我一下惊恐无比，婷婷这样子比刚才黑衣女子给我带来的恐惧更甚万分！

我感到心脏的狂跳，我感觉我已经支撑不下去了，就在这时，我听到我身后传来一声惊恐的叫声！

我回过身去，黑衣女子就在我身后的走廊里，她被迎面而来的婷婷吓得惊恐地大叫，往楼下仓皇逃去。

婷婷紧跟着"哇，哇，哇"叫着，不慌不忙地紧跟着黑衣女子走下楼去。

黑衣女子到了楼下，拉开门就往外冲，突然门口进来一个人，一下拦住黑衣女子，随即打开了客厅的大吊灯。

在客厅明亮的灯光下，我看清来人是小区保安，此时，他正紧紧攥着黑衣女子的手臂。灯光下，黑衣女子大约二十多岁，一米六左右的个子，面容白皙，长得很漂亮，她老老实实地任由保安攥着，神情里有一丝惊恐，浑身瑟瑟发抖，她手里还拿着我的手机。

婷婷站在楼梯上，朝我回过身来，笑着："怎么样，妈妈？我这招够损吧，这叫'以毒攻毒'，她吓唬我们，我也吓她。"

我望着婷婷，她的表现简直让我大跌眼镜！

我来到客厅，保安一个劲地向我道歉，他说他们没有及时接到我电话，回拨过来后又没有人接，接着再打，手机就被关机了，他根据客户登记电话号码，查到电话是我家打来的，所以才赶过来，接着他又告诉我，这黑衣女子是疯子，她家就住第十栋别墅。

原来这女子竟然是疯子！

我告诉保安，我的手机就在这疯子手里，保安从疯子手里拿过手机递还给我，并一再告诫我晚上要关好门窗，以防这疯子再次闯入。

我记不得我客厅大门当时是否关好，现在也无从查证。

保安带着疯子要出门，我急忙告诉保安，别墅里除了疯子之外，还跑进来一个人。

保安急忙向值班室打电话请求增援，在其他保安未到之前，眼前的保安询问疯子，是不是有人与她一同进来，疯子却一通呀呀乱语。

十分钟后，又来了四个保安。先到的保安把疯子带回十栋别墅去了，其中一个保安留守大门，其他的三名保安跟着我与婷婷逐个房间搜查，然而一通查下来，一无所获。

领头的保安问我是不是因为紧张，发生了错觉，误认为疯子之外，又有人闯入。

我很肯定地告诉他，我绝对没有发生错觉，看监控就可知道我所说如实。

然而当我带着保安赶到监控室，却发现监控器被关掉了，重新打开监控器，却只能看见黑衣女子入侵那一段。

一定是黑衣女子进入监控室后，将监控设备关掉了。

保安说如果我没有看错，在黑衣女子之外的确还有人进入别墅的话，那么很可能这第二个入侵的人在黑衣女子逃跑之前就已经从这别墅里出去了，他们问我记得那人的特征不，如果现在调小区大门的监控录像，我能从进出小区的人中辨别出这个入侵者不？我摇摇头，他们并告诉我他们会为此备案，并保证以后一定加强治安巡逻。

保安都离去后，我和婷婷坐在客厅里，我仍然心有余悸。

我望着婷婷，责备道：“你怎么想到用这一招去吓疯子的？你不仅把疯子吓着了，你把我也吓得够呛。”我摸着胸口，似乎心脏现在都还在咚咚乱跳。

婷婷道：“我也不知怎么一下就想到了用这一招，以毒制毒。”

“你是什么时候跑到我房间去的？我在监控视频上看见黑衣女子向你房间走去时，我还以为你在你自己房间，把我吓得不得了。”我对婷婷道。

“我知道你一上楼，一定会去我房间，所以当我无意间从窗户看下去，发现你正要上楼后，我就躲到了你壁橱里，和你捉迷藏，谁知道我刚躲进壁橱不久，就从壁橱门的缝隙，发现黑衣疯子举着明晃晃的刀进来了。”婷婷说。

我望着豪华大气的别墅，心想着怎么搬来第一天，就发生这么多让人惊恐的事？我对以后在别墅里的生活产生了一种不祥的预感。

“回房间休息吧。”我对婷婷道。

上楼前，我将客厅的灯留了一盏。

我和婷婷在楼上走廊分手时，婷婷对我做了个飞吻就回房间了。

我望着婷婷的背影，突然有一种陌生的怪怪的感觉，婷婷一向胆小，在我离开她去楼下准备用座机打电话时，她的表现是那么的惊恐无助，怎么转过背，她就一下变得那么大胆，穿着那一身白衣，举着伞去吓疯子了？

周静第二篇日记结束了，我急切地又翻开她第三篇日记。

二〇〇九年九月十二日　星期日　晴

婷婷在门外

经过一番折腾，我躺到床上时已经是九月十三日的凌晨一点半钟了。躺到床上后，我心里总是不踏实，我跑进监控室，想检查一下房子里是否安全。然而当我通过监控视频，看着深夜里寂静无人的幽暗灯光下的空荡荡的客厅和走廊时，我心底不由又升起一丝恐惧，我很怕又在视频上看见什么不祥的东西。

我离开监控视频，回到床上，然而我才躺下没有几分钟，心里又不踏实，唯恐又有什么人闯入别墅，这样我又回到监控视频前，可是面对着视频中那寂静的客厅和走廊、楼梯，我脑海里又出现了噩梦中的老太婆和刚才入侵的黑衣女子，心里的畏惧又再次升起，我不得不再次离开监控视频，回到床上。

就这样，我一个晚上就在床和监控器之间不停地来回折腾，直到天色渐渐亮了，我才放心地在床上一觉睡去。

一觉醒来，已近中午，我下楼来，客厅里没有婷婷。

我走进厨房，我心里不免又是一震，灶台上放着一块砧板，一块肉躺在砧板上，砧板旁边是一把菜刀。昨天晚饭后，厨房的台面上是干干净净的，什么也没有啊，而婷婷又是从不进厨房的，可眼下这肉和砧板是怎么回事？我想起昨晚噩梦中那老太婆曾到过厨房的事。

"嘿，您起床了，我还正准备学着为您做一顿大餐呢。"婷婷笑着出现在我身后。

我指着灶台上的肉和砧板，对婷婷道："这些是你弄的？"

婷婷点点头，笑着："是啊，第一次下厨，别的不会做，我就准备给你做个皮蛋肉末粥，我刚刚准备剁肉，肚子不舒服，就先去卫生间了。"

吃完婷婷做的皮蛋粥，我就直奔第十栋别墅而去。

之所以去第十栋别墅，是因为我醒来后，立即觉得昨晚的事情有些疑点，首先就是疯子看见婷婷吓唬她的举动后，表现出的是常人会有的惊恐，疯子会对恐吓感到惊恐吗？在惊吓之中，她知道夺路而逃，这是疯子的思维吗？其次就是我的座机电话线被剪断的事，我不知道剪断电话线的是疯子还是那第二个入侵者，按照常理，疯子是不大可能去剪断电话线的，剪断电话线的很可能就是那第二个入侵者。要剪断电话线的前提是知道我的手机不能用，为防备我用座机，才剪断座机电话线的，那么这人又怎么会知道我的手机在疯子手里呢？难道他和疯子在别墅里相遇过？昨晚保安的一番检查，我并无财物被盗，那么这第二个闯入者进入别墅究竟是想干啥？事情怎么会那么巧，这个闯入者和疯子差不多同时进入我家别墅？

我决定先去见见疯子。

到了第十栋别墅前，疯子一家人却并不在家。

我来到保安值班室，问保安，这疯子家人为啥不送她去精神病院。保安说疯子执意不离家，家人拿她也没法，于是就定期请精神病院医生为她出诊，让她在家里服药治疗。"以前她经常在小区里游荡，近半年来不大看见她出来了，她家人说她已经基本治愈了，我们偶尔遇见她，也觉得她正常了，不知怎么搞的昨晚又犯病了。"保安说。

就在我要离开保安值班室时，保安又告诉我，昨晚他们从我家离开后，立即调取了他们昨晚到我家前后那段时间的监控录像，结果发现这段时间并没有人出入小区，估计那第二个入侵者是在进入我家前提前几个小时进入小区潜伏下来，又待天亮后才随同上班的人们离开小区的。

回到家里，婷婷已经是一身要出门的打扮。吃饭的时候我们就已经约好饭后一起去家政公司请钟点工，之后逛逛街，看场电影。

晚上，我和婷婷回到家时已经是夜里十一点钟了。

确认所有的门窗都关好无误后，临上床前，我又将监控器关了，告诫自己不要自己再吓自己。

然而一躺上床，我又翻来覆去睡不着了，我总在想着楼下的门关好没有，我想走到监控器旁，看看家里是不是安全，然而我最终还是控制住了自己，坚决不去看监控器。

就这样我终于渐渐睡去，然而我睡去没有多久，走廊上一阵若有若无的脚步声就进入我睡梦中，我一惊，立即醒来了，我坐起身，没错，是有脚步声，脚步声尽管很轻，但在寂静无声的深夜里却显得很清晰。脚步声渐渐近了，近了，到我房门前便停下了。

我看时间是半夜一点，我的心又咚咚地狂跳起来。

我拿出手机，却不敢出声打电话给保安。

我紧张地听着门外的动静，门外再无声响，一片静谧，我的心越发不安。

对了，我怎么吓糊涂了，我可以去监控室了解外面的情况，并给保安打电话呀。

我赤着脚，轻手轻脚地进入监控室。

我打开监控视频，我骇然地发现，此刻静静地站在我门外的竟然是婷婷。

婷婷的脸紧对着门，我看不见她的表情。

婷婷半夜来我房间有什么事？为啥站在门口又不敲门？

我轻轻走到我卧室门口，我静静地站着，不知为啥我却不敢去开门。

"妈妈开门，妈妈开门，妈妈开门。"婷婷的声音这时突然在门外平静地有节奏地响起，这声音把握有度的节奏感让我觉得有些诡异。

我站在门口，我感到自己的双腿在颤抖，门外就是自己的女儿，不知为啥，我却不敢开门！

第二十五章　周静日记之四（钟点工受惊）

　　周静第三篇日记到此戛然而止。

　　我发现在周静第三篇日记即二〇一〇年九月十三日的日记后有一行小字：二〇〇九年九月十四日。

　　我立即又翻看周静前两篇日记，结果才发现在前两篇日记下都有一行小字，这两篇二〇〇九年九月十二日的日记的结尾的页脚都写有"二〇〇九年九月十三日"字样，因为字体小，又是写在页脚的绿色印花中的，所以我之前没有发现。我翻了下周静后面的日记，结果发现在每一篇日记的页脚都有一行注明时间的小字，这些小字注明的时间都比当天日记晚一天，由此可推断周静的每一篇日记都是第二天记录的。

　　我将目光投向周静第四篇日记：

二〇〇九年九月十四日　星期一　晴
钟点工受惊

　　昨晚我站在门口，听着门外婷婷异样的声音，就是不敢给她开门。

　　"妈妈开门，妈妈开门。"婷婷的声音很有节奏感，一直在门外响着。

　　"你怎么啦，婷婷？"我终于鼓足勇气对着门外问道。

"妈妈，我有件很重要的事情要告诉你，你快开门。"婷婷压低了声音，这声音又恢复了往日熟悉的味儿，我莫名紧张的心情得以缓解，我打开了门。

婷婷闪身进屋，望着我焦急地轻声道："妈妈，我怀疑家里又有人闯入了？"

我一惊，望着婷婷说："你怎么这么说？"

婷婷对着我悄声道："我睡不着，我刚才去书房，准备拿本书回房间看，结果发现书房里的保险柜被移动过。"

"啊？"

我立即拿出手机，欲拨打保安室电话。

婷婷将我手按住，道："保险柜也说不定是之前跟疯子一起闯进来的那个人移动的，因为保险柜移动的痕迹并不明显，所以如果保险柜是之前那人移动的话，昨天我们带保安进入书房时肯定也发现不了。我是刚才取书的时候，书从书架上跌落到保险柜与书架之间的缝隙里，我才发现保险柜被移动过，因为我记得我们搬进来的时候是将保险柜紧贴书架放的，保险柜和书架之间是没有空隙的。"

听婷婷这样说，我的紧张情绪稍稍缓解了一下。我想了一下，对婷婷道："你今晚就住妈妈房间吧，我去监控室看着监控，发现有问题我就立即给保安室打电话。"

婷婷打着哈欠向床边走去。

我则立即将卧室门又反锁一道，然后坐到监控器前，打开监控器，紧张地扫视着面前的监控视频，也许是因为紧张，我之前看监控视频的恐惧感这下反而消失了。

我在监控视频前坐到天亮，视频里没有出现任何异常状况。

由于在监控器前注意力高度集中地坐了一晚，所以天亮后，我放松下来，疲惫感也随之袭来。好在我这一周的课都不用上，学生要参加社会实践活动。

婷婷该起床上学了，我走进卧室，却发现婷婷已经不在床上，这孩子什么时候起床的？怎么也不给我打声招呼就出去了？

我走到楼下，婷婷正抬着两碗馄饨从厨房里出来。

这孩子怎么一下变懂事了，以前从不下厨的，可是才搬进这别墅两天，就已经做过两次饭了。

婷婷看见我，高兴地："妈妈，我正准备上楼叫你呢。"

　　我跟婷婷在餐桌前坐下，我刚埋下头吃了两个馄饨，我就停下了筷子，吃惊地看着婷婷用筷子夹馄饨的手。

　　婷婷一直是左撇子，现在却自如地用右手夹着馄饨。

　　婷婷见我愣愣地望着她，也停下手中的筷子，道："妈妈，你怎么啦？"

　　我指着婷婷的右手，异常不解地："你怎么改用右手了？"

　　婷婷笑着用右手又夹起一个馄饨，朝我晃了晃，对我道："这不正是你想看见的吗？"

　　"可是之前你不是一直练习用右手拿筷子，都没成功吗？"我问。

　　婷婷道："我也不知道怎么的，今天一试着用右手拿筷子，就顺手极了，就好像我一直都用右手拿筷子吃饭似的。"

　　婷婷埋下头继续吃馄饨，我却吃不下去了，我望着婷婷，总觉得她有些怪怪的，从她前天晚上穿着白衣服举着伞去吓疯子的举动到昨天晚上那"妈妈开门，妈妈开门"的富有节奏感的诡异的喊声再到眼前自如地用右手使筷子，这一切不合常规的举动都让我心里深深地不安。

　　眼看婷婷就要吃完最后一个馄饨了，我不想让她看见我发愣的样子，我也拿起筷子，夹起一个馄饨送进嘴里。

　　婷婷吃完，问我："妈妈，昨晚监控视频里没问题吧？"

　　我点点头，"没问题。"然后问她："你昨晚在妈妈门前喊妈妈开门时，怎么声音那么怪异？况且如果昨晚真有闯入者的话，你那样喊，就不怕被闯入者听见吗？"

　　婷婷望着我，不解地："我声音怎么怪异了？"

　　我不知该怎么对婷婷说，我站起身来，"你该上学了，碗筷我来收拾，我先去书房看看保险柜的情况。"

　　我走进书房，围住保险柜仔细看了一下，保险柜果然被稍稍移动了一下。这保险柜是特别定制的，没有两个人的力量，是根本无法移动的。难道前天晚上那疯子和第二个闯入者联合移动了这保险柜？

　　"以前她经常疯疯癫癫地在小区里游荡，近半年来不大看见她出来了，她家人说她的精神病已经基本治愈了，我们偶尔遇见她，也觉得她正常了，不知怎么搞的昨晚又犯病了。"保安的话又在我耳旁响起，同时前天晚上黑衣女子被婷婷惊吓后，仓皇逃跑的情景又浮现在我眼前，难道这黑衣女子昨晚进入我家时，她并没有疯？她跟第二个闯入者是一伙的？如果真是这样，那么黑衣女子关掉监控视频就是有意识而为之了。这黑衣女子和第二个闯入者进入我家究竟是有什么企图呢？是冲着保险柜里的东西来的吗？我默默地站在书房里思索着，直到楼下传来婷婷的喊声，我才回过神来。

我走出书房，楼下婷婷背着包，朝我挥挥手："妈妈，我上学去了。"

我点点头，"快去吧，时间不早了。"我目送着婷婷走出门去。

婷婷刚一走，我也立即离开家，朝第十栋别墅走去，我一定要去见见那个黑衣女子。

我站在第十栋别墅前，按响了门铃，门开了，一个五十多岁的妇女出现在我面前，从装束上看，可能是这家的保姆。

"请问，你找谁？"保姆模样的人礼貌地问我。

"哦，我住第十五栋别墅，前天晚上你们家有一个二十多岁的女子闯入我家……"

我话还未说完，眼前的女人急忙接口道："真对不起，惊扰到你了，我们保证她再也不会闯入你家了。"说着就要关门。

我急忙用手挡住她就要关上的门，"我能进去和她谈谈吗？"

"对不起，她神志不清，无法跟你谈。"门内的女人说完这句话，就不容分说地将门关上了。

我默默地在第十栋别墅前站了一会儿，然后转身离开，就在我无意间回头看向别墅时，我发现别墅内的落地窗的窗帘旁似乎站了一个人，这人见我回头，便迅速将窗帘合上了。

这十栋里究竟住着的是什么样的人家？

就在我闷闷不乐地往家走的时候，"周老师！"背后传来一声亲切的呼喊，我回过头去，是我请的钟点工小李来了。

小李告诉我，她今天要服务的人家只有我一家，她今天没其他事情，就提前来了。

小李三十多岁年纪，长得白白净净的，她跟我进家后，四下打量着家里的陈设，了她的性别。

是谁？

"你是谁？"我朝着来人喊，但是她不答应，我只见一双穿着绣花鞋的脚朝我缓缓走来。

我预感到危险，立即坐起身来，然而我还未坐稳身子，来人就一下朝我扑来，将我按倒在沙发上，我挣扎着欲呼救，来人却整个身子朝我压下来，一双手死死地掐住了我喉咙。

我动弹不得，我意识很清楚，我就要死去了，明天都市报上将会出现"某高档住宅小区发生凶杀案"的报道。

不，我不能就这样死去，我死了婷婷怎么办？

我挣扎着用劲推开压在我身上的人，猛地坐起来，就在这时客厅的灯一下亮了，婷婷站在门口。

原来刚才是一场梦魇！

"妈妈，你做噩梦了？"婷婷朝我快步走来，关切地问。

我一把拉住婷婷在我身边坐下，"快，婷儿，快告诉妈妈，你房间里的那幅画是怎么回事？"

婷婷从我手里抽回她的手，"妈妈，你怎么这么大惊小怪，不就是一幅画吗，看把你紧张的。"婷婷不以为然地说道。

"你快说，你怎么想到画那个老太婆？是不是妈妈曾经给你讲过妈妈噩梦里曾经出现过那样一个老太婆？"我问婷婷。

"没有啊，你什么时候给我讲过你的噩梦了？"婷婷问。

"那你怎么想到要画那样一个老太婆的？"我问。

"我担心那个疯子又闯入我们家，我就画一幅画摆在我卧室门口，让她进门就看见，我还准备再画一幅同样的画摆在你房间里呢。不是一些人家会在家里挂钟馗的画伏魔吗，我们家就摆这幅恐怖的画震住疯子吧。"婷婷道。

"可是你怎么会想到画这样一个老太婆？"我紧追不放。

婷婷有些不耐烦了，"妈妈，你今天怎么啦？不就是一幅画嘛，你怎么这么紧张。我这两天一出门，每次一路过第十栋别墅，就是那疯子家的别墅，就总觉得那别墅的窗帘后有一双眼睛在偷窥我，我隐隐地觉得那疯子不会就此罢休，她一定还会再闯入我们家，我必须保护好我们两人。素素说我上次那样吓唬疯子是不行的，如果把疯子吓坏后，我是要负法律责任的，如果疯子看见我的画被吓到，那就不是我的责任了。"

婷婷说得很在理，只是她不明白我对那幅画纠结的症结在哪里。

我冷静了一下，望着婷婷："婷婷，妈妈一直在这幅画上纠结是因为事情非常的不可思议，你画的那个老太婆曾出现在我噩梦中。"

婷婷一下站起身来，吃惊地望着我："不可能，怎么会那么巧，你从未向我讲述过你的噩梦。"婷婷顿了一下，又道："妈妈，我那幅画是前天晚上疯子从我们家被保安押走后，我回到房间没有睡觉，用了三个多小时画的，你说那老太婆出现在你噩梦里，一定是你看见了我的画，你才做的梦。"

"怎么会呢，婷婷。你那幅画是疯子从我们家被保安押走后你才画的，而我做噩梦是在疯子进家之前，当时我在梦中惊叫，你还在楼上喊我来着。"

婷婷顿了一下，握住我的手，道："妈妈，你一定是这两天被疯子弄得太紧张了，脑子一时糊涂了，把做梦的时间记错了。"婷婷安慰我。

我清清楚楚记得我做那个噩梦是在疯子闯入别墅之前，可婷婷却执意认为我的噩梦发生在疯子入侵之后，这究竟是怎么啦？

我感到我的头要爆炸了。

这也太蹊跷了吧？

我情绪低落地走回客厅，在沙发上坐下后，进入别墅以来的一系列不合理的事情像走马灯似的在我脑海里轮番出现：

首先最令人纠结的就是噩梦里的老太婆为何会出现在婷婷的绘画中，其次就是婷婷为何会心性突然变得怪异起来，她一直是个乖巧胆小阳光的女孩，怎么会画出那么恐怖的画？在疯子闯进来的那个晚上，婷婷为何会突然一改胆小的性情，以一幅恐怖的面目去吓唬疯子？还有就是婷婷多年来都没有改变过来的左撇子习惯，怎么突然之间就矫正过来，能改用右手自如地吃饭了？再就是小李的事，小李究竟在别墅里遭遇了什么，为何恰恰就是她在别墅里的那段时间的监控视频没有了呢？还有就是那疯子，她闯入别墅时是不是处于疯癫状态？如果不是，那么她闯入别墅究竟是为何？还有那个与她同时闯入别墅的人，与她是一伙的吗？他们是冲保险柜而闯入别墅的吗？

难道美国恐怖片里的内容会在这栋别墅里上演？

不行，我不能再在这里住下去了，我必须搬离。幸好我和婷婷之前住的房子还没有卖，明天就搬回去吧！

一想到原先的家，我心里一下变得暖暖的，原先的家虽然只有一百八十平方，但温馨祥和啊。

一打定搬家的主意后，我的心里一下就轻松下来了，我似乎觉得只要一搬离别墅，这些天来所有的莫名其妙的诡异之事就都会离我而去了。

我急切地想把我的决定告诉婷婷，我拿起手机拨打婷婷的电话。

电话通了，我还没有来得及开口，婷婷就先说话了，她告诉我让我先睡，她回家会晚一些。

我问婷婷和素素在哪里玩，回家不能太晚，要注意安全。

婷婷回答知道了，就急忙挂断了电话。

我放下手机，才想起一通电话下来，我想告诉婷婷的搬家之事竟然连一句都没有说。唉，算了吧，明天再告诉她。

我起身上楼，迅速洗漱完毕就上了床。

临睡前，我又走到监控视频前，明天就要离开这里了，为了让自己睡个安稳觉，我干脆把监控器关了。

这一觉睡得很踏实，如果不是半夜突然而来的雷声和暴雨，我可能会一觉睡到天亮。

被雷声惊醒时，已经是半夜两点，真怪，秋天了还有雷声，听着窗外淅沥的雨声，我想到卧室窗户没关，急忙起床关窗户。

站在窗前，一道闪电使得楼下的花园一瞬间亮如白昼，我脑海里也迅即闪过噩梦里的老太婆站在花园里的那恐怖的形象。

我急忙把目光从花园里移开，关上窗户后，迅速将窗帘合上。

就在我走回床边，正准备继续睡觉时，从楼下的客厅里隐隐传来电话铃声。

我坐在床上，集中精力听楼下动静，在淅淅沥沥的雨声中楼下的确有隐隐的电话铃声传来。

这么晚了，谁会打这个电话？几个小时前刚刚平静的心情骤然间又紧张起来。我甚至后悔不该把被剪断的电话线重又接上。

会是婷婷还没回家，从外面打回家来的电话吗？我看了一眼床头柜上的手机，立即否定了我的这个推测，如果是婷婷打来的，她一定会打我的手机的，绝不会把电话打到客厅的座机上，让我半夜三更下楼接电话。

雨声似乎小了一些，楼下的电话铃声也停止了。然而大概刚过两分钟，电话铃声又再次从楼下的客厅传来，因为雨声小了，这电话铃声听上去格外刺耳，让人心惊！

不要去理会它，如果是和自己有关的人这时突然有事要找自己，客厅电话打不通，他自然会把电话打到我手机上的。

正这样想着，我的手机铃声突然响了。

我来不及多想，迅速拿起手机，是一个陌生的来电，望着陌生的电话号码，在这午夜时分，我迟迟不敢接通。

手机铃声停止了，但很快又再次响起，我望着来电迟疑着。

当手机铃声第三次响起时，我毅然接通了电话："喂。"我感觉我的声音明显地底气不足，然而电话那端却迟迟没有回应。"喂，喂。"我又连接"喂"了两声，对方还是没有回应。

是无聊人的半夜骚扰电话吗？

就在我这样思索时，手机铃声再次响起，我接通了电话，但这次我不再出声，

　　我坐起身叫住了她，我告诉她，那幅画已经被我撕毁了。

　　婷婷又回到我床边，她坐在我床前，拉着我的手，"妈妈，那个疯子闯进别墅的事对你影响太大了，你太紧张了。"

　　"你的意思是说我又在你墙上看见的那幅画是我的幻觉？"我质问婷婷。

　　"也许吧。"婷婷似乎怕刺激我，回答我的问话很委婉。

　　我很疲惫，不想再跟她说什么了，我对她道："你去睡吧，我也要休息了。"

　　婷婷很体贴地替我拉好被子，关了灯，道了声"晚安"就出去了。

　　婷婷刚刚离去没有多久，门又悄悄地无声地打开了，一个人影闪了进来。

　　"你是谁？"我立即警觉地问道，随即坐起身来。

　　来人不说一句话，朝我扑来，我也立即还击，但对方力气太大，我被他（她）死死压住，我努力地挣扎着，我本能地想呼救，可对方大概意识到我的企图，将我的嘴狠狠地捂住，我用脚猛地一蹬，奇怪，就这样一蹬，那人居然从我身上滚落在地。

　　我长长地出了口气，我坐起身来，咦，那人呢，哪儿去了？原来刚才的一切又是一场梦魇。

　　我正准备重新躺下，不对，屋子里有人，虽然没有开灯，但窗外的路灯光使得屋子里的一切都依稀可辨，朦胧的光线中，我看见一个人影正背对着我往监控室走去。

　　又是梦魇吗？不是，我狠狠地掐了自己一下，我感到了疼痛。

　　我害怕地盯着那人的背影，就在他（她）进入监控室的一刹那，我看清楚了这人是谁，她是婷婷。

　　婷婷不是已经回她自己房间去休息了吗，怎么这个时候又出现在我房间？莫非她发现了别墅里又有什么不对劲的地方，来看监控？对，一定是这样的。

　　我立即起身，走到监控室门前，我正要推门，却听到监控室里传来婷婷的说话声，她的声音里充满了焦虑："我发现我妈妈可能精神出了问题，她总是说一些莫名其妙的事情，刚才我在自己房间睡不着，我想来她房间看看她，她今晚因为受到惊吓，我担心她还在恐惧中，我一进她房间，就见她在睡梦中不停地蹬打，像在跟人搏斗似的，我很害怕！我怀疑我妈妈已经患上精神病了。"

　　什么？我患上精神病了？

　　我感觉我已经到了崩溃的临界点了！

第三十章　周静日记之九（搬离遇阻）

　　周静的日记使得我仿佛步入了恐怖的布满迷雾的世界，难道真如周婷婷所说，周静在这个时候精神就已经不正常了？她亲眼所见的被婷婷撕毁的画又重新贴在婷婷房间的墙壁上是她的幻觉？她所纠结的她噩梦中的老太婆为何后来又会出现在周婷婷的画中的问题，或许真不是问题，或许真如周婷婷所说是她记错了做噩梦的时间，事实上是她看见婷婷的画在前，她的噩梦在后？

　　还有周静在日记里反复提到的那个保险柜，似乎那保险柜里有什么绝对不能让婷婷知道的秘密？

　　我放下日记本，拨通了刘智勇的电话。

　　"喂，冯医生，是不是周静和婷婷的治疗遇到了什么问题？或是治疗有了效果？"刘智勇一接通电话就迫不及待地问出了以上问题。

　　我告诉刘智勇，周静和婷婷的治疗有了一点进展，目前周静和婷婷已经可以和医护人员对话了，但距离治愈还有一定距离。

　　"那我能替她们做点什么吗？"刘智勇的语气里透着焦虑。

　　"我在周静的别墅里发现了周静的一本日记。"我接着便把我如何得到周静日记的经过向刘智勇陈述了一遍。

　　"周静是有记日记的习惯，她还让婷婷也记日记呢。"刘智勇说。

　　"按理我是不能私自阅读周静的日记的，但为了了解周静致病的原因，我现在正研究她的日记。"我说。

"日记里有什么问题吗？"刘智勇问。

我将我已经研读过的周静日记内容向刘智勇作了简单的介绍，刘智勇听说了周静日记的内容后，很吃惊，一个劲地念叨着"怎么会这样？怎么会这样？"我打断了刘智勇的念叨，直接问了刘智勇两个问题："我现在有两个问题要问你，第一，周婷婷在监控室里打出去的那个说她母亲精神出了问题的电话是打给你的吗？"

"不是，我没有接到过婷婷这个电话。"刘智勇的回答没有一点犹疑。

那么周婷婷在监控室里打的那个电话是打给谁的呢？打给在周静日记里婷婷曾几次提到过的那个素素吗？周婷婷和外界没什么接触，这个电话不是打给刘智勇的就很有可能是打给素素的。

我不再考虑这个问题，接着问刘智勇第二个问题。

"第二个问题就是周静在日记里提到的保险柜，似乎保险柜里藏有什么秘密，而这秘密还绝对不能让周婷婷知道？你知道这个保险柜吗？"

电话那头，刘智勇似乎在思索，停顿了一会，他才告诉我，他本人也对周静的那个保险柜充满疑虑，他说他和周静刚结婚时，家里并未添置保险柜，和周静结婚不久，他就到国外学习，在周静生下婷婷后一个月，他才回国，回到家中，他就发现家里有了保险柜，而周静往保险柜里放了什么，他并不知道，作为周静的丈夫，他不知道保险柜的密码，他曾经想在保险柜里放一点东西，也被周静拒绝了，为此他曾经很想不通，觉得周静有什么秘密瞒着他，而这秘密就在保险柜里。但过后，他也释怀了，就是夫妻之间，也应该有自己的隐私呀。

我告诉刘智勇，我就暂时问他这两个问题，有事我再和他联系，刘智勇对周静日记里记叙的事情始终不能释怀，还想和我再聊聊，我告诉他等我看完周静日记再和他联系，就结束了和他的通话。

我想起周静在第一篇日记里记叙的事情，她在进入别墅的第一天就联想到美国恐怖电影的表现套路：一家人搬进一栋大房子，接下来就在这栋房子里发生了一系列恐怖的灵异事件。

周静会不会是因为自身强烈的心理暗示，而在别墅里产生了错觉或幻觉呢？

不对，周静在十五日日记里提到的那个神秘的午夜来电，"还不去看看你女儿？还不去看看你女儿？"和我在去周静老家前的那个午夜，接到的那个神秘来电"去医院看看，去医院看看"何其相似？

周静会去查这个神秘来电吗？

我翻开了周静的下一篇日记。

二〇〇九年九月十六日　星期三　雨

搬离遇阻

早上醒来，我头疼欲裂。

昨晚在监控室门口听到的婷婷不知道是打给谁的电话，当时让我浑身冰凉，我本想走进监控室去，但最后我悄悄回到了我床上，假装睡着。

昨晚婷婷从监控室出来后，又走到我床边站了一会，大概是见我还睡得安稳，就走了出去。

真是我出了问题吗？不，我没有问题！

我突然想起，我昨晚有一个大大的疏漏，我居然忘记将那个神秘的午夜恐吓电话告诉警察和婷婷了。我怎么会连这么重要的事情都忘记告诉警察和婷婷了？也许是过度的惊吓和昏迷导致的吧，我这样想到。

我想我得去为昨晚那个恐吓电话报案，查一下那个来电究竟是何人打来的？

我抬腕看表，已经是早上八点钟了，我起床来到楼下，餐桌上摆着早餐：两片面包，一杯牛奶，一个煎鸡蛋。牛奶杯子下，是婷婷的一张留言条。

我拿起留言条：

妈妈，我上学去了，你吃了早餐，好好休息。一切安好，不要多想。

我放下婷婷的留言条，眼眶不觉有些湿润。

望着早餐，我没有一点胃口，我查了座机上昨晚的来电号码，昨晚打到座机上的号码跟昨晚打到我手机上的号码是同一个号码。

一个小时后，我来到了辖区派出所，接待我的警察昨晚到过我家。

警察将我报告的事情做了记录后，告诉我他们会立即查明这个恐吓电话的来源。

警察办案也真给力，我刚刚回家大约一个小时，就接到警察电话，他们查找到了那个恐吓电话的机主，但机主说他今天早上才发现手机丢失了，手机丢失时间应该是在昨天深夜，他今早上发现手机丢失后，已经向电信局报停电话。

经警察和电信局联系，电信局确实在今天早上接到该机主的报停电话。

"如果昨晚打恐吓电话的就是这个人，这人为了逃避责任，他也可能假意去报停电话呀。"我道。

"我们也想到这一点了。"电话那头的警察说道，"所以我们为了确认这人是否就是昨晚打电话的人，我们想让你来对他的声音进行辨别。"

"对声音进行辨别？"我有些迟疑。

说实话，昨晚那打恐吓电话的声音很显然是经过伪装过的，那声音低沉压抑，是男是女我都无法确认，现在让我去听声音辨别昨晚打恐吓电话的人，那我的辨别肯定是不准确的。

我把我的疑虑对警察说了，我告诉警察我决定不去辨别声音了。

警察在电话那头沉默了一下，同意了我的意见。他说，实际上他们也觉得昨晚的恐吓电话不可能是那个机主打来的，因为机主是个七十多岁的老人。

一起无头案！

不管怎么说，我得立即搬家了，我一天也不想在这别墅里待下去了。

昨晚真是被吓糊涂了，要搬家这么一件重要的事情也未向婷婷说。

我看了下时间，这正是学校的下课时间，我拨通了婷婷电话，我想让婷婷请下假回家搬家。

电话打通后，婷婷听说我让她请假回家，又是一惊，道："妈妈，你怎么啦？"婷婷的声音里透着惊慌。

"没什么，我昨天没有来得及对你说，我想搬家，今天就搬，搬回我们原来的家去。"

"为什么呀？"婷婷惊呼起来。

我用平静的语气对婷婷道："婷婷，你不觉得我们自搬进这别墅后，在我们身边发生的事情都很蹊跷吗？我是一天也不想在这里待下去了。"

"妈妈，那是你自己过于紧张了，其实一切都好好的，什么事情也没有。"婷婷语气有些激动。

"对了，婷婷，我昨晚还有一件事忘记和你说了，你是不是觉得妈妈昨晚很莫名其妙，和你在别墅里无端地周旋，昨晚在你回家前，我接到了一个恐吓电话，让我去看看你，所以当你出现在客厅里时，我还以为是那个打恐吓电话的人闯进了家里。"

"这又怎么啦，不就是一个普通的骚扰电话吗，它和搬家有什么联系？"婷婷仍然是不为所动。

"可是我们在原来的家里遇到过骚扰电话吗？当然我们可以把这看成是个巧合，也可以认为我的噩梦里的老太婆是在我看见你的画后才出现的，我昨晚在你房间的墙壁上再次看见的那张老太婆的画像是我的幻觉，尽管我可以百分之一百二十分地肯定，我的噩梦发生在你画画前，我昨晚在你房间里再次看见的老太婆的画像也绝对不是幻觉。也可认为那疯子和那个现在还不明身份的人在我们刚搬进别墅的那天晚上闯入我们家也是个偶然，但是小李阿姨怀着恐惧离开我们家这事怎么解释呢？你知道吗？因为怕吓着你，我没有告诉你，小李阿姨离开我们家时神情极端恐惧，我问她离开的原因她也不肯说，看样子她一定是在别墅里遭遇了什么！"我一口气说了这么多。

电话那端婷婷半天没有一句话，她在动摇了？

"妈妈，小李阿姨的离开是不是与你自己有关系呢？"电话那端终于响起了婷婷的话，这句话婷婷说得很平静，显得有些字斟句酌。原来刚才婷婷半天不说话，并不是动摇了，而是她始终还在认定我精神有问题，认为是我的原因，才导致小李的离开。

我拿着手机，一时间真是不知道该怎么对婷婷说了。

"喂，喂。"电话那端传来婷婷的声音。

"那你下课回来再说吧。"我感觉很疲惫。

"好吧。"婷婷迟疑了一下，挂断了电话。

要说服婷婷搬家，必须找到小李，让她讲出她在别墅里究竟遭遇了什么，使得她如此恐怖，而导致她决意离开。

我再一次拨打小李电话，电话通了，小李挂断了电话。

我决定换座机打小李电话，小李还不知道我家的座机号码，电话通了，"喂。"电话那头传来小李的声音。

"小李，我……"我才刚说出这几个字，小李听出我的声音，电话又再次被挂断。

　　小李的表现，让我越发坚信小李在别墅里一定遭遇了非同一般的事情，以至于她都不敢和我就这事情说半句话。

　　怎么办？我必须找到小李，只有找到她，让她说出在别墅里究竟遭遇了什么，才有可能说服婷婷搬离别墅。

　　幸好这一个星期，我所任课班级的学生都要参加社会实践活动，我不用去学校上课。我决定去小李所属的那家家政中介服务公司，去打听小李现在在哪里做家政。

　　在家政公司，我打听到了小李新的雇主所在的小区，我看时间已经接近中午，就驾车前往。

　　我不知道小李在新的雇主家的上工时间，我想就来个守株待兔吧。

　　我停好车，就在小区入口处的长椅上坐下，我戴了墨镜，又将平时挽成髻的头发披散下来，然后就两眼紧盯着入口处。

　　如果小李这会儿已经到了雇主家，我可能就得在这儿坐上好几个小时了，我心里正这样想着，突然我眼前一亮，那不是小李吗？

　　小区入口处，小李正匆匆走来，我几步便朝小李跑上去，拦在小李面前。

　　小李看见我，吃了一惊，"周老师，您怎么找到这儿来了？"

　　我指着路旁我刚坐过的长椅，对着小李恳求地："小李，我们到那儿坐下谈谈，好吗？"

　　小李头摇得像拨浪鼓似的，"不，不，周老师，我忙着呢。"说着就要离开。

　　我一把拉住小李，我眼眶湿润了，"小李，我求你了，请你一定告诉我，你究竟在别墅里遭遇了什么，使得你那么恐怖，使得你执意要离开我家？"

　　大概是我的眼泪让小李动了恻隐之心，她停住了准备离去的脚步，望着我欲言又止。

　　我充满期待地望着她，但小李嘴唇动了几下，还是什么也不说。

　　我急了，"小李，你就告诉我吧，别墅里是不是有什么不祥的东西？如果真是那样，我就得搬离别墅。"

　　小李的表情表现出她内心正在进行着激烈的思想斗争，沉默片刻后，她终于开口了："周老师，你就放过我吧，我不能对你说，真的，我不能说。"小李说到这里紧紧咬住嘴唇，似乎是怕一不小心，把不该说的话说出来。

　　我叹了口气，道："小李，我知道你一定在别墅里遭遇了令你恐惧的事情。"说到这里，我观察小李，小李低下了头，看来我的推测没错，"你不肯对我说一定自有你的难处，我不再勉强你了，我现在想搬离别墅，我女儿不同意，我只想请你帮助我一下，就请你当面对我女儿说我们不能再在这别墅里住下去就行。"

　　我话音刚落，小李又是一脸的惊恐，她慌忙摆着手，"别，别，周老师，你放过我吧。"说完，不待我再说话，就转身跑了。

　　小李的表现，让我对别墅充满了恐惧，也让我坚定了必须搬离别墅的想法，得不到小李的帮助，我只有独自去说服婷婷了。

　　坐回车里时，我突然想到了刘智勇，我是不是应该把在别墅里的遭遇告诉他，请求他来说服婷婷同意搬离别墅呢？

第三十一章　周静日记之十（书房里发生了什么）

二〇〇九年九月十七日　星期四

书房里发生了什么

　　我这是在哪里？陌生的街道、陌生的人流，一个小女孩哭泣着在人流中穿梭，那小女孩是我吗？"小静，小静。"一个披头散发的妇女在人丛中惊慌失措地呼喊着，寻找着。

　　小女孩回过头去，披头散发的妇女朝小女孩跑来，一把将小女孩抱起来，紧紧地搂住她，心疼地哭泣着："小静，小静。"

　　小女孩伏在母亲怀里，突然她越过母亲肩头，看见了熊阿婆，熊阿婆正冷笑着朝小女孩和她的母亲走来，"妈妈，快走，快走。"小女孩惊叫着。

　　"妈妈，快走，快跑呀！"我惊喊着醒来。

　　梦，又是那个梦！

　　我坐起身，头疼欲裂，抬腕一看，正是清晨六点过十分。

　　婷婷昨晚回来了吗？我急忙起身朝婷婷房间走去。

　　推开婷婷房间的门，婷婷床上空空如也，她昨晚没有回家。我无力地靠在了婷婷房间的门框上。

　　昨天，和小李分开后，我本准备给刘智勇打电话，想把我和婷婷自搬进别墅以来在别墅里遭遇的事情告诉刘智勇，让他劝婷婷搬离别墅，我知道他们父女感情很深，尽管婷婷对刘智勇的离开很不满，自我和刘智勇离婚后，婷婷跟他联系明显地减少了，但他们的父女情分其实并未因为家庭的破裂而彻底断裂，婷婷从心里一直崇拜他，如果他出面劝说婷婷搬家，婷婷一定会听他的，但我刚在手机上按下刘智勇的电话号码，我就停住了，我实在不愿意再听到这个人的声音，实在不想再与他有什么瓜葛，一切让我自己来吧。

离开小李新雇主所在的小区，回到家里，我就联系了一家搬家公司，让他们三个小时后来我家帮我搬家，放下电话，我就开始收拾东西，决定来个既成事实，让婷婷不得不接受搬家的现实。我知道我这样做，对婷婷不公，但没办法，我只能这样做，婷婷的固执我是领教过的。我的东西收拾好了，我走进婷婷房间，开始收拾她的床铺。

"妈妈，你这是干嘛吗？"我刚将婷婷床上的被褥床单打好包，婷婷就回来了，她站在她房间里，愣愣地望着我已经打包好的被褥床单，一脸的委屈和责怪。

"婷婷，你听我说，我们必须搬家。"我走到婷婷跟前，用手扶住她的肩头。

婷婷甩开我的手，哭了："妈妈，你怎么这样呀？"

"婷婷，我也不想搬家，可是……"

我话还未说完，婷婷便打断了我，"可是什么呀，你所谓的在别墅里发生的蹊跷的事情，那全都是你的臆想，你其实一开始就不想搬进来，你不想接受爸爸的馈赠。"婷婷哭着说。

我有些生气了，"你就是这样看待你妈妈的吗？在别墅里发生的蹊跷的事情都是我的臆想？那小李阿姨呢？她在别墅里受到惊吓，也是我的臆想吗？"

"小李阿姨，小李阿姨，小李阿姨她莫名其妙地离开，难道就与你本人没有关系吗？"婷婷抽泣着。

我在床沿上坐下，我努力用平静的语气对婷婷道："你妈妈精神没有不正常，你要不相信我说的，我就带你去见小李阿姨，你不用听她说什么，你只要看看我对她提出她为何突然离开我们家的问题后她的惊恐的表现就可以了。"

婷婷站着，抹着泪不语。

我站起身，继续替她收拾东西，"搬家公司一会儿就要到了，你快收拾。"

"不，我就不搬，要搬你自己搬！"婷婷倔强地喊道。

婷婷从小到大没有像眼下这样倔过，我火了："今天搬也得搬，不搬也得搬。"

"那你就搬吧！"婷婷说完，转身就跑出屋去。

待我追出屋子时，婷婷已经跑出了别墅。

我来到楼下客厅，靠在沙发上，哭了，我感到自己是那么的无助。

哭过一阵后，我突然想起搬家公司，我急忙给他们打电话，告诉他们今天我暂时不搬家了，如果要搬，再和他们联系。

放下电话，我就一直伤心地默默地坐着，一直坐到晚上十点，婷婷还未回来，我打她电话，她电话关机了。

莫非她又找那个叫素素的同学去了？婷婷平时几乎没有什么朋友，孤傲、清高、独来独往，这一点和我很像。

尽管因为对别墅的恐惧，我已经将客厅的灯全部打开，但一个人坐在客厅里，在明晃晃的灯光下，我还是有些心虚，我上楼，重新将婷婷的床铺好，然后回到自己房间，关了房门，靠在床上，两耳却竖着，听着走廊上的动静，婷婷只要一回来，她上楼的脚步声，我房间里一定能听到。

也不知道我是什么时候睡去的，醒来时已经是第二天的清晨了。

此刻，我靠在婷婷房间的门框上，我望着婷婷空空的床铺，想到她一夜未归，我很是担心，我拿出手机拨打婷婷电话，还是关机的。

在婷婷第一节课上课前十分钟我来到了她上课的教室，我知道她们今天是理论课，我站在门口往里打望，婷婷不在教室里。那么那个素素呢？我不知道素素姓啥，我问坐在教室门口的那个女孩，他们班那个叫素素的同学来了没有？女孩摇摇头，告诉我班上没有叫这个名字的人。素素，也许是小名呢？我又问："那你们班跟周婷婷关系好的同学，你知道是哪个吗？"女孩望着我，笑着："我知道你是周婷婷的妈妈，周婷婷她很清高，她和我们班上的同学都不来往的。"

我有些懵了，婷婷不是一直告诉我素素是她的同学吗？

联系不上婷婷，我心里像挂了个吊桶七上八下，在回家的路上，我甚至想到了报警。

还好，我刚进家门，婷婷就打电话来了，她告诉我她已经到学校上课了，她下课后就回家。估计是我问过话的女孩告诉她我去找过她。

婷婷的电话，让我心里安慰不少，我在沙发上坐下，家，无论如何还是得搬，怎样才能说服她呢？我又一次想到了刘智勇。但我很快又打消了这个念头，我想到了监控室的监控录像，对了，小李离开我家那天，监控录像带上缺少的她在别墅里的录像内容一定是被删除了，这是机子自动清除的还是人为的呢？我来不及多想，我想目前首先应该做的是请教专业人员，看他们有无办法恢复那段录像内容，只要能恢复这段内容，从中发现小李在别墅里受到的惊吓，就有说服婷婷搬家的砝码了。

通过小区保安室的保安，我很快联系到了一个专业人员李师傅，一个小时后，李师傅上门了，在李师傅的帮助下，那段录像内容恢复了。

我不敢一人独自面对这段视频，我对李师傅说，我担心这段视频又出故障，请他跟我一起看完这段视频，师傅同意了。

视频上，一切都很正常，只看见小李在客厅打扫卫生，然后是婷婷进入客厅，接着婷婷走上二楼走廊，进入自己房间，然后从房间出来又进入书房，接着小李又出现在二楼走廊上，她拿着清扫工具在婷婷之后也进入书房，然而很快小李就从书房里跑了出来，满脸的惊恐，她几乎是跌跌撞撞地下了楼，然后冲向客厅大门，刚朝大门跑了两步，又回身拿起她放在客厅茶几上的包夺门而逃！

很明显，小李是在书房受到惊吓的，可是监控器只监控了别墅的公共区域，书房里的情景，从监控视频上看不见，小李究竟在书房里遭遇到了什么？我无从知道。这个时间段婷婷不是也在书房吗？婷婷怎么没有受到惊吓？而且从婷婷的表现看，婷婷还并不知道小李在书房受到了惊吓，这究竟是怎么回事？

"这房间里有鬼呀，看把这人吓得。"李师傅咕哝了一句，我不由打了个寒噤。

那天，在书房里究竟发生了什么？

婷婷问我："妈妈，你还搬家吗？"

"其实你搬家还是不搬家都没有什么区别，别墅本身并没有什么问题。"小李的话在我耳旁回响，我对着婷婷勉强地笑笑："就依从你吧，我们不搬家了。"

婷婷欢呼了一声，朝我冲上来，抱住我亲了一口，在婷婷的拥抱中我身体忍不住抖了一下，我推开了她。

"妈妈，你怎么啦？"婷婷不解地望着我，以往我们母女俩遇到高兴的事情，两人拥抱在一起是常有的事。但婷婷很快又释然了，她望着我，道："妈妈，我知道你内心里还是老大不情愿住在这别墅里，你是因为迁就我才勉强自己继续留下来的，如果你实在不愿意住在这里，那我就听你的，我们搬家吧。"婷婷变得懂事起来。

"没关系，我可能是刚搬家有些不适应，过一阵就好了。"我道，"对了，那个素素不是你们班的同学吗？我今早去你们上课的教室找你，你不在，我就顺便向你同学打听那个素素，想通过素素打听你在哪里，结果你同学说你们班上没有这个人。"

"素素不是我们班的，她是美术系的。"婷婷说，继而又道："妈妈，我们家什么时候再请钟点工呀？"

"过几天吧。今天我累了，什么也不想吃，我上楼休息了，你自己做吃的吧，冰箱里有我下午买的一些熟食，你在微波炉里转一下就行了。"说完我就上楼了。

我回到房间，立即反锁了门，我走到监控室，走到监控视频前，看着客厅里的婷婷，我看见婷婷走进了厨房，十多分钟后她抬着一盘饺子和一盘牛肉回到客厅，将饺子和牛肉放在餐桌上后，她又返身进入厨房，不一会儿她又抬着一盘饺子和牛肉从厨房出来，直接朝楼梯上走来。她上了楼梯，朝我房间走来。

我急忙回到房间，躺到床上，不一会儿门外传来敲门声，"妈妈，我给你端晚饭来了，你吃点吧。"

我靠在床头，对着门外道："我不想吃，你自己吃吧。"

婷婷在门外犹疑了一下，然后门外传来她离开的脚步声。

多好的女儿啊！可是……

"周老师，你生婷婷时是顺产吗？"我耳旁又响起小李的问话。

我觉得我的思路似乎有些清晰起来，我脑海里展开了这样的推理：婷婷不知道出于什么原因，趁我不在，进入书房不知道用什么手段悄悄打开了保险柜，在保险柜里取出了那件东西，正当她看那件东西时，小李进入书房，小李也看见了那件东西，于是婷婷威胁她不准将这件事情告诉我。

但就是这样，小李也不至于惊恐成那副样子呀。"房间里有鬼呀，看把这人吓得。"李师傅在监控视频上看见小李从书房里仓皇逃出来时说的那句话又在我耳边响起。

不管怎么说，我得去书房看看保险柜里的东西。我打定这主意后，又回到监控室，坐在监控视频前，看着客厅中的婷婷。

婷婷已经吃完晚饭，她正收拾餐桌，然后拿着碗碟走进厨房。十多分钟后，婷婷又走出厨房，直接就上楼，进了她的房间。

我看看时间，才晚上七点钟，还是等夜深了，婷婷睡后再去书房吧。

晚上十二点钟，我悄悄进入书房，然后将书房门反锁。

我打开保险柜，用手机电筒照进保险柜里，保险柜里躺着的那件小绒毯上，那颗米粒还在，这证明婷婷并没有打开保险柜，并没有看见这件小绒毯和绒毯里包裹着的纸条。

我取出小绒毯，绒毯上的那颗米粒是我刚搬家进来时放上去的。我将绒毯展开，绒毯里包着的那张纸条上一行字赫然在目：一九九一年农历四月初五凌晨一点出生。老天保佑我的女儿过上幸福生活！

真是弹指一挥间呀，十八年前，婷婷被这床小绒毯包裹着送到我面前时的情形还历历在目，当时我望着襁褓中的幼小生命，心里不由感叹老天对我并不绝情，几小时前我刚出生一天的儿子，由于我的大意，儿子永远离我而去，我是难产，由于子宫受伤严重，再不能生育，就在我悲痛万分时，保姆将婷婷抱到我身边，说是在我家门口发现的弃婴，天底下竟然有这样巧的事情，我刚刚失去了儿子，老天就给我送来一个女儿，且两个孩子的生日竟然是同一天！老天啊，我是该埋怨您还是该感谢您？

我抱养了别人的孩子，这是一个天大的秘密呀，老天似乎为了替我守住这个秘密，使得保姆刚将婷婷送到我身边不久，就患脑溢血去世了。

我对不起刘智勇，我对他隐瞒了亲生孩子已经死去的事情，刘智勇至今都还以为婷婷是他的亲生女儿，"我还有一个月就回国了，真盼望尽快见到咱们的儿子。"刘智勇在电话里对我说，我告诉他，我们的孩子是女儿，不是儿子，那天保姆跟他通话报喜时，错把女儿说成儿子了。刘智勇没有一点怀疑，在电话里乐呵呵地说，女儿也好，女儿是父母贴心的小棉袄！

从小到大我都没有朋友，日记本就是我倾吐衷肠的朋友，从小到大，这么多年了我记不清我记录了多少本日记，每记录完一本日记，我就将之焚毁，我担心我的生活和内心的隐秘被别人窥见，可是当年包裹婷婷的绒毯和那张纸条我却秘密地保存了下来，我不忍心将之焚毁，那床绒毯、那张纸条凝聚了一个母亲对女儿的深情和祝福，我能想象婷婷的生母因为无力抚养她，万不得已把她送给别人时撕心裂肺般的疼痛。

我望着手中的绒毯和那张纸条，心里思索着，打开保险柜时，绒毯上的那一粒米粒还在绒毯上原来的位置放着，这足以说明我刚才对小李受惊的推测不成立。那么婷婷是因为什么原因又以何种方式使得小李受到非同一般的惊吓的呢？

我将那张纸条又包进绒毯里，将绒毯放进保险柜，刚才没有注意，那颗米粒不知道掉到哪里去了，不管它了，我将保险柜锁好。

我拉开书房门，我吓得接连后退了几步，婷婷，婷婷此刻就站在书房门口静静地望着我！

第三十四章　周静日记之十三（手机、手机）

二〇一〇年九月十八日　星期五　晴

手机、手机

　　我拉开书房门，婷婷正站在书房门口，她安静地看着我，一句话不说。

　　"婷婷，你怎么在这儿？"我感觉到我的声音在发颤。

　　"妈妈，你怎么在这儿？"婷婷说，声音平静。

　　我胆怯地向后退，婷婷朝我一步一步走来，"妈妈，你怎么啦？"婷婷的语调很温和，但她脸上的笑容却让人很自然地想到了"诡异"两个字。

　　面对着一步步向我走来的婷婷，我双腿打颤，我突然一把推开婷婷，跑出书房。

　　我跑进自己房间，随手就将门关死了。

　　"砰砰砰"门外传来婷婷拍门的声音，"妈妈开门，妈妈开门。"

　　尽管门已经被我反锁死，我仍用身体抵住门，我的身体仍止不住地发抖。

　　"砰砰砰，"婷婷仍在拍门，"妈妈开门，妈妈开门。"婷婷的声音仍不紧不慢地在门外响着。

　　我用身体紧紧地抵住门，不语。

　　门外婷婷的拍门声停止了，她叫我开门的声音也消失了，我用耳朵贴在门上，听着门外的动静。

门外此时异常安静，这安静也让我异常地不安。

一会儿，门外响起了婷婷离去的脚步声，我心里稍稍松了口气。

我回过身去，想到床上休息，墙上的挂钟显示出此时正是凌晨一点十分。

我默默地靠在床上，心里像一团乱麻，就在这时，我吃惊地发现我房间的窗帘在动，这动静绝不是风吹动的，就在我惊疑地盯着窗帘之际，窗帘被掀开了，婷婷微笑着从窗外露出头来。

我一下冲到窗前，我本能地用手往外推婷婷。

婷婷两手紧紧抓着窗框，大声地求救地："妈妈，妈妈。"

我怎么啦？我怎么能把婷婷往楼下推呀？我收回手，就在我刚收回手之际，婷婷一下就从窗外翻身跳了进来。

望着婷婷，我紧张地后退着，退到门口时我扭动门把手，想逃出屋子去。

婷婷冲上前来，一把拉住我，我惊恐地叫起来，随即就眼前一黑什么也不知道了！

不知道时间过去了多久，耳边传来婷婷温柔的呼唤："妈妈，妈妈。"我睁开双眼，我已经躺到了床上，婷婷正坐在我床前，我惊恐地将身子移开，试图离开婷婷远一点。

婷婷将手掌放到我额头上，我本能地将她的手移开了。

婷婷拿出手机拨打电话，"120吗？哦，我是碧云小区刚刚打电话求援的那个人，我妈妈已经醒过来了，她不发烧，你们不用过来了。"

婷婷放下电话，望着我，"妈妈，你现在感觉怎么样？"

我望着婷婷，一时间觉得自己像在梦中。

"我最近睡眠不好，总失眠，我半夜醒来，想去书房拿本书回房间看，我刚走到书房门口，你就出来了，不知道你是怎么啦，拉开书房门，就惊慌失措地往你房间跑，我不知道出了什么事，在你门外叫门，你就是不开，我不知道你出了什么状况，就从花园里的那棵树爬上了你房间的窗台，进入你房间，我刚进房间你就昏倒了。"婷婷有条不紊地说完这番话后就静静地看着我，脸上满是担忧和不解。

此时的婷婷，和刚才那个令人无端地生出恐怖之感的婷婷判若两人。

"我想睡啦，你也回房间休息吧。"我对婷婷道。

婷婷担忧地望着我，不想离去。

"你去吧，我想睡了。"我对婷婷说，语气里满是不耐烦的情绪。

"好吧。"婷婷站起身，望着我似乎还想说什么，但最终什么也没说，就走了。

看着门被婷婷关上后，我立即起身，将门锁死后，又回到床上，靠在床头，思索着。

我怎么会无端地对婷婷生出恐惧，这与小李受惊有关吗？可是我从书房出来时，婷婷的表现的确是有些怪异啊？

我不知道是我出了问题还是婷婷出了问题！

天亮后，带上婷婷去见小李，看看小李见到婷婷后是什么反应吧。

早上我刚醒过来不久，门上就响起婷婷的敲门声："妈妈，我给你端早餐来了。"

"你把早餐放到餐桌上，我还没有洗漱呢。"我对着门外道。

很快我就起床，洗漱完毕，坐到了餐桌前。此时婷婷已经吃完早餐，她望着我道："妈妈，你身体没觉得有什么不舒服吧？"

"没啥。"我说。

"我下午没课，下午我去中介公司给咱家请钟点工吧。"

"不，请钟点工的事情，我会去办，小李阿姨出车祸了，现在住在医院，下午你没课，你中午在学校吃了午饭后，就到市医院吧，我们两点钟在市医院门口会合，一起去看小李阿姨吧。"我说。

"小李阿姨怎么出车祸了？严重吗？"婷婷的语气里透着关切。

"不严重，虽然小李阿姨在咱们家没有工作几天，但既然知道她住进了医院就该去看看。"我说。

婷婷爽快地答应了。

下午两点钟，我和婷婷在市医院门前碰面了，婷婷手里提着一个看望病人的花篮，一见到我，她就高兴地挽住我的手臂，"妈妈，小李阿姨看见我们去看她，一定特感动，她来我们家才两天就莫名其妙地辞工了，我们还这样对待她。"不待我说话，她又继续道："对了，您是怎么知道她住院的呢？"

"你怎么话那么多呀？"我不正面回答婷婷的话，婷婷吐了吐舌头，此时的婷婷让我又看见了以往那个乖巧懂事的女儿。我心里一下又感觉宽慰许多。

走到住院部一楼，婷婷将手中的花篮交给我，说她要上卫生间，我告诉她小李阿姨在外科 302 病房，我先上去了。

我走进小李病房，小李看见我来，脸上露出些许感动的神情，我将花篮放在她的床头柜上，说是婷婷送的，她随后就到。

我的话音刚落，我就吃惊地发现小李脸色徒变，她忙不迭地从床上起来，将我往门外推："周老师，你快走吧，快带着你女儿走吧！"

"你是怎么啦？小李。"我望着小李，同病房的人也都不解地望望她又望望我。

"周老师，我求你了，你快带着你女儿走，你也不要再来看我了。"小李的声音里满是乞求。

小李瘸着一条腿，硬是将我推出病房，随后就将病房门从里面关上了。

事实证明，小李的受惊的确是由婷婷引起的。

我快快地回头看了一眼身后紧闭着的病房门，心里一下又变得异常沉重。

"妈妈，你怎么出来了？"婷婷出现在我面前，有些不解地望着我。

"走吧。"我对婷婷说完，就朝电梯走去。

婷婷紧跟在我身后，"妈妈，怎么啦？又发生什么事情了？"

在电梯门口，我停住了脚步，回头望着婷婷，道："小李阿姨很怕你，她不敢见你。"

"为什么呀？小李阿姨怕我？"婷婷一脸的委屈和莫名其妙。

"你真不知道是为啥吗？"我双眼紧盯着婷婷的表情。

婷婷这下更委屈了，"妈妈，你是什么意思呀？"

电梯门打开了，我一边走进电梯，一边对婷婷道："我只是觉得奇怪，为啥一提到你，小李阿姨就紧张得不得了。"

"我还奇怪呢！"婷婷生气地道。

走出住院部大楼，婷婷对我道："我去找素素了。"说完头也不回地离开了。

我默默地望着婷婷因生气离开的背影，内心五味杂陈。

回到家，我直接就进了婷婷房间，我打开她的衣柜，打开她的抽屉，我似乎想在其间发现些什么。

衣柜和抽屉里都没有异常，我想到婷婷小时候闹的笑话，那时候她还在读小学二年级，她说要在睡梦中吸取知识，就将一些书放在枕头下。想到这些，我翻开婷婷的枕头，枕头下没有书，却有一个陈旧的老式手机。

　　我不解地望着眼前的手机，这样一个老掉牙的手机怎么会在婷婷的枕头下？突然我脑海中似电光石火一般，警察的话在我边回响：打给你恐吓电话的那个手机已经关机，那应该是个老款手机，无法定位跟踪。

　　我拿出婷婷枕头下的手机，手机处于关机状态，我打开手机，还好，手机居然还有一点电，但手机屏幕上的电池图像在不断地闪烁，手机马上就要断电了，我忙不迭地抓紧时间用这手机拨打我的手机号码，就在这时候，我听到了楼梯上婷婷那不紧不慢的熟悉的脚步声。

第三十五章　周静日记之十四（婷婷是谁）

二〇一〇年九月十八日　星期五　晴

婷婷是谁？

　　我的手机铃声响了，是我自己用婷婷枕头下的旧手机拨打的我的电话，我慌忙关机，在我关机的那一瞬间，手机上的来电显示的最后几个数字"7373"对于我来说触目惊心，那个雷电之夜打进别墅里的恐吓电话最后几个号码就是"7373"！

　　"妈妈，妈妈。"婷婷的脚步声和她的喊声来到了二楼走廊上，我站在婷婷房间里，一时间不知道该怎么办好，我听到了我心脏"咚咚咚"的狂跳声。

　　婷婷的脚步声朝着她房间靠近了，与此同时她的"妈妈，妈妈"的喊声也离我越来越近，此时婷婷的脚步声和那"妈妈"的叫喊声异常诡异，那"妈妈"的叫喊声是一字一顿地喊出来的，全然不同她以往叫我的声音，而那脚步声很重地迟缓地叩击在地板上，也完全不是她平时走路的风格。

　　她怎么知道我在她房间，莫非她听见了我刚才那短促的手机铃声？婷婷的脚步声已经快到门口了，我来不及多想，迅速地躲到了婷婷床下。

　　婷婷的脚步进入了她的房间，她脚下那双白色的高跟鞋还是一个月前我和她一起去买的。婷婷的手上提着的是什么？我躲在床下，定睛朝婷婷小腿一侧看去，我看见了一只兔子，那只兔子被婷婷倒提着，兔子的脖子鲜血淋漓，我慌忙闭上眼睛，一下瘫软在地板上。

婷婷的脚步在房间里停顿了一下，然后转身离去，我听到了她下楼的脚步声，那脚步声迟缓而凝重，大约半小时后，我听见别墅大门被重重关上的声音。

那只兔子！那只兔子！婷婷从小就知道我惧怕兔子，因为这，对小兔子倍加喜爱的她，从未向我提出过养兔子的想法，但此刻她为何会提着这只血淋淋的兔子来见我？更要命的是那个手机，难道那个雷电之夜打进别墅的恐吓电话是她打的？

我从婷婷床下出来，跑到自己房间，将门反锁了，愣愣地坐在沙发上，大脑一片空白。

我竭力回想那个恐吓电话的声音，无奈那显然伪装过的声音最终还是让我不得要领。

那晚那个恐吓电话如果真是婷婷打的，那么关于那幅被撕掉了的有恐怖老太婆的画为何又会重新贴在她房间墙壁上就好解释了，她一定是先进入了别墅，到了她房间，将那幅她白天当着我的面撕毁了的画又重新贴在墙上后，接着就躲藏起来，用伪装的声音给我打了恐吓电话，使我进入她房间，看见了她房间墙上那幅恐怖的画后，才又给我打第二个电话，说她在别墅门口。她之所以能画出那个恐怖的老太婆，一定是她偷看了我的日记后，才作的画。

对，一定是这样的！但是，婷婷她为何要这样对待我呢？不，她不仅这样对待我，她还让小李受到极其严重的恐吓？"房间里有鬼呀，看把这人吓得。"李师傅的话又在我耳旁响起，婷婷对于小李的恐吓真是非同寻常，以至于小李对她的恐惧深入骨髓，而这种恐惧的程度是非人力所能至的，莫非……怪不得小李想打听她是不是我所生的，想到这里，我不由全身一激灵！

不行，我一定得再见见小李，我要将我对婷婷的恐惧和疑虑向她全盘托出，我想小李听了我的述说后，一定会把她受惊的真实情况也向我如实道来。

我来到医院，然而小李的床铺空空如也，小李同病房的病友告诉我，今天下午，我刚离开小李不久，小李就不顾医生阻拦，坚决要求出院了。我立即拿出手机拨打小李的电话，小李电话居然停机了。

看来小李是在躲我，不，她是在躲婷婷。

离开医院，我又迅速赶往中介公司，我想通过中介打听到小李住处，然而中介公司关于小李的信息很简单，并没有她家庭住址一栏的信息。

走出中介公司，我完全没了主意，我木然地坐在中介公司门前的椅子上，望着在我面前来往的行人，脑海里只有一个念头：婷婷究竟是怎么回事？

对了，我还可以找一个人了解婷婷，这个人就是美术系的那个素素。

我看了下表，已经是下午五点二十分了，也不知道现在婷婷是不是又跟她在一起。

我来到学校，找遍了美术系一到四年级的学生，都说他们系没有叫素素的这个人，如果婷婷提到的这个素素，用的是小名呢？我又来到舞蹈系学生寝室，还好在舞蹈系的第一间女生寝室里我就见到了那天在舞蹈系理论课教室里遇到的那个女生，此时寝室里只有她一个人，我在她面前坐下后，就直截了当地问她，知不知道婷婷在美术系有个好朋友？

"好朋友？"女学生反问了我一句后，就一个劲地摇头，她告诉我从未在学校看见婷婷和任何一个同学走近过，"阿姨，周婷婷虽然从不和我们同学来往，但是因为她的出色，大家都很关注她，所以如果她在学校里跟谁好，我们一定会知道的。"

我失望地走出学校，看来素素这个人很有可能是婷婷在我面前杜撰出来的，她为啥要在我面前杜撰这样一个人呢？

婷婷，她究竟是什么人？这个念头越来越强烈地占据了我的脑海！

要是当年把婷婷抱到我面前的那个保姆吴妈还在就好了，这样我也可向吴妈再了解一下当年她在我家门口发现被遗弃的婷婷的详细情况，看能从中发现一点关于婷婷的可疑的蛛丝马迹不。但吴妈是独自一人从四川来这座城市打工的，她突发脑溢血去世后，他家人来给她料理完后事就带着她骨灰回家了。

我独自一人在大街上默默地走着，我不知道下一步该怎么办？看着大街上三三两两结伴而行的人，我充满了羡慕，我为何会过成现在这样？形单影只，在最无助的时刻，连个可让我求助的对象都没有？

刘智勇，我又想到了刘智勇，他为啥想到要买这样一栋别墅送给我和婷婷？在我和婷婷未搬进别墅前，我和婷婷的生活平静而温馨，一切变故都发生在搬进了别墅后，我不由得又想起了第一天搬进别墅时那不吉利的联想，莫非婷婷这诸多诡异的表现，与这栋别墅有关？

对了，这栋别墅的原主人——那对母女，为啥才搬进别墅半年，就匆匆忙忙地又卖掉别墅，难道真如她们所说是为了投资新的项目亟须资金才不得已将这栋别墅卖掉的？和这栋别墅原主人的过户手续都是由我出面办理的，我手机里当时还存有那位母亲的电话号码，但一切就绪后，我就将号码删除了。

我抬腕看表，时间已近下午六点半了，那家房屋置换中介公司应该已经下班了，明天去中介公司看看是否还能找到那对母女的联系方式，我对自己这样说。不过就是找到联系方式了又怎么样呢？那母女俩早都出国了，国内的电话号码可能早都弃之不用了。

接下来我该怎么办呢？回家？我摇摇头，那个豪华雅致的家此时对于我来说充满了恐惧，我看见街道对面一家宾馆，我立即走上天桥，朝那家宾馆走去。

我躺到宾馆房间的床上时，时间已经是傍晚七点过三分了，尽管已经到了饭点，我却没有一点想吃东西的愿望，我默默地躺着，悲伤慢慢地袭上心头，我第一次有了那种强烈的孤苦伶仃的感受，在整座城市里，不，在我的整个世界里，我竟然找不到一个可以倾听我诉说我的迷茫和难处的人。

母亲，我想到了母亲，可是母亲已然在另一个世界，我闭上双眼，好久好久母亲没有来入梦了，母亲，我今夜能在梦中见到你吗？

然而母亲没有来，那个熊阿婆又来了，她推开宾馆房间的门，冷笑着朝我床头缓步走来，手里举着那棵已经在往下滴水的冰棍，我想起身逃离她，却全身动弹不得，熊阿婆走到我床前，将冰棍往我脸上猛地戳来，"妈妈。"我惊叫着一下醒来。

怎么又是她，熊阿婆？我起身靠在床头，就在这时，我的手机响了，我拿起手机，是婷婷的来电。

婷婷？熊阿婆？婷婷和熊阿婆的面容在我眼前不停地交叉出现，难道婷婷是替熊阿婆报仇来了？

手机铃声仍在刺耳地响着，我拿着手机的手在颤抖，我看着手机屏幕上"婷婷"那两个字，心里在剧烈地"咚咚咚"狂跳！

第三十六章　周婷婷日记

　　我放下周静的日记沉思着，周静日记里反复提到的这个熊阿婆是谁？从周静日记内容可推断这个"熊阿婆"应该是周静童年生活中挥之不去的梦魇。"难道婷婷是替熊阿婆报仇来了？"周静和这个"熊阿婆"之间究竟有何过节？而周婷婷为何会有那么多诡异的表现？

　　我低下头，准备继续阅读周静的日记，我的手机铃声突然响了，我拿起手机一看，是刘丽丽的来电，我心里不由一颤，今天是星期六，刘丽丽这个时候给我打电话，一定是周静和周婷婷有什么事情。

　　我接通了刘丽丽的电话，果然刘丽丽在电话中告诉我，王妈来给周静和周婷婷母女送她炖的猪脚黄豆汤，王妈吸取以往的教训，没有直接将猪脚黄豆汤送给周静母女，而是将汤送到值班室由刘丽丽转送。"我刚把汤端到周静母女的病房，周静和周婷婷看见这汤，就吓得全身直打哆嗦，我急忙将汤端开，我正端着汤要走出病房，突然身后传来周静的惊叫声，我回过头去，周婷婷不知道怎么的，正将周静扑倒在床上，用手狠命地掐周静的脖子，我上前想把周婷婷从周静身上拉开，谁知道周婷婷力气大得很，我根本无法将她的身体和周静分开，我只得呼救，病房里其他值班的两个护士赶来，才帮我将周婷婷从周静身上拉开。"

　　王妈说过，周静和周婷婷很喜欢吃她炖的猪脚黄豆汤，周静和周婷婷逃离她的那天上午，她就是去菜场买猪脚黄豆准备回家为她们炖汤的。显然周静母女看见猪脚黄豆汤后浑身直打哆嗦，一定是她们由汤又联想到了王妈，这母女为何对王妈会有如此强烈的恐惧？

"冯老师，需要将周静和周婷婷各自安排病房吗？"刘丽丽的话打断了我的沉思。

"我马上来医院，等我到医院后再说。"我说完就挂断了刘丽丽的电话，然后迅速回到家里，换上外衣，提起包就走，走之前还不忘将周静日记本放进包里。

半个小时后，我出现在周静和周婷婷病房。此时的周婷婷异常安静，她正将她的床当做学校里的垫子，在床上压腿，而周静则静静地坐在她自己的床上，默默地看着周婷婷，我清楚地看见她脖子上被掐的痕迹。

我将包放下，走近周婷婷，周婷婷看见我，停止了动作，她望着我端详半天后，道："我知道你，你是为你的新片来物色舞蹈演员的导演，你看我行吗？"说完，又继续在床上压腿。

刘丽丽来到我身边，我示意她不要打扰周静母女，我走出病房，刘丽丽随后跟着我走了出来。

在走廊上，刘丽丽告诉我，周婷婷被从周静身上拉开后，像一下从梦中惊醒一样，又扑到周静身旁，抚摸着周静的伤痕，一个劲地问周静："妈妈，你怎么啦？你怎么啦？"

我告诉刘丽丽暂时不要将母女分开，但要加强对母女的监护。

"其实可以让家属陪护的啊，只是她们没有可陪护的亲人。"刘丽丽说完，紧接着又道："冯老师，周静和周婷婷还继续服用氟哌啶醇吗？前几天都感觉这药有了一点效果，怎么周婷婷一下又这样了？"

"继续用，病人在用药过程中出现反复是正常现象，其他辅助用药也继续，但是要彻底治愈母女俩的病，找出其病因才是根本，对了，我有新发现要告诉你。"说到这里，我才想起我的包还在病房里，我从病房里拿出包，对刘丽丽说："到值班室再说。"

我和刘丽丽来到值班室，我想将周静日记本给刘丽丽看，我拉开包，奇怪，周静日记本怎么不见了？刘丽丽听说我放在包里的周静的日记本不见了，急忙跑回周静和周婷婷的病房，我也随后紧跟着她走进周静母女病房，周静已经在床上躺下，面朝墙壁一动不动地躺着，周婷婷则仍然在她床上重复地做着那同一个动

"这么说来，周婷婷在周静记录这本日记时就已经不正常了，只是这种不正常一直未被她的老师和同学发现，当时发现她不正常的只有那个小李和周静。"刘丽丽分析道。

"现在我最迫切的就是找到小李，我和周静一样迫切地想知道那个下午，在她和周婷婷独处的书房里，她究竟遭遇了什么？可是全市那么多家中介公司，要想查到周静是在哪一家公司找到小李的，并不是一件容易的事情。"我叹了口气道。

"这个任务您就交给我吧，我发动我的朋友一起来找小李，争取一个星期内完成这个任务。"刘丽丽自告奋勇地道。

"好吧。"我感激地望着刘丽丽。

然而，让我和刘丽丽都始料不及的是事情突然发生了一百八十度的转折，两天后，我突然接到刘智勇的电话，刘智勇在电话里语气激动地告诉我，他突然发现了两个多月前婷婷寄给他的快递，他的秘书当时不知怎么的忘记将这件快递交给他了，是新来的秘书在收拾办公室时，发现了前任秘书忘记交给他的快递。

"快说，你在婷婷的快递里发现了什么？"我的语气也激动起来。

"日记，一本日记，婷婷的日记，婷婷在日记里记录了周静在搬家进入别墅后的很多诡异的表现，周静在那个时候就已经不正常了。婷婷随日记还附了一封信，向我求助！"我想起刘智勇曾经告诉过我，还在婷婷读小学时，周静就要她养成记日记的习惯。

怎么会是这样？

我感觉我对周静母女病因的调查就犹如走进了一座诡异的迷宫！

第三十七章　周静有病？

接到刘智勇的电话时，我正和刘丽丽坐在医院的花园里讨论周静和周婷婷的病情。为了让刘丽丽同时也听到刘智勇的话，我将手机按下了免提键。

我问刘智勇，之前我也给他讲述过周静的日记内容，在周静的日记里婷婷似乎也显得很诡异，现在周婷婷的日记里又道出周静不正常，在周静和周婷婷两人的日记中，他凭什么就相信婷婷的记录，认为在周静和周婷婷搬进别墅后，在这两人中不正常的是周静而不是周婷婷？

刘智勇说婷婷的日记逻辑清楚，显示出记录人思维清晰，而之前我给他陈述的周静日记，周静对婷婷一些行为的疑虑和不解最后在婷婷那里都得到了合理解释，而且在婷婷日记里，周静自己也认为自己精神出了问题，所以在周静和婷婷之间，他更相信婷婷的记录。

刘智勇说得似乎也有道理，周静在日记里就记叙了婷婷给人打电话，怀疑她精神出了问题，"我不知道是我出了问题还是婷婷出了问题。"周静在日记里也表达了对自己的疑虑。在阅读周静日记过程中，我也曾因为周静在搬进别墅的第一天就联想到美国那些恐怖片，怀疑她是因为自身的强烈的心理暗示而在别墅里产生了幻觉，从周静日记里反复出现的熊阿婆和她对兔子莫名的恐惧也可推断出她的生活中曾有一段阴影，这些阴影都可能成为导致她精神不正常的因素。

我和刘智勇的通话刘丽丽在一旁也听得清清楚楚，刘丽丽说从我给她叙述的周静的日记内容看，周静在记录日记时除了有时流露出一些迷茫的情绪外，她的日记的逻辑也不混乱。

我告诉刘丽丽，精神分裂症病人在陷入幻觉妄想中后，他顺着他的幻觉妄想思维，他的逻辑也是清晰的。刘丽丽问还要寻找小李吗，我说现在还不能仅仅就凭刘智勇的一番话和我们的分析推理，就判断最新患病的是周静而不是婷婷，小李还得继续找。

我话音刚落，刘智勇急忙在电话那一头说小李不用找了，周婷婷在日记里谈到小李的事情了，她说她和周静搬家进入别墅后，家里根本就没有来过什么钟点工小李。在婷婷的日记中，周静听婷婷说家里根本就没有来过什么小李后，她自己又跑到市医院去，结果她发现在她记忆中曾去看过的小李住的病房302室并不存在。由此她才相信自己真的病了。

刘智勇的话让我和刘丽丽都愣住了，我紧接着又问他："电话呢？就是那个雷电之夜打进别墅内的恐吓电话又是怎么回事？"

刘智勇说关于这个电话，婷婷在日记中也谈到了，那个电话根本就不是婷婷打的，他说具体情况，看了婷婷日记就明白了。我告诉刘智勇我想尽快看到周婷婷的日记，刘智勇说他今天上午已经将婷婷的日记快递给我了，估计明后天我就会收到婷婷的日记本。刘智勇说到这里，欲言又止，我问他还有什么需要和我说，刘智勇嗫嚅了一下，道，从婷婷的日记里的记载，感觉周静的精神不正常状态和通常的精神病人不太一样，似乎，似乎她变得很诡异，让人恐惧，甚至会让人产生一些恐怖的联想。

"好吧，我先看看婷婷日记吧，我们过后再联系。"我结束了和刘智勇的通话。

放下手机，我和刘丽丽都陷入了沉思中，片刻，刘丽丽站起身，对我道："冯老师，我现在马上去一趟市医院。"

我明白刘丽丽的意思，有她做助手，我真是幸运，我对她点点头，"好的，快去吧。"

刘丽丽离开后，我去病房看了看周静和婷婷，随后赶往周静家别墅所在的小区，我想去小区保安值班室确认一下，周静日记里记叙的疯子曾在夜晚闯入她家别墅的事情究竟属实不？

在去周静家小区的路上，我接到了刘丽丽的电话，她说市医院果然没有302

室病房，在 301 室和 303 室之间，有一个房间，但那房间是医院的储藏室。

看来周静在婷婷患病之前精神就出了问题是事实，只是当时她的幻觉妄想还不是太严重，所以才导致她的学生和同事在她进入精神病院前都没有发现她的异常。

尽管刘丽丽的电话已经让我认可了刘智勇对周静和周婷婷的患病情况的分析，但我还是决定要去周静所在的小区，确认下周静日记里记叙的疯子曾在夜晚闯入她家别墅的事情究竟属实不？

来到周静家别墅所在的小区，我向值班的保安说明我的来意，保安望着我直摇头，说是他们不能向外透露业主的任何信息，我又拿出自己的身份证和工作证，保安犹疑了一下，最终在电脑上调出了他们的工作记录，查阅了十多分钟后，他告诉我，在我提供的那个时间段，工作记录上的确有疯子夜晚闯入业主周静家的记载。

离开周静家小区，我又迅速赶往周静家辖区所在的派出所，还好在这里我遇到当警察的小学同学，他查阅出警记录后，告诉我他们所的警察的确在那个雷电交加的夜晚出警到过周静家，因为他们接到一个女孩子的电话，怀疑家里闯入了坏人，第二天周静又到派出所报案，说她头晚在别墅内接到过一个恐吓电话，我也看了出警记录，记录的内容和周静日记里记录的内容大致一致。

我刚上车，刘丽丽又来了电话，她约我晚上一起喝茶，我答应了。我刚到这家医院，在医院里还没有一点人脉，刘丽丽就是和我走得最近的人了，我很需要和同行讨论一下周静母女的病因。

晚上八点，我和刘丽丽已经在月星茶楼临河的座位上相对而坐。这是我来到这座城市后第二次来这家茶楼，第一次是和王妈坐在这里。

品茶是幌子，我和刘丽丽都是想借此探讨周静和周婷婷的病因。

刘丽丽刚在我面前坐下，就问我，周静在日记里说周婷婷不是她的亲生女儿，这一点可信吗？

我说这一点应该可信的，我把下午到周静家小区保安值班室和到周静家辖区派出所了解的情况如实向刘丽丽说了，我说周静当时的幻想妄想只是发生在某些事情上，她日记里记录的事情不能一概否定，况且她在日记中提到的保险柜一事我在刘智勇那里也得到了证实，刘智勇和周静曾经共同的家里确实有这样一个保险柜，刘智勇说他也不知道周静在保险柜里面藏匿了什么。

刘丽丽点点头，道："周静和周婷婷不是亲生的母女关系，这一对没有血缘关系的母女最后都成了精神分裂症病人，这比那有血缘关系的亲生母女最后都成了精神分裂症病人更离奇！"

"是啊。"我点点头，我告诉她，周静和周婷婷的发病原因扑朔迷离，我现在还很不能释怀的就是我去周静老家前的那个晚上，接到的那个神秘电话"你应该去医院看看，去医院看看"，怎么和周静在那个雷电之夜接到的那个恐吓电话"还不去看看你女儿，看看你女儿"那么相似？打这两个电话的究竟是什么人？

刘丽丽若有所思地神情凝重地点点头，她也强烈地感觉到周静和周婷婷的患病原因非同一般！

刘智勇说从婷婷的日记本里的记载看，感觉周静的精神不正常状态和通常的精神病人不太一样，似乎，似乎她变得很诡异，让人恐惧，甚至会让人产生一些恐怖的联想。

在婷婷的日记里，周静究竟是以何种面目出现的？

现在我最急切的需要就是尽快看到周婷婷的日记！

第三十八章　周婷婷日记之一

　　清早，一阵手机铃声把我从睡梦中惊醒，我拿起床头柜上的手机，来电显示是刘智勇打来的电话，莫非又有什么新情况，我接通了电话。

　　"冯医生，不好意思这么早打扰你。"刘智勇的声音里透出歉意。

　　"没事，有什么事你说。"我坐起身，靠在床头。

　　"估计你今天就会收到婷婷的日记本了。"说完这句话，刘智勇又停顿下来，我等着他，我知道他这个时候给我电话，绝对不是就为了讲这一句多余的话。

　　果然刘智勇顿了一下，终于开口道："读了婷婷的日记，我感觉周静发病的原因不简单，在婷婷和周静身后似乎有一股神秘的力量在针对她们实施什么阴谋，周静和婷婷的生活都很单纯，我不明白为什么会在她们身边发生这样的事情？"

　　"为什么这些话你昨天不和我说，要等到今天才告诉我？"我问。

　　刘智勇迟疑了一下道："我当时担心把这些都告诉你后，会使得你产生顾虑，怕你担心再继续追究婷婷和周静的病因会给你带来麻烦，从而放弃对婷婷和周静病因的追究，只给她们进行一些常规性的治疗，使得她们的病难以彻底痊愈。"他顿了一下，又继续道："我后来又想，反正你读了婷婷的日记也会知道这些情况，我不如现在提前就告诉你，也让你有个心理准备，我恳求你，不管怎么样，一定要查出周静和婷婷的发病原因，使得她们得以彻底根治。我的腿恢复得很好，医生说我要不了多久就可以下地了，到时候我一定会亲自上门来谢谢你！"

"不用客气，追究周静和周婷婷的病因，使她们得到彻底治疗是我的工作，也是我正进行的研究课题，你放心，不管遇到什么情况，我都会把我的工作进行到底！"

"那就太感谢了！"

"不过，我也有话想问你。"我说。

"你尽管问。"刘智勇显得很爽快。

"我曾经问过你的，那就是你对周静和婷婷既然这么关心，那你当初为啥要离开她们？"

电话那头，刘智勇沉默了，片刻后，他道："冯医生，我的离婚真的与周静和婷婷的发病没有关系，我实话告诉你吧，我跟周静离婚的缘由周静自己都蒙在鼓里，请让我就保留这点隐私吧。"

真是奇怪了，他要跟周静离婚的原因，连周静本人都不知道。

"莫非是你在外面另外有女人了？"我做了最通俗的、最常规性的推理。

"没有，没有，真的没有。"刘智勇一口气连说了几个"没有"，又继续道："冯医生我很不愿意提及此事，我们不再就这个问题讨论了，好吗？实在抱歉！"从刘智勇的语气里，我感受到了他在这个问题上的痛苦，既然他再三强调他的离婚与周静和婷婷的发病无关，我就暂时不在这个问题上纠结了吧。

两个小时后，在医院我收到了刘智勇快递给我的周婷婷的日记本。

我拿着周婷婷的日记，来到医院的花园里，在长椅上坐下后，我翻开了周婷婷日记本的第一页。

在周婷婷日记本的扉页上有这样一行话：

我的妈妈去了哪里？每天跟我朝夕相处的妈妈，她还是我的妈妈吗？

周静在她的日记本的扉页上也写下了一行类似对日记内容进行总结的话，婷婷也如此，刘智勇说过周静不仅自己记日记，也要求婷婷记日记，看来婷婷记日记的风格也受到了周静的熏陶。

我久久地紧盯着周婷婷日记本扉页上的这行话，我想起刘智勇说过，在婷婷的日记里，周静变得很诡异，就是这个原因，使得婷婷在扉页上写下了这么一行话吗？

我翻开了周婷婷日记，周婷婷的前八篇日记，是对她和周静搬进别墅前的生活学习情况的记载，从日记内容可感觉这期间母女俩生活温馨平静，从第九篇日记周婷婷就开始描写进入别墅后的生活了，在日记里婷婷充满恐惧地写到了疯女人的入侵，也忧心地写到因为她画了那幅老太婆的恐怖的画周静如何生气，无来由地质疑她为何会在不知道其噩梦内容的情况下，画下了她梦中的老太婆。关于那个雷电之夜，她站在别墅门口等周静来开门，久等周静不来，她打电话报警等情况，她也从她的角度进行了记载。婷婷接下来的日记内容就和我读到的周静最后一篇日记的内容衔接上了。

二〇〇九年九月十八日　星期五　晴

今天是周末，下午三点钟就结束上课了。回到家里，没有看见妈妈，我抬头看见楼上我房间的门是打开的，好像还听见我房间里传来妈妈的手机铃声，我以为妈妈在我房间，我一路喊着妈妈上了楼，来到我房间，妈妈却不在。

妈妈肯定不在家，我的喊声这么大，她如果在家，她在别的房间听到我声音肯定会出来的。原先的钟点工在我和妈妈搬进别墅前，就离开了，这段时间没有钟点工，妈妈和我都挺不习惯，早上离开家前，曾听妈妈说她要去中介公司请钟点工，估计这会儿就是去中介公司了。

妈妈不在家，我给素素打了电话，约她看电影，坐进电影院放映厅后，给妈妈发了短信，告诉她电影要七点半才结束，我让她晚饭不要等我。

我和素素看完电影，走出电影院时，已经是傍晚七点多钟了，我看了看手机，奇怪，妈妈怎么没有给我回信息？我给妈妈发的信息，妈妈从来没有不回复过。我给妈妈打电话，电话通了，妈妈却没有接听电话，我又拨打家里的座机，电话仍然没有人接听，难道说妈妈还没有回家？我心里不由有些担心起来，这段时间来，妈妈对我画的那幅恐怖画的纠结以及她的一些不合常理的举动，使得我感觉她精神有些不正常，现在她既不回信息又不接电话，而且这个时候还没有回家，也不和我说一声，我心里有一种不祥的预感。

"你怎么啦？"大概是我脸上露出了忧心的表情，走在我身边的素素关心地问我。

"没什么,我打家里的电话,妈妈没接,估计她还没有回家。"我对素素笑笑。

和素素分手后,我在大街上忧心忡忡漫无目的地走着,近来妈妈的一些不正常的表现让我很揪心,可是我却没有地方可述说,爸爸?算了吧,我不想给他电话,他不该对妈妈这样无情,可是他无情吗?如果无情,为啥他还要给我和妈妈买别墅,每个月还要给妈妈卡上打进一笔钱?他这样做是为了弥补他对我和妈妈的愧疚?我想不明白。

想到爸爸,我流泪了,其实我真的很想念他!

我再次拨打妈妈的手机,她仍然没接听,打家里的座机,也是没有人接听。

妈妈会不会出啥事情了?不管怎么说,还得先回家看看!

来到家门口,家里没有灯光,我心里一沉,妈妈还是没有回家。

我打开门,打开了客厅的灯,屋内的陈设尽管豪华雅致,可是在此刻的我看来,整个屋子却显得异常清冷。

妈妈,你去了哪里呀?我忍不住要哭了,报警吗?我知道就这样去报警,人家根本不会受理的。

我坐在沙发上,怎么办?给素素打电话,让她一起想想办法?我拿着手机犹疑着,就在这时,我听到了楼梯上的脚步声,我一抬头,妈妈竟然从楼梯上走下来了。

我心里一阵狂喜,心里的一块石头落了地,原来妈妈在家里的,那她为何不接我电话?我看向妈妈,奇怪,妈妈脸色铁青,我看见她的身子似乎在发抖,我迎上去扶住她,"妈妈,你怎么啦"?

我话刚出口,手才刚碰到她,她就恐惧地惊叫起来:"你走开,走开。"她的声音在颤抖。

妈妈真的是精神不正常了,我哭了,望着妈妈:"妈妈,你怎么啦?"

妈妈走到沙发前坐下,我紧跟着她也在沙发上坐下,妈妈似乎对我很恐惧,她惊慌地看着我,"离我远点。"

我只得乖乖地将身体移开,在跟妈妈有一定距离的地方坐下。

妈妈颤抖地将她手中一直拿着的一个笔记本打开,一边望着我一边说:"我今天必须面对你。"妈妈说这句话的时候,看向我的眼神里是充满恐惧的,妈妈说着将本子摊开放在茶几上，道："这是我今天记下的日记，你看看吧，给我个解释。"

妈妈将她的日记给我看？我迟疑地拿起茶几上的日记本，看着妈妈翻开的那一页，这一页的时间正是今天，二〇〇九年九月十八日星期五晴，妈妈曾经告诉过我，她记日记都是前一天的事情放在第二天记录，这样可让每一天的事情得到最完整的记录，但今天她却破例地把当天的内容记录下来了。

我捧着妈妈当天的日记，一行一行地看了下去，我直看得全身汗毛倒竖，妈妈都写的是些什么呀？我终于看完了这篇日记，我心里绝望极了，妈妈，妈妈她真的患上精神病了！

我放下日记本，妈妈正冷冷地看着我，大概是我此时的神情使得妈妈对我不再像刚才那么恐惧了，她对着我一字一顿地："你说说吧，这一切究竟是怎么回事？你为啥伪装别人的声音给我打那个恐吓电话？"

"妈妈。"我望着妈妈，小心翼翼地喊了一声，然后迟疑着，我该怎么对她说明白这一切。

"你快说呀？"妈妈的声音有些提高了，看来我的表现使得妈妈对我的畏惧正在一点点地消失。

"妈妈，你听我解释，你说在我枕头下发现了一个旧手机，而那个雷电之夜打进别墅里的恐吓电话就是由这个手机打出去的，可是我要告诉你，我根本就不知道我枕头下有手机，你凭什么就认为是我用这个手机冒充别的声音打的恐吓电话呢？我是你的女儿呀！"

我的话让妈妈有些触动，她从她的衣袋里取出了那个手机，那是一个很老旧的手机，机身是暗红色的，她一言不发地将手机放在茶几上。

我继续慢慢地对妈妈道："也许那天晚上，打恐吓电话的这个人不知道用什么手段进入了我们家，他打这个恐吓电话时，他人已经在我们家里了，他打了这个电话后，就将这个手机放在我枕头下了，事情如果真是这样，那么你那天晚上在我房间里看见那幅被我撕掉的画又贴在了墙上，很有可能就是这人贴上去的，这整件事情也就有了合理的解释了。"

说到这里，我静静地端详着妈妈，妈妈的神情显示出她很大程度上认可了我的话。

"还有兔子，妈妈，我今天下午走进我房间时，我手里是提了一样东西，那是我白色的包呀，我的这个包不是我们一起去买的吗？"我指着还放在沙发上的白色的香奈儿包。

妈妈不相信地望着我。

"妈妈，我知道你一直对兔子有种莫名的恐惧，你一定是因为躲在我床下时，心情紧张导致你产生了幻觉，误把我手中的白色的包看成兔子了。"

妈妈没说话，我看出了她对自己的疑虑，我继续道："你提到的素素，你说美术系根本没有这个人，你在日记里自己也说了，素素可能是小名，我告诉你，素素真的是小名，她刚进校不久，就退学了，我和她的接触都在校外，所以美术系很多学生不知道她，我们同学说没有看见我在学校和谁走得近，不都很正常吗？"见妈妈没吭声，我又继续道："你曾经纠结为啥我画的老太婆是你噩梦里的老太婆，而你又从来没有向我描述过你的噩梦，妈妈，这一点我早就说过，在这个问题上，你一定恍惚了，你一定是先看到了我的画，后做的噩梦。"

妈妈开口了，语气比刚才平静了许多，她说："你前面说的都可能成立，但是你说我的噩梦在后，你的画在前，这一点我绝对不能同意，我非常清楚地记得我刚进入别墅那天晚上，坐在花园里，就做了那个噩梦，而你的画是在那天晚上之后才出现的。另外，小李阿姨为何对你会如此恐惧？"

说到小李阿姨时，妈妈刚刚平静下来的神情立即又变得恐惧、紧张起来，她不自觉地把自己身体向一旁移动，和我把身体距离拉开。

"妈妈，这一点我特地放在最后来说，我们家搬进别墅后，从来就没有来过什么小李阿姨，妈妈，关于小李阿姨，全是你的幻想。"

妈妈惊惧地看着我，她一个劲地摇头，"不可能，这绝对不可能！"她大声地喊道。

看着妈妈这副样子，我很心疼，我知道我这样如实相告，对她实在是个不小的打击，可是，我必须这样，只有让她意识到自己病了，她才有可能接受治疗。

"要不，妈妈，我现在就陪你去市医院，看看那里有没有你说的这个小李阿姨？"

"看什么呀，我日记上不是写得清清楚楚的吗，小李阿姨为了躲避你，不顾医生阻拦，执意出院了。"

"那她的病友应该还在吧，我和你一起去那间病房，问问那间病房里的人，她们房间里是不是住进过一个姓李的女子？"

妈妈似乎觉得我说得有道理，她不再说话，默默地坐着。片刻后，她站了起来，直接就上楼了，我正迟疑着是不是该跟她上去，过一会她又背着包从楼上下来了，看样子是要外出。

我站起身来，朝妈妈走过去，小心地："妈妈，你这是要去市医院吗？"

妈妈头也不回地就往大门走去，"妈妈，你等等，我和你去。"我在妈妈身后喊着。

妈妈这才回过头来："你就在家等着。"虽然就是这样简单的一句话，话里却有着不容置疑的语气，我只有站住了，目送妈妈走出门去。

妈妈离开后，我就一直坐在客厅里等着她，也许是身心疲惫，我竟然靠在沙发上睡着了，等我醒来，已经是深夜十二点钟了，我看看四周，没有妈妈的身影，我跑上楼，妈妈不在她房间，我打妈妈的电话，她仍然不接，我找遍了别墅里的每一个房间，妈妈都不在，妈妈会不会得知小李阿姨并不存在的真相后，接受不了自己精神出了问题的事实而发生意外了？

我简直感觉到天要塌下来了！

第三十九章　周婷婷日记之二

二〇〇九年九月十九日　星期六　晴

　　妈妈究竟去了哪里呀？之前我只是感觉妈妈精神似乎有一点问题，我还就此事打电话告诉过素素，但后来我又告诉素素，我妈妈没事的，她只是因为搬家进别墅的第一天遭到疯子入侵，精神一直处于紧张状态，从而导致她行为有些不合常理。我这样对素素说，一方面是不想让任何人知道妈妈状况异常，另一方面我也的确在心里这样安慰自己。几个小时前，妈妈的日记已经明白无误地证明她的精神的确出了问题，这对于我而言已经是一个不小的打击。现在在别墅里一圈找下来，妈妈杳无踪迹，而时间已经是十九日凌晨零点十五分钟了，此刻的我心里真是有一种"叫天天不应，叫地地不灵"的感受。我再次拿起手机，我想报警，然而按下"11"两个数字后，我又迟疑了，我知道人口失踪时间必须达二十四小时，警方才会立案，我放下手机，我自己去找吧，先去市医院，尽管我知道妈妈还留在那里的可能性微乎其微，但我实在想不到应该从哪里找起。

　　我打开门，匆匆往台阶下走去，就在这时我身后传来一声喊"婷婷"，声音里充满痛苦，我一惊，回过头去，右边门廊的椅子上坐着妈妈。

　　原来妈妈已经回来了，我心里立即踏实了，但昏黄的门灯下，妈妈憔悴的面容、魂不守舍的神情让我心里沉甸甸的，我走近妈妈，一把抱住她的头，妈妈此刻显得那么的无助，她任我把她的头抱在怀里，紧紧地将身体贴在我身上，我们的关系似乎一下子发生了错位。

我知道妈妈已经明白了小李阿姨并不存在的真相，她知道自己精神出了问题，她无法接受这个残酷的现实，我一时间不知道该怎么安慰妈妈，我更不知道该有谁来安慰我。就这样，在这凌晨时分，我和妈妈在家门口默默地紧紧相拥，内心里都充满了无助和绝望！

"妈妈，外面有点冷，我们进屋吧。"妈妈在我怀里点点头。

我和妈妈进了家，我们双双在沙发上坐下，妈妈握住我的手，双目四下打量着别墅里的一切，眼神里满是恐惧和担忧，她轻轻地对我道："婷婷，妈妈怀疑这别墅有问题，你想呀，妈妈一直都好好的，为啥一搬进别墅就出问题了？那对母女才搬家进来半年，就将它卖了，是不是她们发现了这里面有什么不对劲的地方才将这房子卖给我们的？"

我告诉妈妈，别墅应该不会有问题，妈妈迷信了。说到这里，我突然想起我和妈妈去中介公司跟那对母女商量办理房屋过户手续相关事宜时，双方碰头之前，在卫生间里我曾无意间听到原房主母女的对话，女儿有些后悔，不想卖房子了，问她妈妈投资新项目所缺乏的资金可不可以向别人借，不要卖别墅，做母亲的说如果能够借到，她也不想卖房子。

"是这样的吗？"妈妈望着我，眼神里、话语中透出的都是失望。我知道，妈妈当然是希望别墅有问题，这样我们只要搬离了别墅，她就会好起来。

看着妈妈失望的样子，我好心疼，我告诉妈妈，不要担心，我们可以去看医生。妈妈对看医生充满顾虑，我说我们可以请假去外地的医院看，这样妈妈患病的消息就不会传到学院去了。

妈妈说，这几天就在网上了解一下去哪家医院好。

我说这件事情就包在我身上了。

说到这里，妈妈又问我，她曾听到我给人打电话，说她精神不正常，当时她认为我是胡诌一气，也没有在意，现在她知道自己真的病了，她突然很担心我的电话会使得她生病的事情传开来。我告诉她这件事情不会有人知道，那天晚上我的电话是打给素素的，但后来我又告诉素素是我多疑了。我告诉妈妈，她生病的事情目前除了我，不会再有人知道了。妈妈才略略安心下来。

临睡前，在二楼走廊上和妈妈互道晚安后，妈妈又回头问我："这样看来，我的那个噩梦真的是我看了你的画后才发生的了？"

我点点头，但我看出妈妈还是有些不能接受这个事实。

进入我自己的房间，将门关上后，我一头扑倒在床上，泪水决堤似的汹涌而出，我怎么也不能接受妈妈精神失常这一事实。妈妈一向气质优雅，高傲而漂亮，平日里这么骄傲的一个人，刚才却显得那么憔悴和落魄，我的心里为妈妈一阵紧似一阵的难过。

哭过之后，我立即起身，打开电脑，我要为妈妈找一家好的医院。

我打开电脑，又把QQ也连上，想看看"长江八号"还在线上没有。看见"长江八号"灰色的头像，我心里不仅有些失望。

在网上浏览了一圈，我最后锁定了两家医院，决定明天再对这两家医院做深入了解。

就在我准备关了电脑睡觉之际，"长江八号"的头像突然变红了并晃动起来，我心里不由一喜。

"长江八号"是前不久主动加我QQ好友的，我从小到大几乎没有什么朋友，我QQ上的好友除了素素，全是未蒙面的在网上认识的，跟"长江八号"没有聊多久，就觉得和他聊天挺对胃口，此时此刻，我很想把我的境遇向他倾诉，他和我不在同一个城市，彼此都不知道对方的身份信息，这样聊起来安全，不会使得妈妈生病的事情在熟人中传扬出去。

我将妈妈的情况告诉了"长江八号"，令我没想到的是，他居然说他可以向我提供帮助，他说他认识边海市一个名叫白书的精神科医生，他跟这医生关系很好，这个医生在精神科领域很有造就，不过这医生目前已经辞职，正打算移民。

我忙请他帮忙联系一下这医生，看能不能请他给我妈妈看看，之所以要想请这个医生给妈妈看病，一方面是"长江八号"把他说得很好，另一方面就是他即将移民，这样更可保证妈妈生病的事得以很好地保密了。

"长江八号"告诉我，现在已经是凌晨两点钟了，不便打扰白医生，他明天天亮后，就和白医生联系，到时候再将联系结果告诉我。

我接着在网上查了一下这个叫白书的医生资料，果然是一个在精神科领域很有造就的医生，我想如果可能，妈妈就找他治疗吧。

现在就等"长江八号"的消息了。

关上电脑时，已经是凌晨两点四十了，我正准备休息，突然从走廊上传来一阵脚步声，莫非妈妈还没有睡？我正准备开门，脚步声又往回走了，然而我刚躺到床上，走廊上脚步声又朝我房间来了，我坐起身，等着妈妈敲门，然而奇怪，脚步声到我门前停止后，我正以为门上要响起敲门声之际，妈妈又离开了。妈妈一定是想和我说什么，又担心我睡了，怕打扰我，我急忙起身，打开门，奇怪走廊里并没有妈妈的踪影，妈妈刚刚才离开我的房门，她就是走得再快也不至于这么短的时间就从走廊里消失了呀？突然我心里又是一咯噔，妈妈在家里穿的都是软底拖鞋，而刚才那声音分明是皮鞋叩击在地板上的声音呀，莫非那个疯子又闯入了家里？可是那疯子一家不是都已经离开小区了吗？再说就是她闯入了别墅，也不至于那么快的时间就从走廊里消失了呀？

望着灯光下空旷的走廊，我不由打了个寒噤，返身回屋，将门反锁上。

第四十章　周婷婷日记之三

　　翻到周婷婷下一篇日记，我发现这一篇日记跟上一篇日记是同一天时间，原来她跟她妈妈一样，每一篇日记都有一个主题，她的日记也是以主题分篇的。

二○○九年九月十九日　星期六　晴

　　早上起床时已经是八点钟了，昨晚因妈妈的病情和那莫名其妙的脚步声，我一直处于惊惧之中，要天亮时我才睡过去，醒来后，仍感觉全身疲惫不堪。

　　我走出房间，来到走廊上，妈妈大概还没有起床，楼下的客厅里静悄悄的，我快速下楼，来到客厅的别墅的大门前，我发现大门没有从里反锁，我仔细回想昨晚离开客厅上楼前的情形，昨晚我似乎没有将别墅的大门反锁，那么这很可能给入侵者造成可趁之机了，我默默地回头望着楼上，如果昨晚走廊上那神秘的脚步声是外人闯进来所致，那么导致这人那么快就从走廊里消失的原因只有一个，那就是他中途推门进入书房了，我回到楼上，推开门走进书房，我默默扫视了一下书房，书房里并无异样。

　　"你站在这里干嘛呢？"我一惊，回过头去，妈妈不知道什么时候已经站到我身后，要将昨晚脚步声的事情告诉妈妈吗？看样子她对昨晚脚步声的事情并不知晓，我想了想，还是不告诉她为好，不能再给她增加思想负担了，一切都由我一人来面对吧，从今天开始，我要担负起照顾妈妈的责任了，这样想着，一种悲壮感在心底油然而生。

我温和地对妈妈道："没事，我就是看看这么久没有打扫卫生了，书房里是不是积了很厚的灰，需要利用今天的休息时间打扫一下了。"

妈妈扫了一眼书房，"将就一下吧，过些时间再去请钟点工吧。"

"妈妈，我们下楼吧，我来做早餐。"我说，妈妈点点头，随着我下楼，我发现自从昨晚妈妈发现自己病了后，她仿佛一下换了个人，变得对我很依赖了，我和她的关系从昨晚开始就已经完全错位了。

我将早餐做好，端到妈妈面前，就在我转身准备去洗漱了再来吃早餐时，妈妈突然拉住我说："我是真的病了。"

我默默地望着妈妈，不知道她何以突然冒出这句话，我在餐桌边挨着妈妈坐下，看她还想说啥，妈妈继续道："刚才我去调小李在我们家的监控录像，小李是十四号来我们家的，但监控录像的内容从十三号起就都看不见了。我又在我的手机上找到了那个李师傅的电话，我问他是不是来给一个叫周静的人家恢复过监控录像带上被删除的内容，结果他说是有这么个人给他打过电话，但他因为在外地，就一直没有到周静家服务过。而我之前打给小李的电话在手机通话记录上一个也未找到。"

看来昨晚妈妈对自己有病还是充满疑虑的，现在她完全相信自己精神真的出问题了，这样也好，便于妈妈接受治疗。

我告诉妈妈，监控内容丢失有可能是监控器质量有问题。我已经物色了两家医院，另外还有一个QQ上的朋友也给我推荐了边海市的一个医生，我在网上查了这个医生的资料，这医生很不错的，只是这医生目前正在办理移民手续，不知道能否给妈妈治疗，我已经托朋友和这个医生联系了，因为这个朋友跟医生关系很好的。

妈妈点点头，然后低头吃早餐。

趁妈妈吃早餐之际，我迅速来到监控室，不是妈妈刚才的话，我都忘记调监控视频查看昨晚那脚步声究竟是怎么回事情了，监控器已经被妈妈关掉了，我打开监控器，发现监控器从前天开始就没有工作了，大概妈妈是从前天就把监控器关掉了。

　　我回到楼下，妈妈此时已经吃完早餐，她让我快把早餐吃了，不然都快冷了。我坐到妈妈面前，问她监控器是不是被她关掉的。

　　妈妈说因为晚上睡觉，总想着要看监控视频，担心家里不安全，结果总是睡不好觉，所以后来她就把监控视频关掉了。妈妈说到这里，又警觉地望着我："是不是又有什么事情？"

　　"没有，我就是想着我们要离开一段时间去看病，我想看看监控器是不是工作正常。"我道。

　　妈妈相信了我的话，她看着我面前的早餐，催促道："你快把早餐吃了吧。"

　　我吃完早餐，又来到自己房间，我想看看"长江八号"给我回复请医生一事没有。

　　我打开电脑，上了QQ，哈，真没有想到这人还挺负责的，他已经给我留言了，他说白医生同意利用出国前这段时间替妈妈治疗了。他给了我白医生的联系电话。

　　我急忙按他给我的白医生的电话号码，给白医生打了过去，白医生的声音听上去不像四十几岁的声音，他的声音听上去很年轻，电话里他很客气也很热情，这大概是得益于"长江八号"的关系吧。我仔细地将妈妈的病情告诉了他，白医生听后，沉默了良久，随着他沉默的时间越长，我的心情越发沉重，直觉告诉我，妈妈的病似乎很难医治。电话那头，白医生终于开口了，果然他在电话中告诉我，像妈妈这种正常思维和错乱思维交织并行的病人少见，要治愈这病，医生和病人需要有一段较长的相处和沟通的时间，需要心理疗法和药物治疗同期进行。但现在还很难确定这段治疗时间会有多长，有可能两三个月，也有可能半年甚至一年时间，而现在他距离出国时间只有一个多月了。怎么办？我急得要哭了，我请求他能不能为妈妈在国内多留一段时间，这期间他的经济损失我会补偿的，我想到了在经济上借助爸爸的力量。他沉默了一下，告诉我他不会要我的补偿，他可以为我妈妈再多留两个月，如果这段时间的治疗还没有效果，他可以让他曾经的下级医生继续为妈妈治疗，他说他的下级医生也很不错。我想这样也好，他的下级医生一定得到他的真传，同时在治疗过程中，他的下级医生还可以随时和他沟通妈妈的病情和治疗方案，得到他的指点。我很高兴地告诉白医生就这样定了。白医生告诉我，因为他已经从医院辞职，没有办公地点，位于市区的房子已经卖了，现在只有他位于边海市龙门山里的别墅还保留着，他这段时间正住在这别墅里，我和妈妈可以直接上他的别墅去，这期间我和妈妈就住在他别墅里，这样也便于医生和病人之间的交流。

这真是太好了，我感激不尽，和他约好，我和妈妈后天就可以从家里出发。他说他一会儿就把到他家的详细路线发到我手机上。

和白医生联系完毕后，我看见"长江八号"的头像已经变灰色了，我给他留了言，对他的鼎力相助，表示了深深的感谢！

接下来我和妈妈该做的事情就是请假和收拾行李了。

想到请假一事，我又犯难了，我和妈妈要以什么理由请那么长时间的假呢？

这还真得好好琢磨琢磨！

第四十一章　周婷婷日记之四

二〇〇九年九月二十一日　星期一　雨

忙乎了两天，今天我和妈妈终于出发了。

妈妈最后终于以神经衰弱，整晚整晚不能入睡，导致不能正常教学为由，向学院请了一个学期的假，我也以需要陪妈妈去外地治疗为由，向学院申请了半年的休学。

中午十二点，我和妈妈坐上了途径边海市的列车，十分钟后列车准时出发。

大概在市区关了很久，妈妈一坐到火车车窗边就充满兴致地将目光投向车窗外一晃而过的原野。我却没有妈妈那样的好兴致，从前天开始，前天凌晨发生在别墅里的那莫名其妙的脚步声就一直让我不得心安，今早我和妈妈从家里出来时，路过第十栋别墅时，我又一次注意地看了看第十栋别墅的窗户，这第十栋窗户里的窗帘仍然全部下垂的，自从前晚别墅里那莫名其妙的脚步声发生后，我曾来到这栋别墅前打探过几次，几次看下来，这栋别墅里都没有一点动静，看来那晚别墅里的脚步声与这家疯子无关。

临离开家时，我将家里监控室的监控器打开了。

下午两点半钟，我和妈妈乘坐的列车准点到达边海市。

走出火车站，按照白书医生的提示，我和妈妈在火车站附近搭乘了一辆到龙泉水的中巴车，龙泉水是一个小镇，到达龙泉水时已经是下午四点钟了。

白书医生说，到龙泉水下车后，龙泉水火车站的河对岸就是龙门山，过了河，朝右岸步行一百米左右，就会看见龙门山脚的石梯，沿着石梯上行，只需要一个小时左右，就可到达他的别墅了。"我的别墅在石径的左边，说是别墅不准确，实际上就是一栋木质结构的两层小楼，你看见这栋小楼后，就从小径旁的一条岔道走进去，大约走上五分钟，就到了。"白书医生在电话里曾这样说。

我和妈妈在龙泉水下了车，很快就登上了前往白医生别墅的石梯，虽然是秋天了，石梯两旁的树木仍一片葱茏，石梯两边有清澈的溪流，溪水声叮咚悦耳，妈妈因为这山里的景致，心情变得好起来，我也暂且把前晚那神秘的脚步声抛到一边，和妈妈一边爬山，一边欣赏着这山里美景。

上完一段石梯后，面前是平缓的小径，小径曲曲弯弯地往山里延伸，小径两旁一直不间断地有着小溪蜿蜒，走了一段路，小径旁出现了几户人家，一小把白菜被放在小溪边，看来是准备要洗的，小溪边还有一个碾坊，妈妈很喜欢这样的环境，她对我说，我们休息一下吧。

我和妈妈刚刚在碾坊里的两个石凳子上坐下，就听到一阵噼噼啪啪的雨点打在树叶上的声音，妈妈说我们走吧，我看看表，我们上山都已经半小时了，按白医生说的，我们再过半小时就可到达他的别墅了，我想妈妈说的也是，趁雨还没下大，抓紧赶路吧。

我和妈妈从碾坊大概才走出十多分钟，雨就越下越大，粗大的雨点打在小径两旁的树叶上，发出悦耳的沙沙声，虽然我们都打着伞，但我和妈妈身上都有些淋湿了，我手里的行李箱也湿了，妈妈后悔没有继续待在碾坊里，我正犹疑是不是又回头到碾坊躲雨，妈妈突然高兴地说："前边有个亭子。"我抬头一看，果然在前面不远处的小径之上山脚之下，有一个亭子。我和妈妈加快脚步，几分钟后，就进入了亭子。

进入亭子后，雨更加大了，我打开行李箱，还好，箱子里的衣物都没有被打湿，见四下无人，我和妈妈都很快地就把湿衣服换了。

雨还在继续，我和妈妈坐在亭子里，从亭子里望出去，亭子对面也有一座山，山前山后满眼都是碧绿的树林，我对妈妈说就当我们深山赏雨了，妈妈点点头。妈妈望着亭子外的雨，神情渐渐变得默然，刚才的好心情似乎正在一点点地离她

第四十二章　周婷婷日记之五

二〇〇九年九月二十一日　星期一　雨

　　暮色四合中，面对着铁将军把门的木楼，想到莫名其妙失踪的妈妈，我心急如焚，报警吗？就在这时，我手机铃声突然响了，我拿出手机一看，电话是白书医生打来的，我急忙接通了电话。

　　白医生在电话里充满庆幸和歉意地："小周啊，终于打通你电话了，我从早上就开始打你的电话，不知道为啥，你电话一直处于无法接通中。实在对不起，我今早上接到山下一朋友的电话，他家里发生了点事情，需要我帮忙，我就下山了，我明天一早就上山回家。"

　　白医生的话总算让我心里得到一点安慰，我正准备就妈妈失踪的事情向他求助，他又开口了："你和你妈妈现在在哪里？我房子大门的钥匙我把它放在门口的一块石头下了，你和你妈妈到后，在石头下就可以拿到钥匙。想到你们要来，昨天我还专程到镇子里买了许多吃的，都在冰箱里，进家后，你自己做饭吧。"

　　我眼泪一下就流了出来，我哭着告诉白医生，妈妈失踪了。

　　"怎么回事，怎么回事？你不要着急。"白医生要我不要着急，他自己的语气里透出的却全是焦灼的成分，我把妈妈失踪的经过用最快的速度告诉了他。

　　"你不要着急，我马上报警，我朋友跟镇上的警察熟悉，我让我朋友请求他们马上出警。"白医生说完，就急切地挂断了电话。我知道他是急着要为妈妈的事情找警察。

放下手机，我心里宽慰了一些，我打开手机电筒，果然在木楼前我看见了一块石头，我挪开石头，在石头下有一把钥匙，我拿出钥匙，打开了木楼的门。

走进木楼，我很快就在大门一侧找到了电源开关，打开客厅的吊灯，哇，灯光下，客厅里的一切让我眼前一亮，客厅大约有四十来个平方，屋子里的装修及家具很上档次，古色古香中透出典雅，我一下就喜欢上了这座木楼，客厅左右各有两道门，我推开左边的两道门，这左边分别是厨房和卫生间。我再走向右边，右边两道门打开后，一间是书房，一间好像是储藏室。

我关上储藏室的门，抬头打量楼上，楼上螺旋式的旋转楼梯婉转延伸到楼下储藏室的门口，我正想上楼看看，我的手机铃声响了，是白医生的来电，我急忙接通了电话。

"喂，小周。"白医生的声音听上去有些沉闷，我的心里也不由随之一咯噔，我想白医生报警一事一定不顺利，果然，白医生接下来告诉我，他已经报警了，他朋友也和镇上的一个做警察的朋友打了招呼，但是镇上的警察都抽调到市里面参加军事训练去了，只留下两个警察值班，值班警察说如果是遇到重大事件，可以立即就将参加训练的警察召回出警，但现在就一个人失踪几个小时，还没有达到立案的条件，因此还不能就此把城里的警力调回。但值班警察说了，明天早上参加军事训练的警察回来后，他们一定出警。

白医生的一通话让我的心一下凉透了，怎么能这样啊，这是人命关天的事情呀，但是想想也无奈，妈妈失踪才四个多小时，人家出警，是看在朋友的面上，人家不出警也是合理合法的呀。

见我不言语，白医生又安慰道："小周，只能这样了，我那栋木楼周围几百平方米都荒无人烟，在木楼的周围没有人能帮你。我想你妈妈应该不会有什么危险，她一定是独自离开亭子后，就找不回来了，明天有警察帮忙，一定能把你妈妈找回来的。"

我感觉白医生安慰我的话显得很没有说服力，但我也只能接受他的安慰了。

和白医生通话结束后，我想了一下，不行，我不能等警察到明天，妈妈是个病人，我不能在这样的夜晚把她独自抛在陌生的山里，我得去找她。想到妈妈独自待在山里的无助和恐惧，我在木楼里一分钟也待不下去了，我匆匆出了门。

我打着手机电筒，又走上了来时的那条小径，深山的夜晚漆黑一片，从周围的草丛中不时传来虫鸣声，我眼睛本来就近视，在手机电筒微弱的光亮下，我离开了小径，深一脚浅一脚地在树林中寻找母亲。

黑郁郁的夜，陌生的深山，我心里充满了恐惧，我想起了爸爸，我突然之间很想给他打电话，但给他打电话，会耽误我找妈妈，我压下了给他打电话的念头。

"妈妈，妈妈。"我呼喊着，漆黑寂静的深夜，在这陌生的深山里，我的呼喊声让我自己都心惊肉跳，忽然，我听到我身后扑棱棱的动静，我又惊又怕又充满希望地回过头去，在手机电筒的光照下，我身后什么也没有，就在这时，我又听到我左边的树林里传出"喵"的一声，这不是猫的叫声吗？白医生不是说了吗，在他家周围都没有人家，这猫哪里来的？想到那些恐怖电影、恐怖小说里常出现的猫，我一直强撑着的胆子，再也撑不下去了，我掉转头，深一脚浅一脚地跌跌撞撞地往白医生的木楼跑去。

跑到木楼前，才发现刚才离开时因匆忙，木楼的门都未锁，进入木楼，我立即返身就把门从里锁死了，就在这时，我突然抬头发现楼上并排着的三个房间里中间房间的窗户里有灯光，我记得我最初进入木楼时，楼上房间里根本就没有灯光，莫非白医生回来了？

"白医生。"我朝楼上喊了一声，没有应答。

"白医生。"我大着胆子又朝楼上喊了一声，楼上仍然没有反应。

从我刚才和白医生通话到现在，前后不过半小时，这么短的时间白医生也不可能就从山下赶上山呀！

望着那间寂静无声的亮着灯光的房间，我心里充满了恐惧，我想大着胆子上楼去看个究竟，但我双腿似灌了铅一样迈不动，对了，我给白医生打电话呀，我拿出手机，糟糕，可能刚才打手机电筒，耗电量太大，我的手机没有电了。这时我才想起我和妈妈的行李箱还在亭子外的那块巨石后，我的充电器也在行李箱里。

我无限恐惧地望着那亮着灯光的房间，我再一次为自己带着妈妈来到这里的行为充满了疑虑和不安，就在这时，我吃惊地发现那房间里的灯光突然扑闪了几下，就熄灭了。接下来会发生什么？我望着那房间，恐惧地一步步后退，我退到了门口，我想开门逃出去，但刚才在外面遇到的猫叫声和那神秘莫测的扑棱声，又阻止了我外逃的脚步，一瞬间，我觉得我几乎要崩溃了。

"嘀铃铃……"一阵刺耳的电话铃声骤然响起，我四下打量，客厅里并无电话机呀，莫非电话铃声来自楼上？不对，那电话铃声就在客厅里，我因小时候患过中耳炎，听力有些微受损，我只听得出那电话铃声就在客厅里，但具体方位却不甚明了。我在客厅里到处查看，客厅里根本就没有电话机，这莫名其妙的电话铃声让我更加恐惧了。

电话铃声停止了，我似乎也随之松了口气，但短暂的停息后，电话铃声又再次响起，我惊惧地再次寻找着电话机，这次我感觉到了电话铃声似乎从那旋转楼梯后传来，我走到旋转楼梯后，发现在楼梯后藏着的一张小几上有一部电话机，望着电话机，我松了口气，我拿起话筒，电话是白医生打来的，他说他很担心我，安慰我不要怕，他明天一早就和警察上山。

我打断他的话，用压低的声音把他房间里奇怪的灯光告诉他，他告诉我不用紧张，他说昨晚他房间的灯十点钟时就自然熄了，可能是电灯开关或者是电灯泡跟底座接触不良导致的，当时他也没有管它，现在电灯一熄一灭可能都跟电灯开关或者电灯泡跟底座接触不良有关，他说楼上有三个房间，中间房间是他住的，他房间的左右两间房间是客房，我和妈妈可居住。

放下电话话筒，我心安了一些，我走上楼去，推开中间那间房间，在房门左侧我摸索到了电灯开关，果然电灯开关处于开灯状态，我将电灯开关关闭了，又重新打开，电灯亮了，这房间大约有三十来个平方，一张大床占据在房间中央，屋子里的陈设简单而精致，在房间里看不到主人的任何信息。我离开主人房间，又相继推开主人房左右两个房间，这两间客房干净整洁也不乏温馨精致。

我决定住主人房左边的客房，我一走进房间就立即将门反锁了。

我坐在沙发里，默默地看着面前的床铺，却没有想睡觉的感觉，妈妈的失踪，使得我心里沉甸甸的，睡意全无。

妈妈现在究竟在哪里？她究竟怎么样了？这些念头在我心里不住地盘旋纠结，我又想到了爸爸，爸爸他为啥要和妈妈离婚？妈妈的精神失常与爸爸的离去有关吗？抑或妈妈的精神失常与她心中背负的那些隐秘有关？我想到了妈妈那个不让我和爸爸打开的保险柜，想到了妈妈对兔子莫名的恐惧，我总觉得妈妈心里藏有许多心结，这些心结给妈妈带来了沉重的思想负担。我想我应该将这一切告诉白医生，如果白医生能够帮助妈妈打开这些心结，一定能有助于妈妈的精神状态恢复正常。

起风了，继而我又听到了窗外滴答的雨声，这风声雨声使得我对孤身在外的妈妈又担心起来。

风从窗外吹进来，这秋季的深山里的风有着很浓的寒意，我起身去关窗户，就在这时，窗外的天空划过一道闪电，就在闪电划过的那一瞬间，我吃惊地发现窗外楼下的空地上站有一个人，我心里吓得"咚咚咚"直跳，我急忙躲到了窗后！

是我看错了吗？我冷静了一下后，又悄悄站到窗子前，就在这时又一道闪电从天空划过，在闪电亮起的那一瞬间，我看清了楼下的确有一人，那人在闪电中朝我转过头来，天啦，竟然是妈妈，她脸色惨白，朝我露出了笑容，但笑容是那么的狰狞可怖！

我的心里狂跳不止，妈妈既然都到了木楼，为何不敲门进来？看样子她是一直就这样站在楼下的，她看见我后也只是冲我一笑，似乎并没有要进屋子来的意思，还有她的笑容，她的笑容为何那样狰狞可怖？

我浑身无力，跌坐在沙发上，不行，不管怎么样，我得下楼把妈妈带进屋子来，我起身走出房间，然而在下楼梯时，我的脚步又停下来了，妈妈那狰狞可怖的笑容使得我畏惧不前。

"砰"的一声响，我一惊，四下看看，我怎么还坐在沙发上的？刚才那"砰"的一声是风把窗户吹关上的声音，原来刚才那是一场梦。

我梦里的妈妈怎么那么恐怖？

窗外的雨还在紧一阵慢一阵地下着，我想去楼下卫生间，可是我却不敢走出房门，不知道为啥，我对房门外的木楼充满了恐惧！

就在这时一阵隐约的"啪啪啪"的声音传来，是不是我听错了？我将耳朵紧贴在客房的门上，没错，在滴答的雨声中，我清楚地听见从楼下传来的"啪啪啪"的声音，屋子里进人了？

我惊惧万分，强压着内心的恐惧，告诉自己冷静、冷静。

"啪啪啪"之声还在不断传来，我仔细辨别着这声音是如何发出的，突然我心中一喜，这"啪啪啪"的声音应该是手掌拍打在门上发出的，莫非白医生回来了？因为在这样的雨夜，敲门声根本就传不到楼上，所以他就用劲地拍门，我打开客房的门，不错，那"啪啪啪"的声音就是从木楼外的大门上传来的，虽说我的听力有些微损伤，但这么明确的声音来源我不会搞错，我又惊又喜地跑下楼，然而就在我要接近大门时，我站住了，白医生要进屋，他可以拨打客厅里的电话呀，他用得着这么费劲地拍门吗？

门外"啪啪啪"的拍门声仍不屈不挠地响着，我望着大门犹疑不决。对了，有可能白医生手机没电了，所以他才拍门。我刚这样一想，马上又记起白医生清楚地告诉过我他要明天一早上山，他怎么可能这个时候出现在门口呢？我看看表，现在距离刚才接到白医生的电话不过四十多分钟，就算后来白医生改变了主意，打完电话就上山，这么短的时间又是深夜，他也绝对不可能现在就到了门外啊。那么会是妈妈吗？我想想也不可能，妈妈只知道白医生在龙门山里有栋别墅，她根本就不知道白医生家所谓别墅就是一栋两层的木楼，我还没有把这一点告诉她。

门外的拍门声停止了，但片刻之后拍门声又响起来了，感觉是两个手掌击打在门上的声音，这声音是一声比一声响了。

我想大着胆子对着门外问一声"是谁"，可是我却半天不敢吭声！

妈妈在餐桌边坐下，很香地吃着面，我一边吃着，心里却一边为两把椅子被莫名其妙地搬动而纠结。

　　我知道精神病都有遗传，我担心自己是不是出现了短暂的失忆，而这失忆会不会也是精神病的一种体现？

　　"你怎么啦？"妈妈停下手中的筷子，望着我。

　　"哦，没啥，就是有些累了。"我忙掩饰地冲妈妈笑笑。

　　"吃完后，好好休息下吧。"妈妈又低头吃面。

　　我不再想椅子的事情，低下头，三下五除二地就把碗里的面条吃完了。

　　吃完面，抬起头来，我才发觉妈妈已经吃完了，她正一直盯着我呢。

　　"你不问问妈妈和你分开这段时间是怎么过的吗？"妈妈和我目光相遇了，她嗔怪地对我道。

　　"正要问你呢，不是一直还没能坐下说话吗？"我道。

　　妈妈告诉我，下午在亭子里，她见我朝那块大石头走去后，就把目光转向亭子外，亭子外小径旁的树丛中那几朵漂亮的野花已经吸引她眼球多时了，她离开亭子去摘花，谁知道一脚踏空，她从山上滚到了一个小山坡下，头撞在一块石头上，就什么也不知道了。

　　待她醒过来，好不容易爬上山，回到亭子中，天已经黑下来了，而我已经不在亭子里了。她知道我一定找她去了，但她手机没电了，无法联系我，就只有在亭子里默默地等着我。她认为我找不到她，一定还会回到亭子里来。谁知道等了许久，她都不见我回来，她就离开亭子，在黑暗中摸索着继续朝前走，一边走一边找我。她记得我告诉过她，白医生家房子就在小径右侧，离开亭子后，要不了多久，就可以到白医生家了。

　　可是她一路走着都没有看见右侧有灯光出现，天又下起雨来，这个时候，她才意识到是不是她记错了，白医生家房子应该是在来时的小径左侧，就这样她又冒着雨往回走，走了一段路，果然，她在返回的小径右侧看见了灯光，那灯光应该是我打开的客房的灯光，于是她就走到了白医生家房子跟前。

　　原来如此，我告诉妈妈在我打开房门放妈妈进屋前，我还以为妈妈不知道白医生家房子是木楼，就不会找到这栋楼前，我忽略了晚上妈妈根本就看不见这栋楼的外貌，她看见灯光就冲着这栋楼来了。

"那你伤着哪儿没有？"听说妈妈跌到山下，我担心地望着妈妈。

"没事的。"妈妈笑笑，摸摸头，就是头上起了个包块，还好没有出血。

我站起身，走到妈妈身后，在妈妈头上摸了摸，果然有一个包块，我心疼地把妈妈抱在怀里，我告诉妈妈，我在亭子里给她留有纸条，因为天黑，她没有看见。我还告诉妈妈，在她失踪的这段时间里，我如何地找她，如何地为她着急担心，白医生又如何帮我报警，妈妈听后，用更紧的拥抱回应了我。

"那么妈妈你先休息吧。"我放开妈妈，对妈妈道："我们早点休息，白医生明天一早就上山来。楼上左右两个房间都是客房，我们俩就住一间吧。"我心里还在为那两把椅子莫名其妙地被挪动了地方犯嘀咕，所以想和妈妈住一个房间。

妈妈脸上露出了勉为其难的表情，我知道妈妈不喜欢两个人挤在一张床上，从我记事起，我就是一直单独睡。

"好吧，不为难你，我们各睡一间。"我笑着对妈妈说，"你先上楼吧，我将碗筷收拾了洗个澡就上来。"

"小鬼头。"妈妈冲我充满慈爱地笑笑，就上楼了。

我则收拾起餐桌上的碗筷进了厨房。

从厨房出来，我接着又进了卫生间，洗完澡出来我睡意全无，我坐在沙发上打开电视，我调到央视八频道，是一部美剧，我一下就进入了剧情。待看完这部美剧，已经是凌晨两点钟了，我立即上楼，往之前住的客房走去。

走到我客房门口，我突然想起刚才电视机都忘记关了，我忙又下楼关电视。怕惊醒妈妈，我缓缓下楼，尽量放轻脚步。

我关了电视回到楼上，刚走到我客房前，我又想起应该检查一下大门关好没有，我回到楼下，确信大门是关好的后，才又轻轻地上楼。

我推开客房的门，打开灯后，我又发现了异样，我记得之前这间客房的床铺是很平整的，怎么现在这床铺有了皱褶，我竭力回忆刚才我在客房里时是否上过床，答案是我之前在这间客房里时，连这张床都未靠近过。那么眼前这床上的皱褶哪里来的呢？我又联想到了刚才餐桌旁那莫名其妙被移动的椅子。

究竟是我发生了短暂失忆还是这栋房子里有诡异？

再过四个多小时天就要亮了，上床睡吧，明天天一亮，白医生就会上山来，如果是我有失忆现象，就请白医生一同治疗吧。

眼下我只能这样无奈地安慰自己。

一想到自己有可能出现了失忆现象，我心里一霎时再次变得沉重起来。我躺到床上久久不能入睡。

突然我听到有什么声响从楼下传来，我坐起身，仔细听着楼下动静，是的，楼下是有声响，我悄悄起身，走到门边，将耳朵紧贴在门上，没错，那声音是家具在地板上拖动发出来的，我突然想到了餐桌边的椅子，是谁在拖动那椅子吗？难道说这栋楼里眼下除了我和妈妈，还有其他人？

我心里又是一阵狂跳！

想到妈妈，我恐惧紧张之余，心里又是深深的担心，我心里暗暗怪妈妈刚才不同意和我住一个房间，现在可怎么办？我是不是应该去妈妈房间看看妈妈？

楼下此刻已经安静下来，但是我却不敢走出房门。

我心里安慰自己，先睡下吧，再听听动静再说，如果这栋楼里还有异动我就立即赶到妈妈身边。

我重新回到床上躺下，就在这时我感到床下似乎也有动静，莫非床下也有人？

我躺在床上不敢动弹，床下又传来动静，这动静明显比刚才的大。怎么办？

我不能坐以待毙，我鼓足勇气，把手伸向床头的台灯，准备打开灯，就在我手刚刚按在台灯开关按钮上时，黑暗中一只手从床下伸出来攥住了我的手臂！

我一惊，台灯跌落在地板上，发出"砰"的声响！

第四十四章　周婷婷日记之七

我翻开周婷婷下一篇日记，发现这篇日记记录的时间是二〇〇九年九月二十二日，但这篇日记开篇与上一篇九月二十一日记录的日记内容是紧连在一起的，我先是愣了一下，随即明白，因为上一篇日记实际上已经记录到二十二日凌晨发生的事情了。

二〇〇九年九月二十二日　星期二　晴

台灯跌落在地那一瞬间，可能台灯开关被触动，台灯竟然亮了，我发现抓住我的手臂忽然不见了，难道刚才被一只手臂抓住是我的幻觉？我也像妈妈一样有幻觉了？

就在这时我又听到床下传来动静，没错，床下一定有人抑或其他生物，我惊恐万分坐在床上动弹不得，就在我不知道该怎么办之际，一个人从床下爬出来，怎么这人穿的衣服和妈妈刚才穿的家居服一模一样？那人转过身朝我抬起头的一瞬间，我惊讶万分地发现这个从床下爬出来的人竟然是妈妈。

妈妈脸上满是灰尘，她站起身来，可能是在床下身子弯曲太久的缘故，她痛苦地扭了扭腰。

我不解妈妈怎么会在我床下，但紧接着我又释然了，妈妈是病人啊，精神病人不管有什么举动都是可以理解的，但是妈妈之前精神异常只表现在她的幻觉上，她的其他行为都正常呀，看来妈妈的病情加重了，我的心情异常沉重，看着妈妈满面灰尘，我想到昔日那个优雅的妈妈，我的心似针扎。

我下床把妈妈紧紧抱在怀里，尽管知道妈妈精神有病，我还是忍不住要问她，问她为何会躲在我床下。妈妈的一番话，让我的心情又轻松下来。

原来妈妈躲藏到床下，责任在我。之前我只告诉妈妈，楼上两间客房，我和她各睡一间，但并没有分配好各自睡哪一间。我看完电视上楼睡觉时理所当然地认为在妈妈到来之前，我休息过的客房就是我当晚要睡的客房，我没想到妈妈已经把这间客房当做她的客房了，妈妈上床后，因为换床有些不适应，没有完全进入睡眠状态，我上楼的脚步声可能有些重，惊动了妈妈，她看表，已经凌晨两点，她没想到这个时候我还没有睡觉，可能是刚搬家那晚，那个疯女人的闯入给她心理造成的阴影太重，这脚步声让她恐怖，当听到脚步声来到她的客房门前时，她惊吓之余拿着她的鞋子，躲到了床下。当我躺上床后，她逐渐意识到进入房间的很可能是我，她以为床上的人已经睡着了，就伸手开台灯，想看个究竟，没想到黑暗中竟然一把抓住了我的手臂，因为到底不明白床上躺的究竟是什么人，所以她吓得又躲到床下，后来借助台灯灯光，她看见了放在床前的我穿的鞋子，才确信躺在床上的应该就是我，所以才从床下爬出来。

没想到在和妈妈分配客房时，我的一个疏忽，给本来就有病的妈妈造成这样大的惊吓，我心疼地为妈妈擦拭脸上的灰尘，一个劲地"都怪我，都怪我"。

惊吓解除后，可能是心有余悸，妈妈提出和我睡一个房间，这正是我所想要的，几分钟后，我和妈妈并排躺到床上了。

就在这时，我又听到从楼下传来声音，那声音仍然和刚才一样，似乎是椅子被拖动，从地板上重重划过的声音，这次动静比刚才任何一次动静都大，有刻意而为之的嫌疑。

我惊疑地躺着，妈妈如果没睡着，这声音她也应该听得到，我却感觉身后的妈妈，一动不动，似乎她并不知晓楼下的动静。

妈妈这么快就进入睡眠状态了？

我转过身去看妈妈，当我看见妈妈那一瞬间，我心里又是一愣，妈妈并没有睡着，她正笑眯眯地望着我。

妈妈的笑容怪怪的，让我身上发冷。

"妈妈。"我轻轻唤着妈妈。

"快睡吧，明天天亮后还要看病呢。"妈妈轻轻道。

我转过身去，我心里很奇怪，从搬家进入别墅后，就显得很敏感的妈妈，为何现在连楼下那么大的莫名其妙的动静都无动于衷？我想确认一下妈妈究竟听到楼下的动静没有，但想了想，觉得如果她没有听见，就最好不要告诉她，免得增加她的心理负担。

楼下安静了，再没有动静传来，由于太疲劳，我也渐渐地进入了梦乡。

"嘀铃铃……"楼下一阵急促的电话铃声传来，我从梦中惊醒过来，天已经大亮，我看表，已经八点钟。

我急忙起床，一定是白医生已经到门口了，因为大门反锁，他进不来，所以打电话叫我。昨天天黑没有看清楚白医生家大门，我想白医生家这栋木楼跟我家别墅一定一样没有安装门铃。

我刚站起身，没料到妈妈也起床了，她对我道："你把头发梳理一下再下楼，我去接电话。"说完，一边用手梳理着头发，一边拉开门出去。

待我下楼时，妈妈刚放下话筒，似乎刚才那个电话带给了她不愉快，她一脸的郁闷。

"怎么啦？妈妈。"我走到妈妈面前。

"白医生的电话，他说因为昨天一场雨，山路塌方，他现在来不了了，要等道路疏通了，才能到来。"

哎，怎么会这样？

"那道路要什么时候才能疏通呢？白医生说了吗？"我问。

"白医生说他也说不准什么时候能修通，他说了冰箱里的食品够我们吃几天的，要我们耐心等待。每日可以去周围走走，山里空气很好，就当进山吸氧来了。"

怎么办呢？也只有这样了。

就在我准备去开大门时，我突然想起昨晚的异动，我看向餐桌，果然发现餐桌旁的几把椅子横七竖八地放着，我清楚记得我昨晚上楼前，我是将餐椅整整齐齐地摆放在餐桌边的。

这楼里，除了我和妈妈，还有其他人！

要不要把这事情告诉妈妈呢？妈妈本来就有病，把这事情告诉她，会加重她的心理负担。但是如果不告诉她，她就会放松警惕，当危险来袭之际，她会缺乏应有的防御。权衡了一下，我决定告诉妈妈。

我轻声对妈妈道："这房子里不安全，可能有人藏在我们看不见的地方。"

我的话音刚落，妈妈吓得脸色一变，"你怎么知道的？"妈妈道。

我指着那几把椅子，轻声道："昨天我吃完饭后，我收拾餐桌时，我是把那几把椅子整整齐齐地摆放在餐桌边的，你看现在这些椅子都离开原来位置，横七竖八地摆放在那里。"

"嗨。"妈妈轻声笑起来，"那应该是猫弄的吧？"

"怎么会是猫？这屋子里哪来的猫？"我说。

妈妈说，她昨天洗澡时一只猫从卫生间的窗口窜了进来，吓了她一跳，那是一只很大很肥的猫，她打开卫生间的门，让猫从卫生间跑了出去，她看见猫到了客厅后，冲到餐桌边，当即就把两把椅子闯挪了位。

原来昨天我看见的那两把被莫名其妙挪动了位置的椅子是被猫撞动的。我心里立即松了口气，看来我并未患上失忆症。但为啥我当时没有听到椅子被撞动的声音呢？我想了一会儿，觉得可能是我当时把厨房里的抽油烟机打开后，抽油烟机的声音把椅子被撞动的声音淹没了。

怪不得妈妈昨晚和我躺在一起时，对楼下的动静无动于衷。

我想起了昨晚在山路上寻找妈妈时听到的猫叫声，莫非闯进这木楼的猫就是昨晚山道上的那只野猫。只是奇怪了，这山里也会有野猫，真是不可思议。

"那猫还会在木楼里吗？"我四下打量，没有猫的影子。

妈妈说它可能又从卫生间的窗户逃走了。

我心里挂记着还被我藏在那块巨石后的行李箱，我让妈妈自己做早餐，我去将行李箱提来，我的手机急需充电了。我想到了素素，昨天素素一定会打电话问我这边的情况的，她打不通电话，不定为我多着急呢！而我又背不下她的号码，在手机没电的情况下，也不可能用座机给她电话。

打开木楼的门，眼前的景象让我一下心情大悦，昨天到达白医生家木楼时，因天色已经晚了，没看清木楼周围的景色，此刻，在清晨山野清新的空气中，木楼周围的美景尽收眼底：木楼前是一片开得正艳的黄灿灿的秋菊，秋菊后是一片树林，一些树叶正在渐渐变黄，枝头间那黄绿色相间的树叶别有一番趣味，再放眼望去，远处是蜿蜒起伏的山峦……

我正陶醉于眼前的美景，身后传来妈妈的催促声："婷儿，你快去吧。"

我撇下眼前赏心悦目的景色，急匆匆来到那块大石头后，还好，行李箱还安然地躲藏在那里，我提起行李箱就快步朝白医生的木楼走去。

回到白医生的木楼，妈妈已经煮好了两盘饺子，我来不及吃饺子，打开行李箱，准备给手机充电。还好，行李箱防雨效果极好，箱子里的衣物一点也未湿。

吃完饺子，手机里已经有了一点电，我拨打素素电话，没人接，一定是人机分离了。

妈妈从厨房出来，她已经洗好碗碟了，妈妈告诉我在我去取箱子时，她在周围走了一圈，屋后的草坪上有一架秋千。

"我们去荡秋千，怎么样？"妈妈的脸上挂着少女般的笑容。

"好啊。"我答应了。

我和妈妈来到木楼后，果然在草坪上有一架秋千，妈妈要我站在秋千架上，她来推我。

我站到了秋千架上，妈妈将秋千架用劲一推，秋千一下就高高地荡了起来，晨风吹拂着我的头发，呼吸着带有青草香的清新空气，我心情一下变得愉快起来。

妈妈以前娇弱的形象此时荡然无存，像换了个人，她推动秋千架的力气很大，秋千越荡越高，越荡越快，渐渐地我站在秋千架上不那么惬意了，秋千荡得太高太快，已经让我感到紧张了。

"妈妈，慢一点，不要太高了。"我站在秋千架上对妈妈道。

妈妈却似乎没听见，她推动秋千架用力更大更快了。

我站着的秋千踏板几乎和秋千架顶端的横杠平行了，我紧张害怕极了，"妈妈，不要推，不要推了。"我大声喊着。

然而妈妈似乎根本就没听见，她发泄一般用比刚才更大的劲猛推秋千架，脸上露出怪异的笑容！

第四十五章　周婷婷日记之八

二〇〇九年九月二十二日　星期二　晴

　　"妈妈，妈妈。"我站在秋千架上惊恐地大叫，示意妈妈不要再推秋千架了。

　　妈妈终于停止推动秋千架，她静静地站着，脸上的笑容也消失了，在一旁默默地看着我，秋千渐渐地越荡越低，最后停了下来。

　　就在我要从秋千架上下来之际，妈妈突然又猛地对着秋千一推，秋千又再次荡起来了。

　　妈妈一次比一次更用力地推动秋千架，秋千也以越来越快的速度越荡越高，我站在秋千踏板上双腿打颤，"妈妈，妈妈停下。"我大声喊着。

　　妈妈突然"咯咯咯"地大笑起来，一边仍然不停地猛推秋千架，我紧闭双眼，认命了吧。

　　秋千荡的速度渐渐慢了下来，我睁开眼睛，妈妈已经不在秋千架旁了，联系昨晚床上妈妈那怪怪的笑容，我感觉妈妈怎么变了个人？莫非昨晚来到白医生木楼里的这个人不是我的妈妈？

　　这个念头刚从我脑海里一闪，我不由浑身颤了一下，不可能，不可能，天底下哪里会有这么离奇的事？

　　秋千停下了，我从秋千踏板上下来，奇怪，妈妈去了哪里？

"婷婷。"身后蓦然传来妈妈的喊声。

我回过头，妈妈正捧着一束菊花朝我走来，妈妈呼喊我的声音全不同以往的声音，它幽幽的软绵绵的，听上去怪怪的，她脸上虽然挂着笑容，但是那笑容似乎带着一股寒气，我心里升起莫名的恐惧，就在妈妈就要走近我时，我突然掉头就跑。

"婷婷"妈妈在身后喊我，我却越跑越快，一头跑进木楼里。

妈妈追进屋子，我一下跑进卫生间，将门紧紧关上。

"婷婷，你看妈妈采的花漂不漂亮？"妈妈在门外敲着门。此时妈妈的声音听上去似乎又正常了。

"我上卫生间呢。"我对着门外的妈妈道。

妈妈离开了，我从卫生间出来，四下打量，不知道妈妈又去哪里了？

我一眼看见我放在茶几上的手机，对了，我刚才拨打素素电话，她没有接，过后她一定给我打过来了。

我拿起手机，手机上却并没有未接来电，我心里不免隐隐地有些失望，就在这时，白医生的电话打进来了。

我接通白医生的电话，白医生问我在木楼里的情况，我把妈妈的反常情况告诉了他，白医生说妈妈是病人，这种反常对于妈妈来说却是正常的。

白医生的话让我心里一下释然了。我想起了那只猫，我问白医生他家里是不是时常会有猫进来，白医生说是的，也不知道哪里来的猫，有时候一来，还会在家里待上两天。

和白医生通完电话，我心里安定了许多，我一边喊着妈妈，一边四下打量着屋子，妈妈从外面走了进来，手上捧着一束比刚才那束更茂盛的菊花。

此刻的妈妈又和往常一样了，她望着我道："我们是不是该煮饭了？"

"好的，我去煮吧。"看见妈妈又恢复了正常，我心里轻松了下来。

我走进厨房，窗外不知道啥时候有了阳光，秋天的阳光暖洋洋地洒在窗外的草坪上，就在我拉开冰箱门的时候，我感觉一道黑影迅速掠过冰箱门，我一惊转过头看向身后，似乎看见一个人影从窗外一掠而过，我心里不由咚咚地跳，刚才冰箱门上的黑影应该是太阳光把那从窗外掠过的人影投影到冰箱门上的。难道外面有人？不知道为啥，那人影竟然让我一下联想到我和妈妈刚搬进别墅那晚入侵别墅的疯子。

第四十七章　周婷婷日记之十

二〇〇九年九月二十二日　星期二　晴

　　我和妈妈一起下楼，来到楼下客厅，我和妈妈都静静地坐在沙发上，但内心里都是深深的不安。

　　我悄声告诉妈妈，我们得做出什么都不知道的样子，让暗中窥视我们的人放松警惕。

　　妈妈悄声道："那张符都已经贴到我房间的窗户上，我们还能装做什么都不知道吗？"

　　我想想也是，默默地坐了一会儿，我走到厨房，我拿了一把菜刀出来，将菜刀放在沙发上，然后紧紧挨着菜刀坐下。

　　妈妈看了菜刀一眼，她明白我的意思，朝我点点头表示对我的举动赞同。

　　我打开电视，但是只见电视上人影晃动，我什么也看不进去。我看了身旁妈妈一眼，妈妈双眼看着电视，表情木然，妈妈也和我一样，什么也看不进去。

　　我突然想到素素，真是奇怪了，素素怎么一直不回我电话？我拿起手机，再次拨打素素电话，然而电话里传出的电脑值班的声音是"你拨打的号码是空号"，不可能呀，我又接连拨打两次，结果都一样。

　　妈妈望着我，道："给谁打电话？"

"素素，可是很奇怪她的号码怎么变成空号了？"我说。

妈妈没有接着我的话说，她悄声道："婷婷，我突然想到一个主意。"说到这里妈妈脸上有一丝兴奋。

"你说。"我望着妈妈。

妈妈警觉地四下打望了一下，然后悄声道："白医生不是说还有四五天时间他才能到吗？我们就做好四五天的食品，把食品端到房间去，然后就把自己反锁在房间里不出来，一直等到白医生回来。"

天，这个主意我怎么没有想到呢？到底姜还是老的辣。妈妈能够有这个主意，使得我对她的精神状况也放心了许多。

说做就做，我和妈妈立即来到厨房，主食做了饺子和米饭，然后做了几个小菜，好在天气渐渐转凉了，这些菜估计还是能够放个三四天的。

我和妈妈将饭菜端到我住的客房后，妈妈又对我道："还需要拿两个盆。"我先是愣了一下，但我随即明白了妈妈的意思，我和妈妈的肠胃不能只进不出呀，但是一想到这样一来，整个屋子里就会臭烘烘的，我心里不免有些犯怵。

妈妈看出了我的心思，她道："没关系的，我之所以要两个盆，就是为了用一个盆将另一个盆扣上，以免影响屋子里的空气。"

妈妈想得真是周到，我立即下楼，找了两个盆子回到客房。

一切准备停当，我和妈妈都松了口气，我将客房门反锁了，回头看妈妈，妈妈脸上的表情比之前安心了许多。

晚饭后，我坐在电脑前打游戏，幸好当时把这笔记本电脑带了来，否则这几天怎么过？

妈妈则打开她带来的书，妈妈很喜欢村上春树的作品，她现在看的就是他的书。

我不知道妈妈看书看进去没有，我反正是虽然盯着电脑，但大半心思都在监听屋子外的动静。

晚上十点多钟，我和妈妈决定睡觉，第一次没经洗漱就上床，还真有些不习惯。

除了昨晚和妈妈睡在一起，我记忆中还没有跟妈妈睡在一起的画面，妈妈说过我从出生就是单独睡，只是我的小床紧挨着她和爸爸的大床而已，在我四岁后，我就有了自己的房间。

我和妈妈都对两人睡在一起有些不太习惯，昨晚两人躺在一起就觉得有些别扭，眼下也是一样。我们是母女呀，我想起电视上别的母女睡在一起那个亲昵劲，于是我也将手臂搭在妈妈身上，妈妈朝我笑笑："睡吧。"说完就关了台灯。

最初，我紧竖着双耳听着门外的动静，慢慢地睡意袭来，我便渐渐地进入了梦乡。

睡梦中，我走进了一片森林，满目的繁花绿树，从森林深处传来一阵隐隐的歌声，那是一首在影视作品中常常出现的二十世纪三十年代的流行曲"夜上海，夜上海，你是个不夜城……"我朝着歌声走去，我脚下绊倒了一块石头，我脚一蹬，醒来了。然而梦中的歌声仍然在耳畔萦绕。

黑暗中我睁大了眼睛，不对，我感觉那还在我耳畔萦绕的歌声怎么好像就在现实中，我坐起身，仔细聆听，对，那歌声似乎就从楼里的某个角落传来，我不敢开灯，我悄悄起床，走到门边，将耳朵紧贴在门上，对的，我的判断没有错，那歌声似乎从楼上的某个房间传来，在这深夜的漆黑的小楼里，显得异常诡异。

我悄悄走回床头，我坚信，只要我和妈妈不出门，我们就应该是安全的。

重新躺上床后我突然一惊，身旁的妈妈原来躺着的地方现在竟然是空的，窗外的歌声使得我不敢贸然开灯，我打开手机电筒，妈妈真的不在屋子里了，我将手机电筒光移到门上，门上原先反锁的按钮被扭开了，我惊得浑身冷汗直冒。

我抬腕看表，此时正是凌晨两点钟。

"只见她笑脸迎，谁知她内心苦闷，夜生活都为了衣食住行……"门外的歌声仍然若隐若现地传来，我站在屋子里六神无主，怎么办？妈妈去了哪里？

不行，我得去找妈妈，我悄悄拉开客房门，眼前的走廊上一盏昏暗的灯亮着，我记得晚上我和妈妈进入客房前，这盏灯是被我们关了的，现在却发出幽幽的光晕。

"大家归去，心灵儿随着转动的车轮……"歌声比刚才清晰了一些，似乎是从楼下传来的。

我心里恐惧得要命，我不知道该去哪里找妈妈，我突然想起从厨房里拿回客房的那把菜刀，我回身进屋拿起菜刀，再次走到门口，思索着我该往哪个方向走。

就在我将目光转向楼下客厅时，我一惊，楼下客厅的灯光不知何时亮了，不过一盏大吊灯上只有一颗灯泡是亮的，所以楼下的灯光和楼上走廊里的灯光一样有些昏暗，这昏暗的灯光使得那萦绕在木楼里的歌声显得更加诡异。

是先下楼找妈妈呢，还是在楼上的另两个房间找妈妈？我犹疑了一下，决定先去隔壁白医生的房间看看。

我走出客房门，来到走廊上，我拉灭了走廊上那盏昏暗的灯，我无意间往楼下客厅瞟了一眼，心里不免又是一凛，一个浑身黑衣服，长发飘飘的女子从客厅里一闪而过就进入卫生间了，我心里吓得咚咚直跳，没错，这个身影就是我和妈妈刚搬进别墅那晚进入别墅里的那个疯子。

这疯子为啥就盯上我和妈妈了？她是疯子吗？

联想到我和妈妈搬进别墅那晚，与疯子同时闯入别墅的那位神秘人，我意识到眼下进入这木楼的人除了疯子，一定还有其他人，只是眼下这人又躲藏在哪里？

来不及思考这些了，眼前的当务之急是找到妈妈。

我轻悄悄地朝白医生的房间走去，怎么？白医生房间里好像有人在说话，莫非和疯子同时闯入这木楼里的人现在就在白医生房间里？

我感觉到我握着菜刀的手心冒汗了，如果不是为了找到妈妈，我此时肯定应该溜回客房将门反锁。

歌声不知道什么时候已经停下了，我想迅速越过白医生的房间，去另一间客房看看妈妈在不在那里。

然而当我走过白医生房间门口时，我停下了脚步，我想听听里面的人究竟在说什么？

一个熟悉的悄悄的声音从白医生的房间里传出，飘进我耳朵，这声音让我的心脏瞬间几乎停止跳动，妈妈的声音，对的，没错就是妈妈的声音，声音放得很低，听不清她在说啥，但这的确是她的声音。

我靠近门口，仔细倾听，"婷婷认为我相信了自己神经不正常……"

什么意思？难道妈妈一直认为自己是正常的？她在我面前表现出的相信自己精神方面出了问题是伪装的？那么她为何要这样伪装，并和我来这山里治病？她现在躲在白医生房间里又是在和谁说话？

我心里乱极了，也害怕极了！

第四十八章　周婷婷日记之十一

二〇〇九年九月二十三日　星期三　晴

　　我站在白医生房门外，听着白医生房间内妈妈的声音，我双腿发软，心里是异乎寻常的惊惧，"砰"地一声，白医生房间里好像什么东西掉在了地上，妈妈的声音也戛然而止。

　　紧接着我听见白医生房内一阵脚步声朝房门走来，我急忙掉头往我住的客房快速走去，我不敢跑动，我担心跑动的声音暴露我的行踪。

　　就在我快要进入我住的客房之际，突然通往楼下客厅的楼梯上一个身着白色长裙的人正飘一般地从下而上，映入我的眼帘，我定睛一看，天啦，这人竟然是妈妈！

　　妈妈不是刚刚还在白医生房间里讲话吗？我脑海里闪过了白医生说的"暗道"，难道妈妈是通过暗道从白医生房间又到了楼下客厅？不对，不对，从妈妈在白医生房间停止说话到我看见楼梯上的妈妈，就一瞬间工夫，再怎么快，妈妈也不可能一瞬之间就从楼上到了楼下的楼梯上。

　　妈妈飘一般地从楼梯上上来了，她的头发飘散开来，因为楼上走廊的灯光被我关闭了，我不知道妈妈看见我没有，但借助楼下客厅暗淡的灯光，我看见她脸上是阴冷的笑容，这笑容使得我打了个寒噤，我急忙进入客房，返身将客房门反锁了。

我将身子紧紧靠在门上，脑子里翻江倒海，白医生房间里那个妈妈和眼下楼梯上正飘然而上的妈妈，究竟哪一个才是我真正的妈妈？

怎么可能同时有两个妈妈出现呢？难道我也产生了幻听幻视？我知道精神病是有遗传的，我觉得我简直要崩溃了！

门上传来轻轻的拍门声，然后是妈妈压低了的急促的声音，"婷婷，快给我开门，快。"

想起妈妈出现在楼梯上诡异的样子，我不敢给妈妈开门，"你妈妈是精神出了问题的病人，在常人眼里她的不正常于她本人都是正常的。"白医生的话又在我耳畔响起，我为自己对妈妈产生恐惧感而羞愧。

然而就在我要为妈妈打开门时，我又再次想到白医生房间里那个妈妈，门外的妈妈和白医生房间里的那个妈妈，究竟哪一个才是我的妈妈？

两个妈妈？这岂不是太荒诞了？难道真是我精神出了问题，产生了幻听幻视？

"婷婷，快给妈妈开门。"门外再次传来妈妈焦急的声音，这声音真真切切的就是我妈妈的声音，我为妈妈拉开了门。

妈妈进入房间后，也立即将门反锁了。

妈妈锁好门，回过头望着我悄声道："我都已经睡着了，突然听到外面有歌声，我悄悄推开门，我发现一个黑衣女子从楼梯上下去，我想到在我们家别墅那次，你穿着一袭白裙，以毒攻毒去吓唬那入侵的人，我也如法炮制。"

妈妈一边说一边脱下白裙，这裙子是从家里出来前我放进行李箱的，当时想的是来山里在树林间穿着一袭白裙拍几张照片，白色和绿色相间会很出彩的，没想到把它派上这个用场了。

眼前的妈妈没有一点不正常的感觉，那么那书房里的妈妈的声音真是我的幻听？

我想给白医生打电话，但是妈妈在眼前，我又觉得不便，我不能让妈妈知道我也像她一样病了。

"妈妈，这多危险呀，在接下来的时间里，不管外面有什么动静，我们都不能离开这个房间了，直等到白医生回来。"

妈妈点点头。

我对妈妈说我也看见那个黑衣女子了，感觉那黑衣女子就像我们刚搬家进入别墅那晚，那个闯入我们别墅里的疯子。

妈妈说她也觉得像，如果今晚进入这木楼的黑衣女子跟闯入我们家别墅的疯子真是同一个人，那这件事情就不简单了。

妈妈思维的清晰使得我心里得到一些安慰，妈妈说的没错，如果今晚进入木楼的女子跟闯入我家别墅的疯子真是同一个人的话，那么这个疯子可能早都恢复了正常，她这样一次次地针对我和妈妈做出这些诡异之事，证明她和我与妈妈之间一定有着我和妈妈所不知道的渊源，只是不明白她究竟想对我和妈妈干啥？

"妈妈，在白医生带人到来之前，我们两个除了保证自己的安全，眼下其他什么事情都不能去做，这个黑衣女子究竟是怎么回事，她跟我们小区里的疯子是不是同一个人只有等到白医生回来了，我们再查究。"

妈妈点点头，悄声道："我们继续睡吧。"

我和妈妈又重新躺在床上，但我再也无法入睡了，我不知道房门外的黑衣女子是否会对我和妈妈发起攻击，还有就是白医生房间里那真真切切传出的妈妈的声音究竟是怎么回事？

一会儿我听见身旁的妈妈传来了轻微的鼾声，妈妈竟然睡着了。

我悄悄起身，力求不惊动妈妈，我走到窗户前，仔细听着隔壁白医生房间里的动静，隔壁白医生的房间此时静静的，难道刚才妈妈的声音真的是我的幻听？我抬腕看表，此时已经是凌晨四点了，我知道这个时候给白医生打电话是很不礼貌的，但是等到天亮后，如果妈妈醒来，那个时候再给白医生电话又不方便了，我不能让妈妈知道我也像她一样病了。

想了想，我终于拿起手机拨打白医生的电话，然而白医生是关机的。

我默默地攥着手机，我产生了一个念头，那就是去白医生房间看看，虽然刚才我还叮嘱妈妈，在白医生到来前，为了安全，我们千万不能出门，但此时去白医生房间里看个究竟的念头强烈地占据着我的脑海。

我和妈妈周围险象环生，妈妈有病，而我已经是成年人了，我必须弄清楚我和妈妈周围潜伏着的危机的来龙去脉，以便于危机来袭时好应对。

我走到门边，但一想到我打开门后，妈妈独自睡在没有反锁的屋子里，便毫无安全系数可言了，我又退缩了。

我将目光转向窗外，对了，白医生房间的窗户很大，他的窗户和我住的客房的窗户挨得很近的，我可以从窗户出去，看能否打探白医生房间里的情形。

主意一定，我就来到窗前，翻身到了窗外，悄悄将手伸向白医生房间的窗框，紧接着我双手把住了白医生房间的窗框，我悄悄探头往里看，屋子里床头柜上的台灯竟然是亮着的，屋子里空无一人。

我翻身进入白医生的房间，白医生房间里与我当初看见的情形并无二致，就在我将目光扫向房门时，我发现地板上有一个微型录音机，我拿起录音机，又沿路悄悄回到我和妈妈住的客房。

回到客房，我立即将窗户也从里面锁死了，我既然能从客房的窗户进入白医生的房间，那么那躲藏在这木楼里的人也可以从白医生房间的窗户进入我和妈妈住的客房。

我锁好窗户后，立即打开录音机，录音机里竟然传出妈妈的声音："其实当时我并不完全相信，是我后来打通了监控器维修师傅的电话，得知那师傅并没有来过我家后，我才相信自己病了。"

我将录音回放，录音机里传出我之前在白医生房门口听到的妈妈的声音："婷婷认为我相信了自己神经不正常……"

"你怎么把录音机拿来了？"妈妈醒了，她从床上支起身来望着我。

我告诉妈妈，录音机是从隔壁白医生房间里拿到的。妈妈说她有时不想记日记，就对着录音机说话，她出门前将录音机放在行李箱中她衣服的口袋里的，这录音机怎么会到了白医生房间？妈妈话音刚落，我和她都立即意识到是怎么回事了，一定是那躲藏在木楼里的人把录音机带到白医生房间的，我刚才在白医生房门外听到的"砰"的一声，一定就是这录音机掉到地板上的声音，录音机掉落地上，放音键触碰到地板后就自动关上了，所以我在白医生房门外就再也没有听见妈妈的声音。

妈妈再也睡不着了，她从床上起来，与我一起默默地坐在沙发上，我脑海里在思索，那躲藏在木楼里的人除了黑衣女子，还有一人，他们究竟想对我和妈妈干啥？

就在这时我手机响了，这么早谁打电话来？我拿起手机，来电显示是白医生的号码，我心里不由一喜，"喂。"我喊到，因为是白医生的电话，我刚才的恐惧一下无影无踪，接电话的声音也不由放大了。

然而电话那头白医生沉默着，"喂。"我又喊到，白医生仍是沉默，"喂喂喂。"我连喊几声，白医生都没有应答，是怎么回事？是信号不好吗？我正准备关了机重新拨打白医生的电话，电话那头突然传来了一阵狂笑，对，是狂笑，而且就是白医生的声音。

白医生狂笑不止的声音，让我全身发冷，我意识到我和妈妈刚进山时我的预感没错，我和妈妈此番进山，似乎就是被居心叵测的人引领着走进了一个陷阱！

白医生狂笑不止的声音仍不断地从手机里传出，我只感到手脚冰凉，拿着手机的手在剧烈地颤抖。

而当我再一回头看妈妈，妈妈脸上正挂着冷冷的笑看着我！

第四十九章　周婷婷日记之十二

二〇〇九年九月二十三日　星期三　晴

　　我不敢面对妈妈那诡异的冷冷的笑容，我急忙转身背对着妈妈。

　　白医生近乎疯狂的笑声仍不断地从手机里传出，身后又是妈妈诡异的冷冷的笑，一瞬间我几乎要崩溃了。

　　我关掉手机，白医生的笑声消失了，一刹那屋子里显得异常的安静。

　　妈妈是病人，我不应该排斥她，我强撑着胆子，朝妈妈慢慢转过身去，让我出乎意料的是，此刻，妈妈也正充满疑虑地望着我，"白医生怎么啦？"妈妈问。

　　我疑惑地望着妈妈，妈妈也充满疑虑地望着我，刚才那个脸上充满冷冷的诡异笑容的妈妈不见了。是妈妈刚才不正常了，还是我刚才发生错觉了？

　　"白医生怎么啦？"妈妈又问了句，此刻的妈妈显得和以往没有什么不同，我心里又踏实了些。我告诉妈妈，这个白医生可能有诈。

　　不等妈妈再问，我拿出手机查询边海市精神病医院的电话号码，号码查到了，是边海市精神病院值班室的电话，我看看表，这时才是清晨五点过十分，这个时候值班室有人上班吗？

　　我还是把电话打了过去，出乎我的意料，电话铃声才响了两下，就有人接听电话了，接听电话的是个女人的声音，大概她是被我的电话从梦中惊醒的，她的

第五十一章　婷婷有问题

说刘丽丽是一个非常可心的助手，非常准确，我刚刚提出想立即见到周静日记中反复提到的那个小李，刘丽丽就告诉我，已经安排好了，一个小时后，小李会在怡心茶楼和我们见面。刘丽丽接着又告诉我，在得知小李确实存在后，她又跟市医院取得联系，得知市医院原来是有302病房的，后来才将302病房改为储藏室的。

在和刘丽丽赶往怡心茶楼的路上，我表扬刘丽丽工作做得非常好，刘丽丽听到我的表扬，掩饰不住内心的高兴，她告诉我是她的朋友很得力，就凭借她从周静日记里得来的小李的线索，就"挖"出了小李，且说服小李和我们见面。

"这人真厉害，他是干什么工作的？对了，他一定是个小伙子，并在追求你吧？"我笑着对刘丽丽道。

刘丽丽脸红了，道："他就是我的一个中学同学。"

刘丽丽的表情说明我没有猜错，我默默地笑了。

从医院到怡心茶楼的距离很近，我和刘丽丽只步行了大约二十分钟。我不由地在心里暗暗赞叹那个追求刘丽丽的小伙子给我们和小李的见面安排得很周到。

进入茶楼，我和刘丽丽刚坐下，刘丽丽就接到了小李电话，几分钟后，小李就出现在我和刘丽丽面前了，她果然如周静在日记里描述的那样，三十多岁的年纪，长得白白净净的。

在周静日记里，周静记叙到她反复向小李打听，在她家书房里，在小李和婷婷独处的时间里，小李究竟遭遇了什么，使得她那么恐惧地离开别墅，然而任周静怎么问，小李就是不说。也不知道那个追求刘丽丽的小伙子用了什么妙方，在我们和小李一阵简短的寒暄后，小李就直接进入正题，把那天她在周静家书房里的遭遇一股脑儿地告诉了我们。

"那天，在周老师家，我进书房去打扫卫生，我刚一走进书房，就看见周老师的女儿背对着我坐在窗户前，我叫了她一声，她没有应，我也就没再理会她，自顾自地开始清扫工作。就在我低头擦拭书柜时，我突然听到身后传来一阵怪叫声，那声音听上去很陌生很苍老很恐怖，惊吓之中，我手中的抹布掉在了地上，我顺着声音转过身去，我这一惊简直非同小可，我看见周老师的女儿正面对着我，那恐怖的声音正从她嘴里发出，她脸上的肌肉正恐怖地扭曲着，整张脸完全变形了，那情景真是可怕极了，我惊恐万分地扭头就跑，身后传来她恐怖而苍老的声音'你讲出去，你就死'。"

小李说到这里，打了个寒噤，看得出当时那恐怖的场景给她带来的刺激有多大。

"就是因为周婷婷这句话，使得你不敢把实情告诉周静吗？"我问。

小李点点头，接着道："从那间书房里逃出来后，我心里就认定了周老师的女儿是鬼，虽然在这之前，我从来就不认为这个世界上真有鬼魂存在。"

"那么你现在还认定周婷婷是鬼吗？"刘丽丽笑着问小李。

小李有些不好意思地笑了笑，道："你的朋友，曾律师已经告诉我了，说那个周婷婷可能是精神出问题了，我当然就不会再认为她是鬼了。"说到这里，小李又顿了下道："不过这样的精神病人，我可是从来没有遇到过，当时她那情形就真像个鬼站在我面前。"

"据我了解，你当时在市医院住的是 302 病房，但后来这病房改为医院的储藏室了，改为储藏室的时候，你还在医院里吗？"我问。

小李喝了一口茶水，道："302 室改为储藏室时，我已经离开医院了，本来我的伤还没有好，还需要继续住院的，但那天我听到来医院看我的周静说她女儿婷婷也要来医院看我，我就再也不敢在那里住下去了。我离开时，有些东西没有来得及带走，我家里的人去为我取东西时，才发现 302 室改为储藏室了，我们当时病房里的几个人被打散分到其他病房去了。"

我又问了小李对周静的印象，问她是否觉得周静有什么不正常之处没有。

小李摇摇头，说周静一切都很正常，待她也挺和气，特别让她感动的是，她自己被车撞后，周静还为她承担了医疗费，还给了她误工费。

本以为小李还会打听一下周静和婷婷现在的情况，小李却除了把我们要问的告诉我们外，其他一句多余的话都没有。虽然是一名钟点工，涵养却很好！

刘丽丽从她包里取出一条包装精美的围巾，递给小李，道："李姐，真是感谢你！"

小李推辞了一阵，最后收下了。

小李离开后，刘丽丽问我："冯老师，我们接下来该做什么？"

"你仍继续按照我拟定的周静和周婷婷的治疗方案，对她们进行治疗，我现在接下来要调查的事情很多，我眼下得立即找到周静日记里提到的那个给她恢复监控录像内容的师傅。周静在她日记中写到，小李从她家逃离后，她曾调取监控视频查看小李逃离她家当天在她家的情形，奇怪的是当天小李进入她家和离开她家前后的两个时间段都能从监控视频上看见，唯独小李进入她家后，在她家里干活的那段监控录像没有了，她找来专业人员李师傅后，小李在她家干活那段监控视频恢复了，她看见小李那天在她家，是在周婷婷进入书房后，她才进入书房，然后惊恐万分地从书房里跑出，逃出别墅。但在周婷婷日记里，周婷婷记录的是周静到市医院，发现市医院并没有302病房后，回到家又重新打开小李在她家那段视频，视频上并没有小李，于是周静给那位李师傅打电话，李师傅说并没有来过她家。"

"所以您还得查查这一切究竟是怎么回事？"刘丽丽问，我点点头。

"周静和周婷婷今天的治疗任务已经完成了，我和您一起去调查吧。"刘丽丽说，我答应了她。

我和刘丽丽来到周静家小区所在的保安值班室，周静在日记里提到的那个监控录像带专业维修人员李师傅的电话号码是小区保安给她的，我不知道是哪个保安给她的号码。

我和刘丽丽一进入保安值班室，就遇到上次我找他求证周静家是否有疯子闯入事件发生的那位保安，他看见我，知道我又是为周静和周婷婷的事情去找他们。

当我问及他是否知道他们保安曾经给周静介绍过监控录像带专业维修人员时，他很爽快地说是他把那位李师傅的号码给的周静，接着就调出这位师傅的号码给了我。

我和刘丽丽离开保安室，来到小区花园，给这位师傅拨打电话，电话打过去对方正在通话中，我和刘丽丽在一个石凳上坐下，准备过一会儿再拨打过去。

大约两分钟后，我打通了李师傅的电话，我向他作了简单的自我介绍，他说他刚才正跟星云小区的保安通话，跟他通话的这位小区保安是他堂兄，他堂兄告诉他我是精神病院的医生，正在为小区里患精神病的一对母女俩治疗，要向他打听点事。

我暗暗笑了下，这保安还真管事。

我接着李师傅的话，马上问他，是否去给星云小区一户人家恢复过监控录像带上被删除的内容。

李师傅立即爽朗地回答，他的确是给星云小区里一户姓周的人家上门恢复过监控录像带，他还记得他恢复了的那段视频上，一个年轻的三十多岁的女子惊恐万分地从一个房间里跑出来。

"那么后来是不是这个姓周的事主又给你打过电话？"我问。

"监控视频恢复后没两天，我先是接到一个年轻女子的电话，她告诉我，她家住星云小区，她妈妈找我恢复过她家监控录像带，如果她妈妈打电话给我，向我询问去他家恢复录像带的事情，让我一定说我没有到过她家。我不明白这女孩为啥要我撒谎，但这女孩说她让我撒的谎是善意的谎言，让我一定按她说的做。"

原来是这样！

根据钟点工小李和专业维修人员李师傅的话，我由此推断，周婷婷主动提出要陪周静去医院找小李，一定是她事前知道了302病房改做储藏室了。

我对刘丽丽说，我记得周婷婷的日记里写到周静把她的日记本上记录的当天的日记内容给周婷婷看，质问周婷婷，那个在她枕头下找到的旧手机等事情是怎么回事，之后周静就去医院了，周婷婷一定是在周静离开后，又偷看了周静前面的日记，知道了维修人员进入她们家恢复监控录像带的事情。周婷婷预感到周静去医院发现302病房并不存在后，回到家里，一定会再次调取小李和她先后进入书房那段视频，所以她将那段视频处理了，使得周静再次调取这段视频时，看不见小李的视频，周婷婷可能还预感到周静看不到小李这段视频，她很有可能再次给维修人员电话，所以她后来又偷看了周静手机的通话记录，找到了维修师傅的电话号码，接着给维修师傅打了那个电话。而周静与小李的通话记录也同时被她删除。

"那么由此是不是可以推断，周静日记本中记录的周婷婷的所有诡异的表现都是真实存在的？而周婷婷寄给她父亲的这本日记，记录的事情全是虚假的？这周婷婷太可怕了，她为啥要这样做？她究竟是人还是鬼？"刘丽丽问。

我没有回答刘丽丽的问题，此时我只觉得心情异常地沉重，我心里也有和刘丽丽一样的大大的疑问，这周婷婷究竟是什么人？她为何要这样对待爱她、疼她的母亲？

第五十二章　令人恐怖的周婷婷

"周婷婷真是可怕极了。"刘丽丽坐在我身旁，喃喃地道。

这时已经是下午五点来钟了，我和刘丽丽坐在周静家所在的星云小区花园里，我默默地看着眼前的花花草草，脑海里一片空白。

我越来越感到周静和周婷婷住进精神病院的原因没有那么简单了，我下一步该如何调查她们的致病原因，我一时间有些茫然了。

我的手机突然响了，我拿起手机，电话是刘智勇打来的。

我接通了电话，电话那头传来刘智勇的声音："冯医生，之前我们在电话中正聊着周静和婷婷的病，你就突然挂断了，说过后再聊，你那边现在关于婷婷和周静有什么新发现没有？"顿了一下，刘智勇又有些不好意思地道："我是不是有些过急了？"

"我还正准备要把新的发现告诉你呢。"我闷闷地道。

"你快说！"刘智勇的语气很急切。

我尽量用平静的语气把小李的出现以及她在书房里看见的婷婷恐怖的一面告诉了刘智勇。

我道："由此可推断，周静日记里关于婷婷的一切诡异的表现的记叙是真实的。这女孩简直可怕极了，她一面用那些诡异恐怖的表现恐吓周静，一面还能思维缜密地推断周静在医院发现302室不存在后，接下来有可能要做的事情，于是给李这一切真是周继宗所为,那么他所做的这一切就是为了周静爷爷关于老宅继承权的那张遗嘱!

我想起周静在她的日记里对那个闯入她家里的疯子的质疑,她当时也曾怀疑这疯子在闯入她家时,神智已经恢复了正常,怀疑这疯子和那个同时闯入她家的神秘人是一伙的,现在看来周静的推测没错。在婷婷的日记里,她也记录了在龙门山那座木楼里看见的那个黑衣女人,感觉她就像那晚闯入别墅里的那位疯子。

我由此可以推断,周继宗为了拿到他爷爷关于老宅继承权的这份遗嘱,串联住在小区里的那位"疯子"闯入周静的别墅寻找遗嘱,在第一次进入别墅寻找遗嘱无果后,两人又策划了"白医生"事件,将周静和婷婷调离别墅,以便他再次进入别墅寻找遗嘱。

只是这"疯子"究竟和周继宗是什么关系呢?他们又是怎么联系上的呢?

我让民警停止监控视频的暂停画面,继续播放监控内容,在监控视频上,周继宗抽了几口烟,站起身,将烟掐灭后将烟头放进衣袋里,随后又上楼,走进了婷婷房间,半个小时后,周继宗又从婷婷房间出来,然后头也不回地拉开别墅大门,走了出去,门在周继宗身后关上了。

九月二十二日和九月二十三日九月二十四日的监控视频上,别墅里一切正常。

关掉监控器,民警问我是不是认识视频上的小伙子,他现在在哪里,他和我们眼下所在的这户人家有无关系?是不是属于私闯民宅?

我告诉民警,这小伙和我们眼下所在的这家人的确有亲戚关系,我想私底下先找到他聊聊,希望警方暂不干预这事。

走出周静家,我和警察、王妈告别后,我又来到第十栋别墅前,这应该就是那疯子的家,此刻,我站在别墅外,别墅内仍然是窗帘低垂,一副无人居住的样子。

我来到小区保安值班室,之前随同我进入周静家的派出所的民警此刻正在值班室,民警正告诫值班室的保安要加强安保工作,说周静家别墅曾经有人半夜闯入。

值班室里的几名保安都已经认识我了,我向他们打听第十栋别墅的居住情况,他们说都好久不见第十栋别墅有人了。

我再次跟民警告别,然后先自离开了。

我刚走出小区大门,就看见王妈还等在一旁,王妈看见我,朝我迎上来,担忧地对我道："冯医生，最近婷婷和她妈妈怎么样了？我想去看她们，却又怕吓着她们，她们还能医好吗？"

我想起刘丽丽对王妈关心周静和周婷婷的质疑，刘丽丽认为一个和雇主家相处时间甚短，又被雇主家无情抛弃的保姆，在被雇主家无情抛弃后，还如此关心旧雇主，令她不理解。可是眼下，我从王妈眼里看不出一丝的虚情假意，她眼里全是满满的对旧雇主的真诚的关心！

我安慰王妈，告诉她，我一定会尽全力医治周静和婷婷的。

告别了王妈，我来到刘智勇的住处，我将这意外的发现告诉他后，他表示要报警，查查周继宗是否对周静和婷婷使用了致幻剂，我告诉他暂时不要报警，我决定明天再去周静老家一趟，我要亲自面对周继宗。

刘智勇提出派人随同我前往，我拒绝了。

病院，周英前夫知道后，对周英更加愧疚，就从边海市请了白书医生定期上门给周英治疗，并承担了周英的治疗费和丰厚的生活费，周英病症有所好转。两年前，白医生出国，周继宗和他母亲周桃仍按白医生临走前给他们的治疗方案，让周英服药，周英精神逐渐恢复正常。

就在这时，周桃无意间发现周静搬入星云小区，周静因为自小离开老家后，就没有再跟老家的亲人来往，长大后，偶尔回去给祖父上坟，也尽量避开周桃一家，所以她早已经认不出周桃了，然而周桃因为一直关注着这个妹妹，曾经多次到周静读书和工作的学校悄悄看过周静，所以她能一眼就认出周静。周桃发现周静也搬来星云小区后，非常高兴，把这事情向周英和周继宗说了。

周继宗和周英听说了周静搬到星云小区后，就瞒着周桃，在周静和周婷婷搬进别墅的当晚，上演了一场疯子入侵的闹剧，周英做掩护，周继宗则在别墅里寻找遗嘱。寻找遗嘱失败，周英被保安送回家后，周桃才得知周英和周继宗两人上周静家找遗嘱。周桃对周英和周继宗的行为很生气，告诫他们不能再有类似行为。后来周静上门找周英家属，当时开门接待周静的就是周桃。周静离开后，周桃又对周英和周继宗一顿训斥，然后第二天，就强行将周英和周继宗带回了老家。

在周英和周继宗第一次进入周静家别墅时，周继宗潜入周婷婷房间后，发现当时周婷婷不在房间，而桌上的笔记本电脑是打开的，QQ也在运行中，他当即就查到了周婷婷的QQ号，于是后来就冒充"长江八号"加了婷婷的QQ，从而诱骗周婷婷带着周静去到龙门山，以便于他再次潜入别墅寻找遗嘱。周继宗说从他第一次进入别墅，他就认定遗嘱就在书房保险柜里，但是他无论如何也无法打开保险柜。他在周静和周婷婷去龙门山后，在别墅里仍未拿到他想要的遗嘱，于是他和周英又潜入木楼，藏在木楼里，借助木楼暗道，惊吓周静和周婷婷，想把周静和周婷婷吓坏，有助于他们日后继续占有别墅。

"我不明白，你和你姐既然已经决定诱骗周静母女去龙门山了，而且诱骗已经成功，你为何还要在周静母女临离开家那晚又潜入周静家装神弄鬼？"我想起了周婷婷日记里，关于她和周静临离开别墅那晚，那在走廊上响起的神秘的脚步声，于是这样问道。

周继宗说，龙门山里的木楼是周英前夫的，周英有木楼的钥匙，这山里的木楼平时几乎都是空着的，只有春天来临时，她的前夫才会带着家人去住几天。决定把周婷婷和周静诱骗到山里后，周英又担心她前夫会突然上山，使得周婷婷母女和她前夫在木楼里遭遇，所以又让周继宗在母女俩临出发前再次潜入周静家，寻找遗嘱，如果能寻找到遗嘱，就借故白医生临时有事失约，让周婷婷母女不再进山。周继宗这天晚上潜入别墅后，首先故意弄出诡异的脚步声惊吓周静母女，使得她们躲藏在屋子里不敢出来，然后进入书房里再次寻找遗嘱，因为周静母女俩还在别墅里，周继宗在书房里也不敢待太久，匆匆忙忙寻找无果，就离去了。

我不语，默默地望着周继宗。

周继宗又继续道："没有找到遗嘱，始终是我和姐姐的一块心病，于是姐姐在周静姨和我那个表妹离开木楼后，也想紧跟着她们又回到她在星云小区的家，再度装疯，以寻找时机再度进入周静姨家寻找遗嘱。我妈发现了我和我姐姐的企图，她坚决阻止我姐回到星云小区，我妈对我和我姐说，周静姨是她的妹妹，她这辈子已经很对不起周静姨了，我们谁也不能再冒犯周静姨。周静姨看来也很有钱，不会在乎这山里的老宅，我最后想要继承这栋老宅，必须通过正当途径，求得我周静姨同意才行，绝对不能通过其他歪门邪道占据不属于自己的财产。我妈说如果我和我姐再不听她的话，她就死给我们看。

听到周继宗讲到这里，我对这个素不相识的农村妇女的敬意油然而生。

而周桃和周静之间究竟有什么过节，以至于她一直对周静心怀内疚，而周静又始终不能原谅她呢？

这时，我又想起了那个雷电之夜，周静在别墅里接到的那个恐怖电话，尽管从周静日记里的记载推断，这一切都可能是患上人格多重症的周婷婷所为，但是我还是忍不住试探了下周继宗，试探的结果，他真与这桩事无关。

"你和你姐姐第一次进入周静家别墅时，你姐发现了周静家的监控器，为了保护你，她将监控器关掉了，我不明白，在你九月二十二日凌晨进入周静家时，你怎么没有想到为了保护自己，应该去把监控内容毁了？"我问周继宗。

周继宗说那天晚上，他离开周静家后，才想起忘记去毁掉他进入别墅那段监控内容了，但后来又觉得这不会有什么，因为别墅里没有开灯，就是有人看到这段视频，也不会看得太清楚。

"看来是我大意了，如果我毁掉了这段监控内容，你就不会知道我所做的这一切了，是吗？"周继宗问道，此时他已经不紧张了，他大概也看出我不会对他不利。

在我第一次到周继宗家时，我就已经明确医院里周静和周婷婷病房里的神秘入侵者与周继宗家里的人无关，但是和周继宗谈话到这里，我还是忍不住又试探了他究竟与医院里那个神秘的入侵者有无关联，结果仍然是他们一家人与此事无关。

但是那个神秘的电话呢？就是我临去周继宗家那个晚上接到的那个神秘的电话，"去医院看看，去医院看看"，会与周继宗及他家人有关吗？这一直是我心中的困惑。

我问周继宗："除了以上的事情，你和你姐还针对周静母女以及我做过其他的坏事吗？你一定要坦白，否则你非法闯入民宅的视频我随时可以送到公安局去。"

周继宗又怕了，他紧张地望着我："姨父，我针对我周静姨所做的坏事，我都向您坦白了，我再没有做其他坏事了。"

"狡辩，在我第一次来你们家前的那个晚上，你们打给我的那个电话是怎么回事？"我严厉地望着同继宗。

"电话？"周继宗不解地望着我，随即满脸委屈地摇摇头："姨父，我们连你电话号码都没有，怎么给你打电话呀？"

从周继宗的神情判断，看来他和他姐真的与那个电话无关。

接下来就是那个最为关键的问题了，我沉默了一下，突然问道："你和你姐是在哪里弄到那种能使人产生幻觉的药的？"说完我两道目光直逼周继宗。

"什么药？姨父，你说什么药？我不知道。"周继宗紧张地道。

"我再问你一次，你和你姐是在哪里弄到那种能使人短时间发生精神错乱的致幻剂，然后将致幻剂巧妙地下到周静母女食品中的？"我再次严厉地问道。

"姨父，这你可不能瞎说呀，我和我姐就从没有听说过世界上有这种药。"周继宗紧张得满脸通红，生气地吼道："姨父，我和我姐做的坏事，我全都向你坦白了，我们没有做的事情，你是不能冤枉啊。"

我从周继宗的表现看出，他真的与什么致幻剂没有关系，作为一个精神病科医生，我这点判断力是有的。

"你知道吗，你周静姨和你表妹周婷婷现在患了精神病住在精神病院里，你和你姐之前对她们母女俩做的那些事，导致了她们极端的恐惧和紧张，你们对她们母女俩的恐吓也是她们致病的一个因素。"我顿了一下，又冷冷地对周继宗道。

周继宗听说周静和周婷婷病了，又紧张起来，"姨父，周静姨和我那表妹真的病了吗？我和我姐要承担当什么样的责任呀？"

"我再说一次，我不是你姨父，我是周静和周婷婷的精神科医生，你姐现在怎么样了？"我答非所问。

"我姐后来跟以前大学时代一个一直追求她的同学结婚了，我姐现在精神是正常了，就是有时候偶尔会梦游。"周继宗道。

"哦，对了，还有一桩事情我忘记向您汇报了。"周继宗又一惊一乍地道。

"你说吧。"我道。

"就是你上次来我家，离开后的第二天，我又一次悄悄潜入周静姨家找遗嘱，那天好像你和那个保姆也进了周静姨家，到了周静姨家书房后，我发现她的保险柜竟然没有关，当时我非常兴奋，谁知道我打开保险柜，里面除了一个笔记本，什么也没有，我本想把笔记本带走的，却不料在逃离别墅时我将笔记本弄掉了。"周继宗说。这小子不说这事，我都差点把这事情忘记了。

"我不是在临离开你时，告诉过你关于你家老宅的继承权问题，我会把你的请求转告给你周静姨的吗？你怎么迫不及待地第二天又偷偷进入你周静姨家了？"我问。

"因为当天我送走你，回家后，我爹告诉我，周静姨是不可能把这老宅送给我的，我爹把我妈和周静姨之间的过节告诉了我，所以我才在你离开后的第二天又悄悄潜入周静姨家的别墅。"周继宗道。

"之前你不是说你爹和你都不知道你妈和周静她们两人之间的过节吗？怎么现在又说你爹把她俩的过节都告诉你了？"我问。

"我爹说我妈和周静姨的过节是我妈临终前告诉他的，目的就是让我爹知道，她这辈子已经很对不起我周静姨了，要我爹监督我和我姐不要再去冒犯周静姨。我妈说我要想得到这宅子，必须规规矩矩地求得周静姨同意，不能用邪门歪道夺取宅子。我妈当时让我爹保证不要把她和周静姨之间那些不光彩的事情告诉我，我爹答应了，但后来我爹为了让我不对周静姨抱有希望，他还是把我妈和周静姨之间那些事情告诉我了。"周继宗说。

婷婷问为什么，我把我的想法告诉了她。

我说我和她与外界都没有什么接触，我们不可能有仇人，"长江八号"和那个"疯子"可能误把我们母女当做原来住在这别墅里的母女了，他们对我们所做的一切极有可能是针对那对母女的。

婷婷觉得我的分析有道理，她说如果真是像我分析的那样，那么"长江八号"和疯子终究会知道他们找错了对象，我们暂时不要报案，我们不能卷进那无谓的事端去，如果再有什么事情发生，我们再报案也不迟。

经过这一系列事情的折腾后，我觉得需要在家里请一个全天候的保姆，这样家里的人气也旺一点。

婷婷拿着都市报告诉我，报纸上介绍了两天前刚开张的一家家政中介公司，这家公司的保姆素质都比较高。于是第二天我就去了这家中介公司。

之后我征求婷婷意见，我现在去哪里看病好，婷婷迟疑了下，说她再在网上查查哪里的精神科医生最好。她说最近几天感觉我也没有什么异样，她安慰我，我之前的不正常，很可能与"长江八号"和"疯子"的刺激有关，要我不要对自己的病太紧张。

昨天中午我接到了中介公司的电话，说已经为我物色到合适的保姆，中介公司把保姆的情况做了简单介绍，我和婷婷就都同意了。

今天上午六点半，在我和婷婷去学校前，保姆王妈准时来到我家，这是一个面善的五十多岁的老人，我和婷婷一见她，就从心底接受了她。

王妈做事很麻利，做菜也很好吃，晚饭后因为白天的课很重，我很累，就回房间休息了。然而我刚进入房间，婷婷就进屋来，她脸上挂着深深的不安。

"怎么啦，婷婷？"婷婷脸上不安的表情，也使得我心里不安起来。

婷婷走到我面前，压低了声音："妈妈，我觉得这王妈不对劲。"

"你发现什么啦？"最近几天刚刚安静下来的心，因为婷婷的话，我心里又紧张起来。

第五十八章　周静日记之十六（别墅里神秘的歌声）

二〇一〇年九月二十八日　星期一

别墅里神秘的歌声

"我觉得王妈很不对劲。"婷婷压低的声音里，明显地充满了恐惧。

"怎么啦？婷婷，你不要吓唬我？"婷婷的表现让我明显感觉到自己的心跳加快了。

"我刚才……"婷婷刚说到这里，房间里的灯光突然闪了几下，然后熄灭了。

灯光这个时候熄灭，让我感觉到一丝诡异。

婷婷奔到窗前，然后冲我道："妈妈，小区里都有灯光的。"

"那么就只是我们家停电了？"我说着，急忙走到门前，拉开门，楼里的灯光果然全都熄灭了。

我急忙回身进屋，将门关上。

婷婷走到我身边，她拉着我的手，我感觉到她的手在颤抖。

家里的电突然停了，也许是保险丝烧了，这在平时应该是很正常的现象，可是此时此刻的停电，却让我和婷婷都感到有那么一丝的不寻常。

"快告诉我，婷婷，你觉得王妈有哪些地方不寻常了？"我声音急促地问婷婷。

"我觉得王妈好像想在我家寻找什么？刚才让我非常诧异的是，我进厨房去，

281

在婷婷的催促下，我将车子继续往前开去，婷婷看着后视镜，道："她没有追上来。"

清晨，在我和婷婷搬家之前住的房子醒来，我让婷婷去上学，我以身体有病为由，向学校请了假，然后去报警。

在辖区派出所，我把家里昨晚发生的情况向警察一五一十道来，警察听毕，一言不发地奇怪地望着我。

"怎么啦，我说的不对吗？"我问警察。

警察道："你来这里十分钟之前，一个老太婆也来报警，根据她的陈述，她就是你家的保姆，她说不知道为啥，昨晚你带着你女儿突然之间像疯了一样，驾驶着车子逃离了你的家，到今早这个时候都不见你们母女俩。"

"不对，她在说谎，事实上是她把我们俩从家里吓走的，你不知道她当时多恐怖，简直就感觉她不是人类。"我有些气急败坏。

"你说她是昨天才由中介公司推荐到你家的？"警察又问。

"是的。"我点点头。

警察站起身，道："这样吧，我立即和你去那家中介公司了解一下这保姆的情况。"

四十分钟后，我和警察一同出现在介绍王妈来我家的那家中介公司大门口。

我和警察刚走进公司大门，没有想到竟然与王妈迎面相遇，看见王妈，我吓得掉头就要跑，陪我前去的警察一把拉住我。

王妈走上前来，高兴地望着我："周老师，我正找你呢。"说完，她投向我的目光里又满是忧虑，"周老师，昨晚发生什么事情了？你那样带着婷婷就跑，你们的样子可把我吓坏了。"

"走开，走开。"我调转头，不敢看她。

"你先走吧。"警察对王妈说完，又转头对我道，"我们上楼吧。"

我和警察来到中介公司的接待室，警察向中介公司工作人员了解王妈的情况。

中介公司的工作人员一眼认出了我，她不回答警察的话，却对我道："周姐，你与王妈遇到了吗？她刚刚离开，她来找我们，她说昨天晚上，不知道你为何突然带着女儿跑了，像受到了惊吓，她找不到你们，就来找我们，她不知道在这种情况下，她独自一人还该不该在你家待下去？"

我不想说话，我想让警察和他们打交道。

见我不语，工作人员又转向警察，道："王春群老人是其他中介公司介绍到我们公司来的。之前她在那家中介公司时，曾在两户人家做过，反映都非常好，正因为这样，那家公司才在停办后把她推荐给我们。她之前做过的两户人家，一家是因为调离本市了，王妈才离开他家的，这家人家离开时，提出让王妈跟他们一家一起走，王妈不想去陌生的城市，拒绝了。第二家，王妈是在他们家看护一瘫痪在床的老人，后来老人去世了，王妈才离开。王妈离开时，那户人家还因为王妈在他家做得非常好，给那家中介公司送了锦旗。"说到这里，工作人员又道："这锦旗现在就在我们家政人员档案室里，我可以带你们去看看。"

警察转头望我，似在征求我的意见，我摇摇头，道："不必了吧。"说到这里，我突然感觉到我肚子一阵绞痛，我急忙向洗手间走去。

我从洗手间出来，正听到警察和中介公司工作人员的对话，只听警察道："看来可能是雇主这方面有问题。"

警察的话让我愣住了，莫非问题真的出在我这里，我再次想起我是一个病人，我想起我昨晚在车上对婷婷那一瞬间的幻觉，可是婷婷也和我对王妈是同样的感觉呀，不可能我和婷婷两人同时都对王妈产生幻觉呀？

我没有再走向警察和那个工作人员，而是选择了默默地离开。

我在街上的公用电话亭给婷婷老师打了个电话，请她转告婷婷，让她下午下课后就回家。

我回到别墅，走进我的房间，之前消失的我和婷婷的手机一个出现在桌上，一个在茶几上。

我默默地在沙发上坐下，我心底是深深的恐惧和无助，我原来以为我的幻觉已经消失了，没想到幻觉又再次产生了，更让我不能接受的是婷婷也跟我一样产生幻觉了，这怎么可能？不，事情绝对不是像警察说的那样，问题出在我和婷婷身上，问题应该就在王妈身上。

婷婷回家来了，我把我上午在派出所和中介公司的遭遇告诉了婷婷，没想到婷婷听完我的话，沉默了。好久，她才抬起头，眼泪汪汪地望着我："妈妈，我也跟你一样病了，我也像你一样产生幻觉了。"

"你已经清醒了呀，所以我就做主让120不用来了。"王妈丝毫不理会我的愤怒，和颜悦色地望着我。

我不接王妈的牛奶，我从床上起来，道："我回自己房间休息。"

王妈要上来搀扶我，我拒绝了，我独自走上楼，不用回头，我也知道，她的目光一直在我身后追随着我。

在王妈紧随的目光中，我强抑着内心的紧张，一步一步走上了二楼的走廊，随后我听见了楼下王妈的关门声。

王妈的关门声响过，我立即轻手轻脚地跑向婷婷房间，我站在她门口，准备打她的电话，叫她开门。婷婷以前晚上没有将自己房间锁上再睡觉的习惯，自从那晚疯子入侵后，在我的劝说下，她也有了晚上反锁自己房门的习惯。

我正举起手机要打婷婷电话，突然一只手放到我肩头，是王妈？她一直在监视我？

我不敢回头，我知道一回头，我面对的一定又是那张狰狞可怖的面孔，我腿在止不住地打颤，心里紧张得要命！

"妈妈。"耳边传来婷婷轻轻的声音。

是婷婷？

我回过头，婷婷正站在我面前，此刻她全身不住地颤抖，脸上是一副受惊的表情。

"你怎么啦？"我将婷婷扶住，搀扶着她走进她房间。

一进入婷婷房间，婷婷就扑在我身上伤心地哭泣起来。

"怎么啦？婷婷，发生什么事情了，快告诉妈妈！"我着急地对婷婷道。

婷婷停止哭泣，抬起头来，泪眼蒙眬地望着我，"妈妈，我又产生幻觉了。"

"怎么回事？"我着急地问。

"我刚才好像听见楼下有响声，我开始没有在意，过后我觉得不对，于是我想下楼看看，谁知道我刚走到走廊上，我就看见王妈出现在楼下的客厅里，王妈又出现了她刚来我们家时的那恐怖的样子，披散着头发，舌头长长地伸出来，整张脸完全变了形，她站在楼下，朝我张牙舞爪，我吓得跑进你房间，你又不在。"

"婷婷，你没有幻觉。"我将婷婷的头抱在怀里，安慰她。

"妈妈，你不要安慰我了，我们还是尽快就医吧。"婷婷哭泣着道。

我捧起婷婷的脸，严肃地望着她："婷婷，对王妈你没有产生幻觉，我也没有产生幻觉，我们两个不可能对同一个人产生同一样的幻觉。"

"可是精神病是有遗传的呀，我们两个怎么不可能对同一个人产生幻觉呢？王妈和我们已经处了两个月了，她平时对我们那么好，她怎么可能装鬼吓唬我们呢？"

"婷婷，你听着，你要沉住气，妈妈有话要告诉你。"我决定把婷婷身世告诉她了，我鼓足了勇气，望着婷婷道："你不是妈妈亲生的！"

我的话对于婷婷，不啻于晴天霹雳，她张皇地望着我，眼睛瞪得大大的，半天说不出一句话来！

片刻，婷婷小心地望着我，轻声道："妈妈，你是不是又犯病了？"

婷婷的反应让我异常心疼，我把她如何来到我身边的经过告诉了她。

"这怎么可能？怎么可能？"婷婷沉默了许久，喃喃地道。

婷婷显然遭到了重创，但我不后悔把她的身世告诉她，只有这样，她才不再坚信自己患了精神病。

"婷婷，不管你和妈妈有无血缘关系，这辈子妈妈认定你就是妈妈的亲生女儿。我现在怀疑王妈跟我们搬家进入别墅的第一天晚上闯入我们家里的那两个人和引诱我们到龙门山的人是一伙的，你还记得我们在王妈刚来我们家的那晚，我们俩被她吓得跑进车子里，我们在车子里发现的那张照片吗？王妈怎么会跟站在那母女俩身旁的老太婆那么神似？她怎么那么熟悉这栋别墅？你说过她好像要在这别墅里寻找什么，我现在怀疑这栋别墅里可能有与原房主有关的秘密，这秘密也与王妈一伙有关，我们明天一早，趁王妈买菜之际离开这栋别墅，我准备将这栋别墅卖了。"停了下，我又道："我只是不明白，她为啥要吓唬我们？"

婷婷终于说话了，她紧紧地搂住我："妈妈，这世界上真有鬼吗？王妈以她那恐怖一面出现的时候，我感觉她就是鬼。"

婷婷的话让我毛骨悚然！

第六十二章　迷雾重重

将周静的日记看到这里，我又想到了我与王妈去周静老家途中，我关于王妈的梦中梦以及后来王妈的那些诡异的表现，直觉再次告诉我，王妈不同寻常，那么在接下来的周静日记中，王妈还会有什么不寻常的表现呢？

我紧接着翻开周静的下一篇日记，这一篇日记距离周静的上一篇日记已经过去了十天。

二〇〇九年十二月十五日　星期二　阴
王妈是人还是鬼

因为我和婷婷搬进别墅前住的房子前不久我已经将它卖了，我和婷婷从别墅仓皇逃离后，很仓促地租了套房子住下。

在逃离别墅之前，婷婷说我们可以不用逃离，我们直接辞了王妈就得了，我告诉婷婷，我们既然怀疑王妈的一切诡异表现也许与别墅有关，那么我们就是辞退了王妈，王妈也有可能还会来别墅纠缠我们，所以我们只能偷偷逃离。想到我和婷婷第一次受到王妈惊吓，我去派出所报案的结果，我知道我这次再去报案，也无益，我也放弃了报案。

然而令我和婷婷没有想到的是我们搬离别墅后，王妈居然又再次找上门来了，其中一次，她还带来了周桃。除了和周桃一同出现的那次她的表现显得正常外，之后她的每一次出现都显得异常恐怖，婷婷已经不能承受了，怎么办？怎么办啊？

这一篇日记就这样结束了，我再翻后面，后面的日记本全是空白，这是周静最后一篇日记。周静是十二月十八日入院的，在写下这篇日记之后三天，周静和婷婷就跑到派出所报案，然后在派出所发疯了。

望着合上的周静日记本，我和刘智勇久久地沉默着。

"周静关于王妈的记载可信吗？"刘丽丽打破了沉默，小声地问道，显然她在把周静日记交给我前，就已经把周静后面的几篇日记读过了。

为了确认周静记录关于王妈的事情时，她的思维是否正常，我让刘丽丽明天一早就去周静家辖区派出所了解周静在九月二十九日是否真到派出所报案过。

刘丽丽站起身，说现在才十点来钟，她现在就去派出所，说完不等我发话，她就径直离开了。

刘智勇望着刘丽丽离去的背影，赞赏地："这样的工作作风，我很欣赏！"转而他又充满疑虑地望着我道，"她没有工作介绍信，就这样去派出所，派出所的民警会给她提供相关信息吗？"

我说刘丽丽会有办法的。

回答完刘智勇的话，我又打电话给周继宗，问他在婷婷和周静去龙门山的前一晚上，他入侵周静家别墅时，他是不是将一张 CD 放在周静家别墅里了？周继宗承认有这回事，他说他当时想在别墅里放音乐吓唬周静和周婷婷，但是后来他放弃了这个打算，在离开时忘记带走了。周继宗说完，又啰唆道："姨父，哦，不，冯医生，我该交代的都交代了，你答应的不到公安局去告发我，你也一定要守信哈。"我告诉周继宗我答应了的事情我不会反悔，但是前提是他自己得把他对周静母女所做的一切去公安局坦白。周继宗还想说什么，我挂断了电话。

大约一个小时后，我就接到刘丽丽从派出所打来的电话，刘丽丽告诉我在派出所的工作记录里，确实有周静九月二十九日去派出所的报案记录以及警察和她去中介公司了解王妈一事的记录。

我对默默地坐在一旁沉思的刘智勇说："看来在周静和周婷婷的生活中，有百分之九十几的时间，都是她们的主体人格在她们的身体里占据主导地位，所以在绝大多数时间，她们的思维都处于正常状态。"

刘智勇说："让周静母女从她们并不严重的多重人格症过度到精神彻底失常，看来王妈难辞其咎。"

我告诉刘智勇，不过有一点，我还是心存疑虑，两个没有血缘关系的母女怎么会都同时具有多重人格症？本身多重人格症的患病率就相当低，怎么这么低的患病率都被周静母女赶上了？这也太巧了！

不管怎么样，我现在得先见见王妈！

就在这时，我的手机铃声骤然响起，我接通了电话，两分钟后，我放下电话，我告诉刘智勇我刚刚接到的电话是医院打来的，曾经消失了一段时间的那个在夜晚侵入周静母女病房的神秘入侵者，今晚再次在病房出现，所幸的是这次值班医生和护士抓住了这个神秘的入侵者。

"这个入侵者是什么身份？"刘智勇急切地问。

"打电话的护士告诉我，这人就是王妈！"我道。

半小时后，刘智勇和我来到了医院，给我开病区走廊大门的值班护士小张，带着我和刘智勇一边往值班室走，一边告诉我，晚上十一点钟时，突然听到周静和周婷婷的病房里传来母女两人的惊叫声，小张闻声跑出值班室，正看见一个披头散发的人从408室门前跑开，小张和随后赶来的值班医生冲上前，抓住了逃跑的人，没想到这人竟然是周静的保姆王妈。小张说，周静和周婷婷病房的门她在晚上九点过就上锁了的，估计王妈是隔着门上的玻璃窗吓唬室内的周静和周婷婷的。王妈被抓住后，先是愣愣的，似乎不明白发生了什么事情，紧接着就癫狂起来，又喊又叫，还用自己的头去撞墙，在给她强行注射了安定的针药后，她现在已经安定下来了。没想到她安定下来后，她竟然对刚刚发生的事情一无所知。

"病区走廊大门晚上九点不是也要上锁吗？王妈怎么会在晚上十一点钟时还出现在408室门口？"我问。

小张说，病区走廊大门她确实是在九点钟时就上锁的了，王妈之所以后来会出现在408室门口，一定是王妈在晚上九点钟前就进入病区，在什么角落躲藏起来了。

我走进护士值班室，王妈正怔怔地坐着，似乎受到了惊吓，刘丽丽比我和刘智勇先一步赶到，此刻她正陪着王妈坐着，一旁还站着穿着医院保安制服的小伙子。

我和刘智勇在王妈面前坐下，我和王妈的谈话单刀直入。

我问王妈为何要屡次在夜晚接近周静母女并恐吓她们，王妈摇摇头，她眼里溢出了眼泪，她说她没有恐吓周静和婷婷，她真的没有，她来医院就是想看看她们。王妈委屈无助的表情使得我不忍再追问她。

"这老太婆就是有鬼。"一旁的保安道。

"为什么这么肯定？"刘智勇转身对身旁的保安道。

没想到保安的一番话，让令我困惑了许久的在我临去周静老家前接到的那个"去医院看看，去医院看"的神秘电话，一下真相大白。

原来那天晚上，王妈在医院二病区门口遇到了这个保安，她当即拿了五十元钱给这小伙子，让他十分钟后，在医院附近的公用电话亭给我打电话，电话里就是那两句话"去医院看看，去医院看看"，她还给小伙子示意打电话时如何发声，她说是跟对方的一个恶作剧。小伙子按照她的授意打了这个电话后，才意识到这老太婆很古怪。

然而王妈始终否认她叫这个保安打过电话，她说她从未见过这个小伙子。

我决定暂且按下这两桩事情不说，先和王妈谈几个问题。

我问王妈，在她刚到周静家时，她是否曾因为周静母女突然离开去报过警，王妈说有这回事，后来周婷婷告诉她，她当时就是想和妈妈回老房子住住。

我问王妈，在我和她进入周静别墅那个晚上，她曾经告诉过我的她在周静家花园里看见的那个恐怖的老太婆是真的还是她编造的？

王妈说，周静说那是她的幻觉，她也不知道那是不是幻觉。说到这里，王妈有些不好意思地说，她无意中偷看过周静日记，看到过周静关于老太婆的噩梦，她不知道她是不是看了周静日记才产生的幻觉。

我问王妈，她为何对别墅那么熟悉，连周静和周婷婷都不知道的厨房隐蔽的壁柜，她怎么刚到的当天就知道？

王妈沉默了一下，告诉我，她曾经被邻居介绍去星云小区一户人家做过钟点工，因为雇主不好伺候，她干了半个月就辞工了，所以，她对别墅的内部设施很熟悉，她没有把她在星云小区当过钟点工的事情告诉周静和婷婷，是因为她怕周静知道了，认为她做工三心二意。

　　我再问她，婷婷说发现她似乎想在别墅里寻找什么，她是不是与原来的房主有什么关系。我之所以这样问，还有一个原因是，在周静的日记里，周静和婷婷都觉得王妈跟原房主照片上的那个老太婆神似。

　　王妈一口否定，她说她根本不知道原房主，她也没有在别墅里找什么，只有一次，她打开隐蔽的壁橱时，曾往里面多看了两眼，当时婷婷刚好走进来，所以婷婷可能误会她在找什么了。

　　"我知道你是个善良的人，但是我总感觉你对周静和周婷婷关心过头了，因为你们毕竟才相处两个多月。"刘丽丽说话了。

　　"还有，你装神弄鬼吓唬周静和婷婷，明明护士抓住你了，你为何还不承认？"刘智勇质问王妈。

　　王妈脸上又是一副痛苦委屈表情，她说她就是在玻璃窗外想看看周静和婷婷，她没有装神弄鬼。

　　"你没有装神弄鬼，我抓住你的时候你为啥披头散发的，周静和周婷婷为何会吓得大叫？"值班护士小张生气地质问王妈。

　　王妈痛苦地摇头，道："我不知道，我不知道！"

　　直觉告诉我，王妈没有撒谎，但抓住王妈的护士也不可能撒谎，那个做保安的小伙子也不可能撒谎，那么只有一种可能，那就是王妈也有人格分裂症！

　　我把刘智勇和刘丽丽叫到值班室外，把我对王妈的怀疑告诉了他们，我说王妈所有的那些诡异表现，都可能是她的后继人格在她身体里占据主导地位时所致的，当她以善良的一面出现在我们面前时，那是她的主导人格在她身体里占据了统治地位。

　　"天啦，这事情不是越来越离谱了吗，三个生活在一起的没有血缘关系的人都差不多同时患上了患病率极低的多重人格症，这不是太令人匪夷所思了吗？"刘丽丽几乎是惊叫起来。

　　"看来事情是越来越复杂了。"刘智勇闷闷地道。

　　我没有言语，我只感觉到眼前的迷雾越来越浓了。